당시평선 1

唐詩評選

A Selection of Criticism on Tang Poems

지은이

왕부지 王夫之, Wang Fuzhi

청대초기(1619~1692)에 활동한 뛰어난 사상가이자 역사학자, 시인, 평론가이다. 주요 저서로는 『주역외전(周易外傳)』, 『장자정몽주(張子正蒙注)』, 『상서인의(尚書引義)』, 『독사서대전설(讀四書大全說)』, 『노자연(老子衍)』, 『장자통(莊子通)』 등이 있고, 문학과 관련된 저서로는 『당시평선(唐詩評選)』 이외에 『시광전(詩廣傳)』, 『초사통석(楚辭通釋)』, 『고시평선(古詩評選)』, 『명시평선(明詩評選)』, 『강재시화(薑齋詩話)』 등이 있다.

옮긴이

서성 徐盛, Seo Sung

북경대학교에서 중국고대문학 박사학위를 받았다. 전공은 위진남북조수당 문학이다. 한국열린사이버대 및 배재대 교수 역임. 주요 관심 분야는 중국고전시, 『삼국지연의』, 명청삽화 등이며, 중국고전시와 관련된 주요 저서로는 『양한시집(兩漢詩集)』, 『당시별재집(唐詩別裁集)』, 『가헌사(稼軒詞)』 등이 있다.

당시평선 1

초판발행 2026년 4월 15일

지은이 왕부지 **옮긴이** 서성 **펴낸이** 박성모 **펴낸곳** 소명출판 **출판등록** 제1998-000017호

주소 서울시 서초구 사임당로14길 15 서광빌딩 2층

전화 02-585-7840 **팩스** 02-585-7848

전자우편 somyungbooks@daum.net **홈페이지** www.somyong.co.kr

값 26,000원 ⓒ 서성, 2026

ISBN 979-11-7549-052-9 94820

979-11-7549-056-7(전4권)

이 저서는 2019년 대한민국 교육부와 한국연구재단의 지원을 받아 수행된 연구임(NFT-2019S1A5A7069273).

한국연구재단
학술명저번역총서

당시평선 1

唐詩評選

악부가행

왕부지

서성 역

일러두기

1. 이 책은 1997년 북경 문화예술출판사(文化藝術出版社)에서 출판한 『당시평선(唐詩評選)』을 저
   본으로 번역하였다.
2. 모든 시 작품은 시, 왕평, 해설로 이루어져 있다. 시는 먼저 원문을 제시하고 번역문을 싣는 방식으
   로 축구(逐句) 번역하였으며, 작품에 대한 주석은 각주로 처리하였다. 왕평은 왕부지의 평문으로
   번역문과 원문을 달았다. 해설은 먼저 시에 대해 간단히 소개하고, 문단을 바꾸어 왕부지의 평문
   에 대해 해설하였다.
3. 한자가 필요한 경우는 우리말 독음 뒤 한자를 붙였으며, 이름과 지명 등 고유명사의 독음은 대부분
   한국 한자음으로 달았다.
4. 책의 앞머리에 왕부지의 시학에 대한 역자의 해설을 실어 전반적인 이해를 도왔다.

『당시평선唐詩評選』은 왕부지王夫之, 1619~1692가 당시唐詩 가운데 558수를 뽑아 평문을 붙인 시평집이다. 1690년 경 저술된 이 책은 중국 시학에서 가장 창의적이고 개성적인 성과의 하나로 평가된다. 아래에 저자를 소개하고 그의 시학과 책의 내용을 서술한다.

왕부지에 대하여

"중국 고전시에 가장 밝게 빛나는 두 별이 이백李白과 두보杜甫라면, 중국 미학사中國美學史에 가장 밝게 빛나는 두 별은 왕부지와 섭섭葉燮이다"라고 섭랑葉朗 교수가 말할 정도로 왕부지는 중국 미학美學과 시학詩學에서 중요한 위치를 점하고 있다.

왕부지는 중국의 호남 형양衡陽 사람으로 자가 이농而農이고 호가 강재薑齋이며, 별명은 강재 이외에 매강옹賣薑翁, 남악매강옹南嶽賣薑翁, 석당노한夕堂老漢, 선산노부船山老夫, 선산유로船山遺老 등 20여 개를 사용하였다. 명나라가 망한 후 호남성 형양의 석선산石船山에 은거하며 살았으므로 후인들은 그를 선산선생船山先生이라 불렀다. 그는 명대 말기부터 청대 초기에 활동한 뛰어난 사상가이자 역사학자, 시인, 평론가이다.

왕부지의 생애는 크게 세 부분으로 나눌 수 있는데 곧 학문을 닦은 시기, 청나라에 저항한 시기, 은거하며 저술한 시기이다.

첫 번째 시기인 학문을 닦고 공명을 구한 시기는 태어난 때인 1619년부터 청나라 군대가 북경에 입성한 1644년26세까지이다. 왕부지는 4세에 큰형 왕개지王介之와 함께 공부하기 시작했으며, 7세에 『십삼경十三經』을 통독하였다. 14세에 수재秀才가 되었으며, "16세에 시 쓰기를 배우고十六而學韻語", 24세에 무창武昌에서 향시에 합격하여 거인擧人이 되었다. 다음 해1643년 왕부지는 형 왕개지와 함께 회시會試에 참가하러 북경으로 출발했으나 장헌충張獻忠의 봉기군에 길이 막혀 남창南昌에서 돌아와야 했다. 26세 때인 1644년 숭정제가 자살하고 북경이 청나라에 함락되는 거대한 세상의 변화에 직면하면서 왕부지의 학문을 닦고 공명을 구하는 일은 급작스럽게 중단되었다.

두 번째 시기인 청나라에 대한 저항 활동을 한 시기는 1644년26세부터 1650년32세까지이다. 그는 청군이 호남까지 내려오자 가족을 피신시키는 한편 호남과 호북을 뛰어다니며 정부군의 전략에 참가하기도 하였다. 당시 정부군이 대서군大西軍, 장헌충의 군대 및 대순군大順軍, 이자성의 군대과의 연합을 둘러싸고 병부상서 도윤석堵胤錫이 하등교何騰蛟와 대립할 때로, 왕부지는 무창에서 알았던 장광章曠을 통해 농민군과 연합하자는 주장을 내기도 하였으나 장광이 받아들이지 않았다. 1647년29세에는 형양衡陽이 함락되면서 부친, 둘째 형, 숙부와 숙모가 사망하였다. 1648년30세에는 남악 방광사方廣寺에서 하여필夏汝弼, 관사구管嗣裘, 승려 성한性翰 등과 함께 의병을 일으켜 싸웠으나 패하였다. 이해 겨울 광동

조경肇慶으로 달려가 남명南明 정권에 투신하여 행인사行人司의 행인行人이 되었다. 남명 정권 내부는 부패하여 왕부지는 오히려 죽을 위기에 몰리자 계림으로 달아났고, 계림에서 구식사瞿式耜에 의탁했으나 청군이 계림을 함락하고 구식사를 죽이자 이때부터 은거를 결심하였다.

세 번째 시기인 은거하며 저술에 몰두한 시기는 1651년33세부터 1692년74세 사망 때까지로 약 40년에 이른다. 왕부지는 33세부터 청나라의 수배를 받게 되어 "숲과 계곡에 엎드려 살았고, 이르는 곳마다 몸을 맡겼다棲伏林谷, 隨地託跡." 이때 상서湘西, 침주郴州, 영주永州, 연주漣州, 소주邵州 등지를 전전하였으며, 요족瑤族으로 변장하여 상녕常寧으로 달아나기도 하였다. 이러한 피신과 은거는 그가 죽을 때까지 계속되었다. 청나라가 점차 남방의 도시를 점령하면서 반청 운동의 숨통을 조일 때 왕부지는 상황이 허락되는 곳에서 『주역』과 『춘추』를 강론하고 최초의 이론 저서인 『노자연老子衍』을 완성하기도 하였다. 1662년 미얀마로 달아난 영력제永曆帝 주유랑朱由榔이 청군에 잡혀 곤명에서 죽으면서 18년을 끌던 남명 정권도 종말을 고하였고, 청나라의 감시 속에 있던 왕부지는 비분을 삼켜야 했다. 만년에는 석선산石船山에서 18년 동안 은거하며 저술 활동을 하였다.

왕부지는 나라의 멸망과 민족의 고난 앞에서 문명의 전체 역사를 조망하며 문화의 성격을 숙고하였다. 사상과 문화의 여러 방면에 깊은 흥미를 가지고 있었기에, 그의 저술은 경학, 역사학, 문학은 물론 천문, 역법, 수학, 지리학 등 자연과학의 영역까지 미쳤다. 그의 치열한 정신과 각고의 노력은 약 100종의 저서로 응결되었는데, 대표적인 저서는 『주역외전周易外傳』, 『장자정몽주張子正蒙注』, 『상서인의尚書引義』, 『독사서대전설』,讀四書大全說 『노자연』,老子衍 『장자통莊子通』 등이다. 문학과 관련된 저서로는 『강재시화薑齋詩話』, 『시광전詩廣傳』, 『초사통석楚辭通釋』, 『고시평선古詩評選』, 『당시평선唐詩評選』, 『명시평선明詩評選』 등이다. 그밖에 『송원시평선宋元詩評選』, 『이시평李詩評』, 『두시평杜詩評』, 『유복우집평劉復愚集評』, 『사선詞選』 등도 저술했으나 흩어져 전하지 않는다. 또 왕부지는 문학 작품도 창작하였는데 현재 전하는 작품은 시詩 약 천 수, 사詞 3권, 잡극 「용주회龍舟會」 등이다. 그의 민감하고 깊은 비평적 안목은 이러한 장기간의 시 창작과 독서에서 연유한 것으로 보인다.

왕부지는 생전에 사상 검열을 받고 있었기 때문에 일부 저서를 제외하곤 사후에도 대부분 장기간 필사본으로 보관되었다. 그러던 것이 청대 말기 증국번曾國藩 형제가 돈을 내어 1865년 『선산유서船山遺書』로 집대성되어 각본으로 나왔다. 원래 왕부지의 후손 왕지춘王之春이 정리한 「선산공 연보船山公年譜」를 보면 저작이 백여 종이었다고 하고, 목록에는 88종 391권이 저록되어 있으나, 『선산유서』에 포함된 저서는 모두 58종에 불과한 것을 보면 많은 저작이 흩어지고 사라져 포함되지 못한 사실을 알 수 있다. 이후 새로 발견되거나 수합된 자료를 보완해 1982~1996년 악록서사岳麓書社에서 16책의 『선산전서船山全書』로 정리되었다. 73종의 저작을 담은 이 전집은 현재 가장 완정한 판본이다.

『당시평선』의 기본 내용

『당시평선』은 약 5만 수의 당시 가운데 558수를 골라[選] 평어를 붙인[評] 책으로, 모두 4권으로 구성되어 있다. 수록 시인은 147명이다. 권1은 악부가행樂府歌行, 권2는 오언고시, 권3은 오언율시오언배율포함, 권4는 칠언율시로 되어있다. 악부가행에 있어서는 이백의 시가 16수로 가장 많고, 이어서 두보 12수, 잠삼 7수, 이하 5수 순이다. 오언고시는 두보의 시가 19수로 가장 많고, 이어서 이백 17수, 위응물 14수, 장구령 7수, 저광희 6수 순이다. 오언율시는 두보의 시가 19수로 가장 많고, 이어서 왕유 12수, 이백과 두심언 각 7수, 왕발 6수, 이가우 5수, 송지문 4수 순이다. 오언배율은 두보와 심전기의 시가 각 4수, 송지문과 왕유가 각 3수 순이다. 칠언율시는 두보의 시가 37수로 가장 많고, 이상은 13수, 유우석과 왕건이 각 8수, 심전기 7수, 양거원 6수, 소정과 잠삼과 두목이 각 5수 순이다. 각 시체의 상위 3명의 시인과 수록 편수를 표로 보이면 아래와 같다.

권	1위	2위	3위
권1 악부가행	이백 16수	두보 12수	잠삼 7수
권2 오언고시	두보 19수	이백 17수	위응물 14수
권3 오언율시	두보 19수	왕유 12수	이백 7수
			두심언 7수
권3 오언배율	두보 4수	송지문 3수	
	심전기 4수	왕유 3수	
권4 칠언율시	두보 37수	이상은 13수	유우석 8수
			왕건 8수

책 전체를 합산하여 시가 가장 많이 실린 시인을 순서대로 보면 두보 91수, 이백 43수, 왕유 25수 순이다. 왕부지가 가장 높이 평가하고 주목한 시인은 이백, 왕유, 두보였고, 이 가운데 두보에 대해서는 칭찬한 부분도 있지만 특히 많은 분량을 할애하여 비판하였다. 오늘날의 당시 평가와 비교했을 때 심전기, 송지문, 저광희, 위응물을 높이 평가하였고, 반대로 이기, 백거이, 원진, 한유, 맹교, 허혼, 교연 등은 혹평하였다.

왕부지 시평의 중요한 특징 가운데 하나는 『시경』부터 명대까지의 역대의 시를 하나의 시관詩觀으로 꿰뚫어 보면서 평했다는 점이다. 왕부지의 시 이론은 상당 부분이 『시경』을 연구하면서 나왔으며, 후세의 시도 『시경』과 연결하여 평하였다. 그가 『시경』을 보는 가장 큰 특징은 이를 문학 작품으로 보았다는 점이다. 오늘날과 달리 『시경』을 신성시하던 시대에 왕부지의 시각은 상당히 대담하다고 할 수 있다. 그는 또 『시경』의 문학적 특징이 후대의 시에도 공존하고 있다고 보았다. 그래서 명대의 시인도 『시경』의 운율과 법칙을 준수해야 하며, 『시경』을 해석하는 데도 후대의 시를 참조해야 한다고 보았다. 그가 고시古詩를 평할 때는 『시경』과 『초사』를 참조하는 경우가 많았고, 또 당시唐詩를 평할 때는 고시를 기준으로 평한 경우가 많은 것도 이러한 이유에서다. 고시, 당시, 명시 가운데 가장 공을 들인 것이 고시인 것을 보면 그는 위진남북조시를 특히 좋아한 사실을 알 수 있다. 가장 좋아한 시인은 사령운이며, 강엄에 대해서도 높이 평가하였다. 그러나 역대로 높은 평가를 받아온 조식과 도연명에 대해서는 높은 평가를 내리지 않았다. 일반적으로 역대 비평가와 오늘날의 문학관에선 당시唐詩를 시의 최고봉이라 보는데 비해 왕부지는 당시보다 위진남북조시를 더욱 높이 보았고, 위진남북조시의 영향이 그나마 남아있는 초당시를 높이 보고 그 이후로 시의 수준이 점점 낮아졌다고 보았다. 여기에는 명대 전후칠자前後七子가 "시는 반드시 성당을 따른다"는 '시필성당詩必盛唐'의 관점을 비판하는 뜻도 들어가 있다.

왕부지의 시평 방식은 틀에 묶여 있지 않고 자유스럽다. 논의할 만한 점이 있으면 수시로 길게 썼으며, 논의할 만한 점이 적거나 없으면 간결하게 한두 글자로 평하기도 했다. 아주 소수이지만 평어를 안 쓴 경우도 있다. 예컨대 왕유의 「사냥 구경觀獵」에 대해서는 2백여 자를 썼지만 같은 시인의 「평담연 판관을 보내며送平淡然判官」에 대해서는 1글자로 평하였다. 왕부지의 평론은 자신의 독창적인 견해와 함께 상당한 식견을 갖추고 있다. 정해둔 원칙에 구속되는 일부 명대 평론가들에 비해 훨씬 개방적이며 대가의 풍도가 있다. 예컨대 왕부지는 『독통감론讀通鑑論』에서 유우석과 유종원이 왕숙문王叔文의 영정 혁신에 참가했다는 점에서 상당한 반감을 가졌지만, 그들의 시에 대해서는 아주 높이 평가하였다. 또 시인을 비판하더라도 그 시인의 좋은 시는 골라냈으며, 이름 없는 시인도 좋은 시가 있으면 찾아 실었다.

『당시평선』은 원래 제목이 『석당영일사당시선평夕堂永日四唐詩選評』으로 1865년 『선산유서』가 출간될 때 목록에 책 이름만 기록되고 실물이 없어 포함되지 못하였다. 이후 신해혁명 무렵에 원고가 발견되었고 1917년 호남통지처에서 처음 출판될 때 제목을『당시평선』으로 정하여 나왔다. 이후의 출판 상황은 아래와 같다.

①『선산고근체시평선船山古近體詩評選』중의『당시평선』, 호남통지처湖南通志處, 1917

②『선산유서』중의『당시평선』, 태평양서점太平洋書店, 1933

③ 진서랑陳書良·이중화李中華 교점,『선산전서』중의『당시평선』, 악록서사岳麓書社, 1996

④ 왕학태王學太 교점,『당시평선』, 문화예술출판사文化藝術出版社, 1997

⑤ 진서랑陳書良 교점,『당시평선』, 상해고적출판사上海古籍出版社, 2011

위 통행본 가운데 현재 널리 퍼진 책은 ②번 책을 정리한 ④번과 ⑤번 책이다.

앞의 표에서도 알 수 있듯,『당시평선』에는 절구絶句가 실려 있지 않아 아쉬움이 남는다. 그러나 1865년 출판한『선산유서船山遺書』속의「선산유서목록船山遺書目錄」에는 "석당영일사당시선평7권石堂永日四唐詩選評七卷, 미각未刻"이라 적혀 있어, 목록에는 있지만 이 책이 발견되지 않아 출판하지 못한 사실을 알 수 있다. 여기서 주의할 점은 원래 7권의 규모였다는 점이다. 현재의 4권본에 비해 원래 3권이 더 많았고, 여기에 절구가 들어갔으리라 추측할 수 있다. 『명시평선』에 '권7 오언절구'와 '권8 칠언절구'가 설정되어 있는 점은 이러한 추정을 뒷받침한다. 왕부지가 『강재시화』 등에서 절구에 대해 의견을 밝힌 부분을 보면, 그가 절구를 가볍게 여기지 않은 사실을 알 수 있다.

오언절구는 고시에서 왔고, 칠언절구는 가행에서 나왔다. (…중략…) 오언고시에서 나온 오언절구는 '하나의 뜻' 속에 원만하고 청정하게 시가 완성되어, 글자 밖에 심원한 신운이 있어 사람의 생각을 흔든다. 가행에서 유래한 칠언절구는 '하나의 기운'으로 호탕하고 영통하여, 구 속에 여운이 있어 사람의 정을 움직인다. 비록 길고 짧은 것은 다르지만 번잡하고 속박되지 않아야 하는 점은 같다.

五言絶句自五言古詩來, 七言絶句自歌行來. (…중략…) 自五言古詩來者. 就一意中圓淨成章, 字外含遠神, 以使人思. 自歌行來者, 就一氣中駘宕靈通, 句中有餘韻, 以感人情. 修短雖殊, 而不可雜冗滯累則一也.

회화를 논하는 사람들이 말하기를 "지척지간에 만리의 기세가 있다咫尺有萬里之勢"고 한다. 여기서 '세勢'자를 눈여겨보아야 할 것이다. 만약 '세'를 강조하지 않는다면 만리를 한 자의 폭 안에 축소시켰으니 곧 『광여기廣輿記』 앞머리에 있는 천하도天下圖에 불과할 것이다. 오언절구는 발상이 가장 중요하다. 오직 성당 시인들만이 그 오묘함을 파악하였다. 예컨대 최호崔顥의 「장간행長干行」을 보면, "그대는 집이 어디인가요? 소첩은 횡당에 살고 있어

요. 배를 대고 잠시 물어보아요, 어쩐지 고향사람인가 해서요君家住何處? 妾住在橫塘. 停船暫借問, 或恐是同鄕"라 하여, 먹 기운이 사방을 끝까지 비추어 글자가 없는 곳에도 모두 그 뜻이 있다. 이몽양李夢陽의 「황주黃州」를 보면, "도도한 장강의 강물, 황주는 어디에 있는가? 굽이지는 강 언덕에 산을 돌아가자마자, 배가 성루 앞에 이르렀네浩浩長江水, 黃州若箇邊? 岸回山一轉, 船到堞樓前"라 하여 이러한 풍미를 잃지 않았다.

論畫者曰: "咫尺有萬里之勢", 一勢字宜着眼. 若不論勢, 則縮萬里於咫尺, 直是廣輿記前一天下圖耳. 五言絶句, 以此爲落想時第一義. 唯盛唐人能得其妙, 如: "君家住何處? 妾住在橫塘. 停船暫借問, 或恐是同鄕." 墨氣所射, 四表無窮, 無字處皆其意也. 李獻吉詩: "浩浩長江水, 黃州若箇邊? 岸回山一轉, 船到堞樓前." 固自不失此風味.

절구는 비록 당대에 성했지만, 그 유래는 한위 육조에 있다고 보았다. 이는 그가 『고시평선』에서 '권3 소시小詩' 항목을 둔 점에서 알 수 있다. "양 원제梁元帝의 오언절구는 시인 가운데 가장 낮지만, 칠언절구는 곧 원음元音이다"라고 하여, 양 원제의 칠언절구를 표준으로 당대의 칠언절구를 형량하였다. "중당은 흥회를 위주로 하였기에 아정하고 원음을 얻었다中唐以興會爲主, 雅得元音故也"고 하여 중당이 성당보다 높다고 하였다. 여기서 말한 중당의 시인은 주로 유우석과 백거이를 가리킨다. 특히 왕부지는 유우석의 칠언절구를 높이 평했다. 그의 작품이 육조의 전통을 계승했기 때문이다.

시의 문체적 특징을 옹호하다

왕부지의 시관詩觀은 철학적 인식과 문학적 이해를 통합시켜 비교적 완정한 체계를 갖추었다는 점에서 어떠한 비평가보다 일관되고 투철하다. 이는 그가 경사자집經史子集에 두루 통달하여 학문이 넓고 사상이 깊은 학자였을 뿐만 아니라 문학예술에도 정통해 있었기 때문일 것이다. 전통적인 시화詩話가 인상 비평으로 이루어진 경우가 많은데 비해 왕부지는 『시경』부터 명대 시까지 하나의 체계 속에서 읽고 비평하였으며, 문학과 비문학의 갈래를 명확히 구분하여 시의 문체적 특징을 확립하였다.

왕부지는 시가 정감을 다룬다는 사실을 천명하였다. 그런데 단순히 정감을 다룬다는 언명이 아니라 육경에 대한 전반적인 사고 속에서 이를 파악했다는 점에서 다른 논자들과 다르다. 그는 먼저 육경 가운데 『시경』이 다루는 대상과 기록하는 방법이 다른 경전과 다른 점에 주목하였다. 즉 시는 '성性' 가운데 '정情'을 표현하는 것으로, '성性' 가운데 천덕天德, 왕도王道, 사공事功, 절의節義, 예악禮樂, 문장文章 등을 기록하는 경의經義나 학문이 대신할 수 없는 독립적인 영역이라고 하였다. 이는 곧 문학과 비문학의 근본적인 차이를 명확히 인식한 일이기도 하다. 그는 『명시평선明詩評選』에서 서위徐渭의 「엄 선생 사당嚴先生祠」에 대한 평어에서 다음과 같이 말했다.

시는 성정性情을 표현하며, '성性' 가운데 '정情'을 표현한다. '성性' 가운데 있는 천덕, 왕도, 사공, 절의, 예악, 문장은 각각 『주역』, 『예기』, 『상서』, 『춘추』와 관련되니, 저들은 『시경』을 대신하여 '성性' 가운데 '정情'을 말할 수 없고, 『시경』 또한 저들을 대신할 수 없다.

詩以道性情,　道性之情也.　性中盡有天德王道事功節義禮樂　文章,　却分派與『易』『禮』『書』『春秋』去,　彼不能代『詩』而言性之情,『詩』亦不能代彼也.

왕부지는 '성性'을 마음의 총체로 보고, 이를 다시 '정情'과 '경의經義'로 나누었다. 경의經義는 '이理'에 포함되므로, 곧 '성性'을 '정情'과 '이理'로 나누었다고 할 수 있다. 왕부지는 이러한 '정'과 '이理 : 예의, 이념, 경의, 학문'는 각기 다른 특징이 있는데, 『시경』은 '정'을 대상으로 한다고 하였다.

그러면서도 '정'과 '이'는 대립적인 관계가 아니라 높은 차원에서 통일된다고 보았다. 원래 『시경』「대서大序」에서 언명한 "시는 '정'에서 나와 '예의'에서 그친다發乎情, 止乎禮義"고 하여 '정'은 반드시 '예의'에 구속되어야 하며 내용이 순정하여야 한다고 강조하였다. 그러나 육기陸機가 "시는 '정'에서 연유한다詩緣情"고 선포하여 이러한 구속에서 벗어나려고 하였고, 이후 엄우嚴羽, 이지李贄, 원굉도袁宏道 등도 '정'에 치중하면서 시에서 '이'를 배척하였다. 다른 한편 송원 시대 도학가들은 시에서 '이'의 성분에 치중하면서 '정'을 배척하였다. 왕부지는 '정'과 '이'가 모두 '성性' 속에 통합되어 있다고 전제함으로써 두 가지 편향성을 극복하면서 「대서」의 선언을 높은 수준에서 재해석하였다. '정'과 '이'가 어차피 모두 '성' 속에 포함되는 바에야, 각각의 영역이 서로 섞일 필요가 없으며, 오히려 각각 독립적인 영역이어야 더욱 잘 발전하고 발양될 것이다.

이러한 인식을 더욱 구체적으로 드러낸 지점은 '시사詩史'와 관련된 논의이다. 왕부지는 『시경』과 『춘추』가 다른 영역을 가진 것처럼 시와 역사 기록은 다른 특징이 있다고 보고, 시는 사실이 아닌 정감을 대상으로 한다고 다시 한 번 언명하였다. 중국 고대의 일반적인 인식에선 종종 시와 역사 기록의 경계가 모호하였고, 역사 기록의 기준으로 문학 작품이 이루어져야 한다는 생각마저 있어 시 자체의 예술적 특징을 소홀히 여기는 경우가 많았다.

'시사詩史'는 '시대의 면모를 반영한 시' 또는 '역사를 기록한 시'라는 뜻으로, 만당 때 맹계孟棨가 『본사시本事詩』에서 두보의 시적 특징의 하나로 지칭한 이후로 두보 시의 장점으로 인식되었다. 그러나 왕부지는 시 장르에 역사 기록의 특징을 요구하는 것은 잘못이라 보았다. 『고시평선』의 「산에 올라 궁궁이를 뜯다가上山采蘼蕪」에 대한 평어에서도 역사 기록은 '사실을 기록從實着筆'하지만 시는 '일에서 정을 일으키는即事生情' 점에서 다르다고 하면서 다음과 같이 말하였다.

두보는 이 「산에 올라 궁궁이를 뜯다가」를 모방하여 「석호의 관리石壕吏」를 지었는데, 여기서도 지나치게 사실과 흡사하게 하려고 해서, 공들여 묘사한 곳마다 더욱 핍진하게 드러났다. 결국 역사 기록으로 보기엔 더 많이 서술되었고 시로 보기엔 부족하다고 느껴진다. 논자들은 두보를 '시사'라 추앙하지만, 낙타를 보고 말 등에 혹이 없는 걸 아쉬워하는 것과 같으니, 이들을 가련한 자라 할 수 있다.

杜子美仿之作石壕吏, 亦將酷肖, 而每於刻畫處, 猶以逼寫見眞, 終覺於史有餘, 於詩不足. 論者乃以'詩史'譽杜, 見駝則恨馬背之不腫, 是則, 名爲可憐憫者.

왕부지는 시는 역사 기록과 분명하게 다른 영역이 있기에 두보를 '시사'라 부르는 것은 적절하지 않으며, 「석호의 관리」도 "역사 기록으로 보기엔 더 많이 서술되었고 시로 보기엔 부족하기에" 꼭 좋은 시가 아니라고 하였다. 시에 역사 기록의 특징이 있어야 한다고 하는 것은 "낙타를 보고 말 등에 혹이 없는 걸 아쉬워하는 것과 같이" 시에 문체적 특성과 관련 없는 걸 요구하는 것이라 하였다.

왕부지가 「석호의 관리」를 뽑은 것은 그 기준이 결코 '시사' 때문이 아니라 "일부에 '내재적 맥락[神理]'이 깃들어 있고, 압운에 천연의 조화가 보이며, 「고아의 노래孤兒行」로부터 고악부를 계승하였기" 때문이다. 왕부지가 전통적으로 두보의 대표작으로 치는 「수도에서 봉선현으로 가며 쓴 영회시 오백 자自京赴奉先縣詠懷五百字」, 「팽아의 노래彭衙行」, 「북으로 가며北征」와 같은 명편을 『당시평선』에 뽑지 않은 것도 역사 기록과 같이 직접적인 '서술어[敍語]'가 많기 때문이다.

그렇다고 왕부지는 시에 역사 사건이나 역사 서술을 완전히 배제한 것은 아니다. 왕부지는 시에서 역사 요소를 포함시킬 때는 시적 처리를 해야 한다고 강조하였다. 즉 시에 '서술어[敍語]'와 '사실의 서술[敍事]'이 들어올 수 있고 역사적 사건도 들어올 수 있지만, 관건은 시인이 역사적 사건을 함축적이고 온화한 소리로 융합시켜 시의 언어로 변화시켜야 하는 점이다. 예컨대 이백의 「높은 언덕에 올라 먼바다를 바라보며登高丘而望遠海」의 평어에서 다음과 같이 말했다.

> 후인들이 두보를 '시사'라 부르지만, 이 작품의 91자 속에 개원과 천보 연간의 「현종본기玄宗本紀」가 있는 걸 모른다. 속인들은 삽화가 없으면 책을 보려 하지 않으니, 마치 진수陳壽의 『삼국지』 책을 판 돈으로 이야기꾼을 불러 북을 두드리며 떠드는 적벽대전 이야기를 듣는 것과 같다. 슬프고 우습지만 대부분이 이러하다.
>
> 後人稱杜陵爲詩史, 乃不知此九十一字中有一部開元天寶本紀在內. 俗子非出像則不省, 幾欲賣陳壽『三國志』以雇說書人打匾鼓夸赤壁鏖兵. 可悲可笑, 大都如此.

왕부지는 다시 한번 두보를 '시사'라고 붙이는 명명을 속인의 낮은 식견이라 비판하면서, 마치 역사책을 팔아 그 돈으로 이야기꾼의 이야기를 듣는 것과 같다고 하였다. 반대로 이백이야말로 「현종본기」에 해당하는 역사를 시의 방식으로 표현하였다고 보았다. 「높은 언덕에 올라 먼 바다를 바라보며」는 비록 구체적인 사실은 없지만 두보의 '시사'

작품보다 더 뛰어나다는 것이다. 결국 역사나 현실을 제재로 하는 것을 반대하지는 않으나 어디까지나 고시古詩와 같이 '창탄唱歎할 수 있고 내재적 맥락을 써야[於唱歎寫神理]'하며 '노래와 온화한 소리[永言和聲]' 속에 녹아있어야 하는 등 시적 처리가 이루어져야 한다고 주장하였다. 이러한 시각에서 백거이와 원진의 악부樂府는『당시평선』에서 한 수도 싣지 않았다.

그렇다면 장편의 서사시는 시가 아닌가? 그렇지 않다. 왕부지는 서사가 긴 작품은 가행체歌行體에서 다룰 수 있다고 하여 서사의 기능은 가행체로 넘기고, 서정시는 '일정한 때의 하나의 일一時一事'을 써야 한다며 서사적 요소를 일체 배제하였다. 다시 말해 서정시의 문체적 독립과 예술적 특징을 인정하고 수호하려고 한 것을 알 수 있다. 이러한 관점은 물론 토론할 여지가 있지만, 사실의 진실성을 추구하는 역사 서술과 감정의 진실성을 찾는 시의 경계, 즉 문학과 비문학의 경계를 명확히 하여 전통적으로 모호한 인식을 극복했다는 점과 그리고 서정시의 문체적 특징을 옹호한 점은 일정한 의의가 있다.

현량現量, 시의 본질에 대한 창의적인 인식

시의 문체적 특징에 기초하여 왕부지는 시의 본질을 '정감의 자연스러운 표현', '현량', '정경교융' 등으로 표현하였다. 이 가운데 특히 왕부지의 창의성이 가장 크게 나타난 부분은 '현량現量' 개념으로, 비록 창작론에서 출발했지만 그의 시학의 주요한 근거가 되며, 여러 방면의 관점을 지탱하는 중심 역할을 한다.

'현량'은 인식론 성격이 강한 고대 인도의 인명학因明學에서 나온 개념으로, 사유의 세 가지 방식인 현량現量, 비량比量, 비량非量 중 하나이다. 왕부지는 그가 별도로 쓴 「상종낙삭相宗絡索」에서 현량을 세 가지 층위에서 서술하였는데, 곧 '현재現在', '현성現成', '현현진실顯現眞實, 진실된 현현'이다. '현재'는 '지나간 인상을 갖지 않는 것不緣過去作影'이며, '현성'은 '생각하거나 비교할 겨를 없이 접촉하자마자 깨닫는 것一觸卽覺, 不假思量計較'이며, '현현진실'은 '객관 대상이 가진 본래의 실상을 진실되게 아는 것彼之體性本自如此, 顯現無疑, 不參虛妄'이라 하였다.

모든 사물은 그 자체가 완정한 상태로 존재하면서 다방면의 규정성을 가지며, 사람의 생활과도 다양한 관계를 맺는다. 그런데 사람은 분별할 수 있는 언어와 이에 대응된 사유를 가져, 대상을 비교하고 규정하면서 대상이 원래 가진 완정성을 잊거나 깨닫지 못하게 되는 경우가 많다. 왕부지는 「상종낙삭」에서 소와 토끼를 예로 들며, 사람은 이들을 다 같이 동물로 규정하거나, 혹은 뿔이 있는 종류나 뿔이 없는 종류로 규정하는데, 그 결과 소와 토끼에게 원래부터 있는 다른 규정성을 배제하게 됨으로써 결국 대상 본래의 실상을 잊게 된다고 하였다. 분별하는 사유와 언어로 인해 대상의 일면만 보고 전체를 통찰하지 못할 수 있다는 것이다. 그러므로 왕부지는 뛰어난 시에 있는, 대상을 전면적으로 인식하는 '감성 사유'를 중시하여 현량의 개념을 도입하였다고 볼 수 있다. 현량의 의미를 시 창작의 영역에서 간단히 요약하면 곧 시인이 "형상[景]을 마주할 때 일어나는, 직접적이고 직각적인 정감의 진실되고 자연스런 유로流露"라고 할 수 있다.

이러한 직각적인 사유는 종영鍾嶸의 '직심直尋'이나 사공도司空圖의 '직치直致' 등에도 그 단면이 보이지만, 왕부지는 그의 시론과 함께 세 종의 『고시평선』, 『당시평선』, 『명시평선』에서 구체적인 작품과 연관시켜 밝혔기에 이론적 완성도가 높고 더 구체적이고 더 완정하다고 할 수 있다. '현량'이란 말은 「석당영일서론夕堂永日緒論」에서 2번, 『고시평선』에서 1번, 『당시평선』에서 2번, 『명시평선』에서 1번, 『강재시집』에서 1번 등 모두 7번 사용하였다. 또 현량이란 용어를 직접 쓰지 않았어도 이 개념에 해당하는 언급도 많다. 「석당영일서론」에서 현량의 뜻을 아래와 같이 비교적 쉽게 나타냈다.

몸으로 겪은 바와 눈으로 본 것이 '철칙'이다. "계곡마다 맑고 흐린 날씨가 다르다陰晴衆壑殊"나 "하늘과 땅이 밤낮으로 떠 있다乾坤日夜浮"와 같이 거대한 경관을 그릴 때도 반드시 이 철칙을 넘어서는 안 된다. '평야는 청주와 서주로 들어간다平野入靑徐'도 지도를 보고 말한 것이 아니라 누대에 올라 바라본 것이다. 담을 사이에 두고 잡극雜劇을 들으면 그 노래는 들을 수 있으나 그 춤은 볼 수 없다. 더 멀리서는 다만 북소리만 들릴 뿐이니 상연하는 대목이 몇 척齣인지 어찌 말할 수 있겠는가? 앞에는 제량齊梁의 시인이, 뒤에는 만당과 송대의 시인들이 모두 마음을 속이고 기교를 자랑했다.

身之所歷, 目之所見, 是鐵門限. 卽極寫大景, 如:'陰晴衆壑殊', '乾坤日夜浮', 亦必不逾此限. 非按輿地圖便可云'平野入靑徐'也, 抑登樓所得見者耳. 隔垣聽演雜劇, 可聞其歌, 不見其舞. 更遠則但聞鼓聲, 而可云所演何齣乎? 前有齊梁, 後有晚唐及宋人, 皆欺心以炫巧.

왕부지는 시인이 직접 보고 겪은 바를 노래해야 한다고 선언하였다. 예로 든 왕유의 「종남산」, 두보의 「악양루에 올라」와 「연주 성루에 올라」는 비록 거대한 경관을 노래했어도 지도를 보거나 상상한 것이 아니라, 제목에서 보듯 각기 현장에 임하여 보고 겪은 바를 노래했다. 왕부지의 저작에서 이와 유사한 언급은 더 있다.

오직 마음과 눈으로 접촉한 곳에서 '경景'을 얻고 구句를 얻어야 비로소 '활발한 기운[朝氣]'이 되고 신필神筆이 된다. (…중략…) 반드시 억지로 긁어 모아서는 안 되며, '유有'를 버리고 '무無'를 찾아선 안 된다. 그래야 장章에서 장章이 되고 구句에서 구句가 되니, 문장의 도와 음악의 이치가 모두 여기에 있다,

只於心目相取處, 得景得句, 乃以朝氣, 乃爲神筆. (…중략…) 必不强括狂搜, 舍有而尋無, 在章成章, 在句成句, 文章之道, 音樂之理, 盡于斯矣.

뛰어난 시가 되는 '철칙', 즉 꼭 지켜야 하는 원칙은 눈과 몸으로 직

접 접촉한 바를 쓰는 일이다.

이와 관련하여 널리 알려진 일화로, 가도賈島가 '스님이 달빛 아래 문을 밀다僧推月下門'는 구를 두고 경조윤 유서초劉棲楚에게 '밀다[推]'로 써야 할지 아니면 '두드리다[敲]'로 써야 할지 의논한 일에 대해 왕부지는 다음과 같이 비판하였다.

> 만약 눈앞의 '경景'을 보고 감흥이 일어났다면, '밀다[推]'고 하든 '두드리다[敲]'고 하든 반드시 그중 하나를 선택할 터이고, '경景'에 따르고 '정情'에 따랐으니 자연히 영묘靈妙하기 마련인데, 어찌 수고로이 이리 따지고 저리 따지며 생각한단 말인가? "긴 황하에 떨어지는 해가 둥글고長河落日圓"는 애초에 정해져 있는 경景이 아니고, "계곡 건너편 나무꾼에게 물어본다隔水問樵夫"는 애초에 생각해서 얻은 게 아니다. 이것이 곧 선가禪家에서 말하는 '현량'이다.
>
> 若卽景會心, 則或'推'或'敲', 必居其一, 因景因情, 自然靈妙, 何勞擬議哉? '長河落日圓', 初無定景, '隔水問樵夫', 初非想得. 則禪家所謂'現量'也.

왕부지가 가도의 시구를 비판한 것은 그의 일화에 의식적인 작시의 방식이 고스란히 들어있기 때문이었다. '밀다[推]'를 쓰든 '두드리다[敲]'를 쓰든 모두 좋은데, 가도는 어느 글자가 더 나은지 비교하고 따지는 지적인 과정을 거쳤기에, 이미 처음의 자연스러움과 감흥이 변형되었다는 것이다. 이렇게 되면 시는 인위적인 조작을 거쳤기에 자연스러움과 생생함을 잃게 된다는 것이다.

왕부지에 따르면 현량이란 '지나간 인상을 갖지 않는 것'이자 '생각하거나 비교할 겨를 없이 접촉하자마자 깨닫는' 시인의 직각적인 사유이다. 이를 시의 본질적인 요소로 여긴 점은 높은 인식을 보여준다. 다만 이를 지나치게 강조하면서 문학예술의 창작에서 으레 있기 마련인 퇴고과 수정을 부정하였다는 점은 더 많은 토론이 필요하다고 본다.

정경교융情景交融에 대한 변증법적 인식

'현량'은 왕부지 시학의 핵심 가운데 하나인 '정경교융情景交融'과도 관련된다. '정情'과 '경景'의 개념은 시를 지을 때 시인의 정감이 묘사 대상과 어떤 관계가 있고 그 대상을 어떻게 처리하느냐는 문제로, 남조 유협劉勰의 『문심조룡文心雕龍』 이래 송대 범희문范晞文의 『대상야화對床夜話』, 원대 방회方回의 『영규율수瀛奎律髓』, 명대 사진謝榛의 『사명시화四溟詩話』 등에서 중요한 발전을 이어온 개념이다. 왕부지는 이들 이론을 흡수한 기초 위에서 '정情'과 '경景'에 대해 높은 인식을 전면적이고 체계적으로 서술하였다. 여기서 하나 지적할 점은, 왕부지 시학의 주요한 개념 가운데 하나인 '경景'은 비록 왕부지가 자연 경물을 묘사한 시구를 예로 많이 들었지만, 자연 경물[景之景]만 가리키는 것이 아니라 사람의 사회생활[事之景], 사람의 감정 상태[情之景], 사람의 성격[人之景] 등을 포괄하는 개념이라는 점이다. 오늘날의 말로 번역하면 '형상形象'이란 말에 가깝다고 할 수 있다. 그러므로 정경교융이란 시인의 주관적 정감과 외부의 객관적 형상과의 조화로운 통일이라 할 수 있다.

왕부지의 인식이 다른 논자와 다른 가장 큰 특징은 '정情'과 '경景'을 둘이면서 하나로 보았다는 점이다. 이러한 특성을 무시한 채 '정情'과 '경景'을 분할하여 작법에 따라 시를 쓰는 행위를 혹독하게 질책하였다. 예컨대 송대 강서시파江西詩派가 두보의 시에서 추출한 '앞에서 경을 묘사하고 뒤에서 정을 나타낸다'는 '선경후정先景後情'과 같은 법칙이 그러하고, 송원 시기 시화에서 '한편에서 정을 나타내면 다른 한편에서 경을 묘사한다'는 '일정일경一情一景'과 같은 법칙이 그러하다. 송대 범희문范晞文이 두보의 시를 두고 "상련은 경이고, 하련은 정이다上聯景, 下聯情" 또는 "상련은 정이고, 하련은 경이다上聯情, 下聯景"라 하거나, "한 구는 정이고 한 구는 경이다一句情, 一句景"는 식으로 말하고, 원대 방회方回가 『영규율수』에서 곧잘 언정지구言情之句와 서경지구敍景之句의 배열을 강조하는 등 단락을 나누어 보는 풍토가 시단을 지배해왔다. 이에 대해 왕부지는 「석당영일서론」에서 다음과 같이 비판하였다.

근체시의 (가운데) 두 연聯에서 한 연에 '정'을 쓰고 (이어서) 한 연에 '경'을 쓰는 것이 한 가지 법칙이다. 그러나 "노을이 바다에서 떠오르며 새벽이 되고, 매화와 버들이 강을 건너며 봄이 오는구나. 온화한 봄기운은 꾀꼬리를 울게 재촉하고, 맑은 햇빛은 네가래를 녹색으로 물들인다雲霞出海曙, 梅柳渡江

春. 淑氣催黃鳥, 晴光轉綠蘋"와 "구름 흐르는 북궐에 옅은 그늘 흩어지고, 비 그친 종남산에 비취빛 짙어진다. 궁궐의 버들은 이미 매화의 봄소식과 다투며 초록물이 들고, 숲속의 꽃은 새벽바람이 불기도 전에 피어난다雲飛北闕輕陰散, 雨歇南山積翠來. 御柳已爭梅信發, 林花不待曉風開"는 모두 '경'이니 무엇이 '정'이란 말인가? 게다가 시의 네 구 모두 '정'이면서 '경어景語'가 없는 시도 헤아릴 수 없이 많다. 그렇다면 이들은 법칙에 안 맞다고 할 수 있는가? 일반적으로 '경'은 '정'으로 합쳐지고, '정'은 '경'으로 일어나는데, 처음에는 서로 나뉘지 않은 채 시인의 뜻[意]에 따른다. 만약 '정'과 '경'을 두 조각으로 잘라 나눈다면 '정'은 '흥'을 일으키지 못하고 '경'도 그 '경'이 아니게 된다. 또 "음력 구월 다듬이 소리가 낙엽을 재촉하니, 십 년 동안 요양 땅에 수자리 지키는 이 생각하네九月寒砧催木葉, 十年征戍憶遼陽"와 같이 두 구 안에서 '정'과 '경'이 대對를 이루는 경우도 있고, "돌 한 덩이 구름 한 조각에도 '색色'을 보시고, 맑은 못 밝은 달에 선정에 든 마음 비추시네. 여의를 흔들며 강론하실 땐 하늘에서 꽃이 떨어지고, 한가한 방에서 앉거나 누우실 땐 봄풀이 짙어라片石孤雲窺色相, 淸池皓月照禪心. 指揮如意天花落, 坐臥閑房春草深"와 같이 네 구 모두 '정'과 '경'이 함께 들어있으니 어디에서 '정'과 '경'을 나눌 수 있는가? 누추한 사람이 누추한 격을 세우는 것이니, "호수는 오 땅과 초 땅을 동남으로 가르고, 하늘과 땅이 밤낮으로 떠 있다. 친척과 친구에게서 한 자 소식도 없으니, 늙고 병든 몸에 쪽배만 있을 뿐吳楚東南坼, 乾坤日夜浮. 親朋無一字, 老病有孤舟" 네 구를 두고 상경하정上景下情이라 말하고 율시의 전범이라 여기니 두보가 구천에서 파안대소하고 있는 지도 모른다.

近體中二聯, 一情一景, 一法也. ‘雲霞出海曙, 梅柳渡江春. 淑氣催黃鳥, 晴光轉綠蘋’, ‘雲飛北闕輕陰散, 雨歇南山積翠來. 御柳已爭梅信發, 林花不待曉風開’, 皆景也, 何者爲情? 若四句俱情, 而無景語者, 尤不可勝數. 其得謂之非法乎? 夫景以情合, 情以景生, 初不相離, 唯意所適. 截分兩橛, 則情不足興, 而景非其景. 且如‘九月寒砧催木葉’, 二句之中, 情景作對. ‘片石孤雲窺色相’四句, 情景雙收. 更從何處分析? 陋人標陋格, 乃謂‘吳楚東南坼’四句, 上景下情, 爲律詩憲典, 不顧杜陵九原大笑.

왕부지는 ‘경’과 ‘정’은 원래 내재적으로 나눌 수 없이 결합된 하나이지만, 시인이 시문을 운용하면서 어느 한 면을 강조할 뿐이라情景名爲二,而實不可離고 보았다. 때문에 “‘경’은 ‘정’으로 합쳐지고, ‘정’은 ‘경’으로 일어난다景以情合,情以景生”고 하였다. 다른 곳에서도 왕부지는 “‘경’에서 ‘정’이 생기고, ‘정’에서 ‘경’이 생긴다景生情, 情生景”고 하여, ‘정’과 ‘경’은 서로 의존하면서 하나로 인해 다른 하나가 일어나는 것이라고 하였다. 또 ‘정’과 ‘경’은 “서로의 집을 감춘다互藏其宅”고 표현하기도 하였다. 이는 송대 이학가 장재張載가 주역에 나오는 음陰과 양陽의 관계를 두고 “양이 음 속으로 들어가고, 음이 양 속으로 지나간다. 그러므로 양은 고립된 양이 아니며, 음은 홀로 있는 음이 아니다. 서로를 포함하면서 형질을 만든다陽入陰中, 陰麗陽中. 故陽非孤陽, 陰非寡陰, 相函而成質”고 한 말의 사고방식과 유사하다.

이처럼 ‘경’과 ‘정’의 관계는 자유롭고 영활靈活한데 사람들이 하나의 법칙으로 이를 가두려 하니 시는 생기를 잃고 만다. '선경후정'은 율시를 모델로 하여 전반 네 구에 '경'을 묘사하고 후반 네 구에 '정'을 쓰거나, 율시의 가운데 두 연을 두고 앞 연에 '경'을 묘사하고 뒤 연에 '정'을 쓰는 방식이다. 왕부지는 '선경후정'의 작법이 아니더라도 얼마든지 뛰어난 시가 되는 사실을 여러 예시를 통해 나타냈다. 위의 인용문에서 두심언杜審言의 「진릉 육승의 '이른 봄의 조망'에 화답하며和晉陵陸丞早春遊望」와 이징李憕의 「임금이 지으신 '봉래궁에서 흥경궁으로 향하는 복도에서 봄비 속 봄날을 조망하다'에 삼가 화답하여 응제하다奉和聖制從蓬萊向興慶閣道中留春雨中春望之作應制」는 모두 율시의 가운데 두 연네구으로 '경'으로만 이루어져 있다. 이는 '선경후정'의 작법에서 앞 연에서 '경'을 묘사하고 뒷 연에서 '정'을 묘사해야 한다는 법칙에 따르지 않으면서도 뛰어난 시가 되었다. 또 다른 예시로 '경'과 '정'이 섞여 나타나거나 '경'과 '정'을 구분하기 어려운 명시도 많다. 뛰어난 시는 이처럼 '경'과 '정'이 하나로 결합되어 있다.

왕부지는 「석당영일서론」에서 말하길, 이백의 "장안의 한 조각 달長安一片月"은 '경 속의 정景中情'이고, 두보의 "그림자는 수많은 관리들 사이에서 고요하고影靜千官裏"는 '정 속의 경情中景'이어서, 뛰어난 시는 그 결합에 흔적이 없다고 하였다. 이처럼 '정'과 '경'의 결합은 내재적 통합이지 어떤 정해진 방식에 따른 기계적이고 외재적 결합이 아니라고 하였다. 이는 『시경』의 뛰어난 시들이 '경'에 촉발되어 '정'을 말하거나, '정'을 말하며 '경'과 연결 짓는 전통이 이루어졌다고 하였다. 이러한 관점은 동아시아의 자연환경이 인간에 밀접하고도 우호적인 문화적 배경에서 이루어졌기에 양성된 개념일 것이다.

이러한 속성을 모르고 기계적으로 먼저 '선경후정先景後情' 또는 '일정일경一情一景', 일허일실一虛一實'의 원칙을 세워놓고 시를 쓴다면 시가 유형적이 되고 지리멸렬하게 될 것이다. 이 역시 시가 '현량'에서 나오는 것임을 잊은 도식적인 시 쓰기의 병폐로, 중당 이후 시가 천편일률에 빠지게 된 근본 원인이다.

작품의 통합성

현량과 정경교융은 모두 작품의 통합성에 기여한다. 작품의 통합성이란 시 작품을 하나의 구조 속에 통합시켜 전체성을 추구한다는 뜻이다. 이는 마치 생명체가 각 지체나 기관이 독립하여 작동하는 것이 아니라 전체적인 통합성 속에서 움직이는 것처럼, 시 작품도 전체성과 통합성이 구句나 연聯보다 중요하다는 의미이다. 이러한 통합성은 전체성全體性, 총체성總體性, 전일성全一性, 완정성完整性 등으로도 부를 수 있을 것이다.

한 편의 시 작품은 언어로 표현되고, 언어는 구句로 조직되며, 구가 이어져 연聯이 되고, 연이 배열되어 작품으로 완성된다고 했을 때, 이는 전통 시학에서 탁구琢句와 장법章法에 속하는 영역으로 수많은 자료가 산출되었다. 특히 당대 이래 시격詩格과 시법詩法들이 작품 구성에 있어 기계적 결합에 주의했다면, 왕부지는 이들 시격과 시법을 전적으로 부정한다는 점에서 전통 시학과 크게 대립된다. 작품의 통합성은 왕부지의 저작을 관통하는 가장 구체적인 창작론이자 작품론이라 할 수 있다.

왕부지는 종종 형상성 있는 비유로 작품의 전체성을 강조였는데, "두서도 없고 마무리도 없는 것이 마치 '한 필의 비단'과 같이 처음부터 끝까지 한 가지 빛깔이다無端無委, 如全匹成熟錦, 首末一色"라고 하거나, "스무 글자가 마치 한 송이 구름과 같다二十字如一片雲"고 하거나, "한 바퀴를 돌아 한 조각이 되었으니 마치 보름달이 빛을 품고 있어도 전혀 윤곽이 드러나지 않은 것과 같다轉成一片, 如滿月含光, 都無輪廓"고 하기도 했다. 이백의 「원별리遠別離」에 대해서도 "마치 한 필의 촉 지방 비단 속에 한 척의 오 지방 비단도 허용하지 않는 것과 같다如一匹蜀錦, 中間固不容一尺吳練"고 하였다. 그가 곧잘 말하는 '하얀 바탕의 빛나는 비단白地光明錦'이 바로 이러한 경지이다.

그렇다면 시인은 어디에서 시작해야 하는가? 목적을 가지고 의식적으로 추구하지도 않고 계획적으로 만드는 것도 아니라면 어떻게 해야 하는가? 왕부지는 시상의 발생에 대해서 현량과 정경교융 등 여러 가지 의견을 제시하였다. 그 중심의 요지란 시는 의도적이고 인위적인 작법이 아니라 '의식과 무의식의 사이[有意無意之間]'에서 자연스럽게 이루어져야 한다는 것이다. 시를 쓸 때 비록 목적의식을 가지고 있지 않다고 하더라도, 시를 쓰는 시인에게는 내재적인 주재자가 있기 마련인데 왕부지는 이를 '신神'이라 하였다. 오늘날의 영감이란 말과 비슷하지만, 신이란 말은 왕부지가 천지를 운행하는 동인의 의미로도 사용하기에 영감이란 말과 약간 다르다. 그 신은 예정되어 있지 않고[不期] 측정할 수 없으며[不測] 상황에 따라 우연히 나타난다.

　시인의 내재적인 주재자를 신이라 한다면, 이 신이 움직이는 지향을 '뜻[意]'이라 하면서, 한 편의 작품을 이끌어나가는 중심으로 보았다. 그러나 왕부지의 '뜻[意]' 개념은 전통적으로 사용해온 주제나 의미와 달라서 주의가 필요하다.

> 　詩歌와 長行文字를 막론하고 모두 '뜻[意]'을 위주로 한다. '뜻[意]'은 장수와 같다. 장수가 없는 병사를 오합지졸이라 한다. 이백과 두보를 '대가'라 부르는 것은 '뜻[意]'이 없는 시가 열에 한둘도 되지 않기 때문이다. 안개와 구름, 샘과 바위, 꽃과 새, 이끼와 숲, 그리고 황금 문고리와 비단 휘장 등은 '뜻'에 기탁해야 생명력이 생긴다. 제량齊梁 시기의 기려綺麗한 시어나 송대 시인들이 글자마다 출처를 따져가며 합성한 시는 고심하여 시구를 찾았을 뿐 '자신의 정에서 절로 나오는 것[己情之所自發]'을 고려하지 않았다. 이를 '소가小家의 수법'이라 부르니, 언제나 일정한 범위 안에서만 해결을 구할 뿐이다.
>
> 　無論詩歌與長行文字, 俱以意爲主. 意猶帥也. 無帥之兵, 謂之烏合. 李杜所以稱大家者, 無意之詩, 十不得一二也. 煙雲泉石、 花鳥苔林、 金鋪錦帳, 寓意

則靈. 若齊梁綺語, 宋人搏合成句之出處, 役心向彼掇索, 而不恤己情之所自發, 此之謂小家數, 總在圈繢中求活計也.

왕부지가 말하는 뜻[意]은 '자신의 정에서 절로 나오는 것[己情之所自發]'을 말한다. 그것은 시인의 감흥에서 절로 자연스럽게 흘러나오는 것이어서 자발적이고 자주적이다. 그러기에 "'경'을 사용하여 '뜻'을 나타내면, '경'이 드러나면서 '뜻'이 희미해지는데, 이는 시짓기의 극치이다蓋用景寫意, 景顯意微, 作者之極致也"고 말했고, "'경'이 다하면 '뜻'이 멈추고, '뜻'이 다하면 '말言'이 쉰다景盡意止, 意盡言息"라고도 했다.

중국 전통 비평에서 입의立意의 중요성은 당대 왕창령王昌齡 등에서부터 이미 주장한 것이지만, 이때의 뜻[意]은 시인의 작시 의도를 가리킨다. 이러한 작시 의도에서 출발하여 남조 제량齊梁 시기 궁체시宮體詩의 기려한 시어가 만들어졌고 송대 강서시파에서 "글자마다 출처가 있어야 한다字字有出處"는 강조 아래 어휘를 찾아 모으게 되었다. 이들의 시에는 주제와 시어 사이에 강한 논리성이 있다. 그러나 왕부지에게 있어 뜻[意]은 시인이 의식적으로 주제를 내세우고 관련 어휘와 전고를 붙여넣는 것이 아니라, 감흥이 일어나 자연스럽게 터져 나오는 자발성을 가진다는 점에서 가장 큰 차이가 있다. 원래『시경』은 물론 소무蘇武와 이릉李陵의 시에서 잘 나타나는 반면, 건안建安 이후에는 이 전통이 사라졌다고 하였다. 또 이백과 두보를 대가라 한 것도 자연스러운 뜻[意]으로 이루어진 작품이 대부분이기 때문이다.

이렇게 보면 뜻[意]은 작품의 통합성에서 가장 주도적인 역할을 하는 요소라 할 수 있다. 이러한 뜻[意]은 일정한 방향성을 가지는데 왕부지는 이를 '세勢'라 하여, 이로부터 언어와 전고가 통일적으로 따라오게 된다고 하였다.

만약 하나의 제재, 또는 한 사람, 또는 한 가지 일, 또는 한 가지 사물을 붙들고 그 외양을 묘사하거나, 비유를 찾거나, 어휘를 찾거나, 전고를 찾는다면, 이는 마치 둔한 도끼로 참나무나 떡갈나무를 찍는 것과 같으니, 껍질 부스러기만 우수수 흩어질 뿐 어찌 한 가닥 결이라도 얻을 수 있겠는가? '뜻[意]'을 위주로 하면, '세'가 따라온다. '세'는 '뜻[意]' 속에 있는 '내재적 맥락'이다. 오직 사령운만이 세를 취할 수 있었으니, 굽히고 펼치고 휘돌며 그 '뜻'을 완전히 드러내었다. 뜻이 다하면 '세'가 멈추고 거의 남은 말이 없게 된다. 구름이 감도는 가운데 솟구치며 꿈틀대는 것이 그려진 용이 아니라 살아있는 진짜 용이다.

把定一題, 一人, 一事, 一物, 於其上求形模, 求比似, 求詞采, 求故實, 如鈍斧子劈櫟柞, 皮屑紛霏, 何嘗動得一絲紋理? 以意爲主, 勢次之. 勢者, 意中之神理也. 唯謝康樂爲能取勢, 宛轉屈伸, 以求盡其意; 意已盡則止, 殆無剩語: 夭矯連蜷, 煙雲繚繞, 乃眞龍, 非畫龍也.

위 인용문은 생동적인 비유로 '세'의 의미를 서술하였다. 이때의 '세'는 시인의 뜻[意]이 자연스럽게 흘러가는 추세이며, 그러므로 "뜻이

다하면 '세'가 멈추고 거의 남은 말이 없게 된다"고 하였다. 이는 마치 상류에 있는 강물이 낮은 곳으로 흘러가려는 속성을 '뜻'이라 한다면, 경사에 따라 내려가는 과정을 '세'라 할 수 있을 것이다. 그렇지만 때로 말이 끝났어도 뜻은 끝나지 않고 기세도 멈추지 않는 경우도 있다. 노상盧象의 「영성에서 바람에 배를 띄우며永城使風」를 평하면서 "붓끝에 세가 머물러 있다筆端但有留勢"고 한 것은 시인의 뜻이 충만함을 가리킨다. 요컨대 '뜻'을 위주로 시문을 쓴다면 이에 따라 '세'가 붙어 자유롭게 변화하는 가운데 작품의 통합성이 이루어진다고 할 수 있다.

왕부지는 '뜻[意]'의 중요성을 서술하면서 여기에서 한 걸음 더 나아가 '하나의 뜻[一意]'을 강조하였다.

> 한 편의 시는 '하나의 뜻[一意]'을 실어내고, '하나의 뜻'은 곧 '하나의 기운'에서 나오니, 시작과 끝이 자연스럽게 이어지며 완성되면, 이를 '성장成章'이라 한다.
>
> 一篇載一意, 一意則自一氣, 首尾順成, 謂之成章.

'하나의 뜻[一意]'은 '하나의 기운[一氣]', '하나의 일[一事]', '일정한 때[一時]', '한 획[一筆]', '하나의 색[一色]' 등과 연관되는 개념으로, 작품의 통합성을 추구하는 왕부지가 자주 사용한 말이다. "한 편의 시는 '일정한 때'의 '하나의 일'을 표현하는데 그쳐야 한다詩止于一時一事"는 언명도 이를 말한다. 다만 서사가 중심이 되는 가행체 작품에서는 두 가지 이상의 일을 쓰는 것을 허용하여 일반적인 서정시와 구별하였다. 요컨대 왕부지는 시인이 창작할 때 밀려드는 감흥과 흥회興會를 중시하였으며, 시적 영감을 운행하는 주체로써 자연스러운 '뜻[意]'과 '하나의 뜻[一意]'을 강조하였다.

구성의 통합성

비록 '하나의 뜻[一意]'으로 작품을 시작하였다고 하더라도 작품 전편이 통합성을 이루는 것은 아니다. 흔히 묘구妙句나 경구警句를 얻은 후, 이로부터 대우와 전고를 덧붙여 한 편의 시를 완성하는 경우가 흔하기 때문이다. 이렇게 되면 왕부지가 경계하는 작위적인 시작법이 되기 쉽다. 이렇게 되지 않기 위해선 작품 전편에 걸쳐 세勢의 인도 아래 시상의 통합성이 유지되어야 할 것이다.

여기에서 우리는 개별 구와 작품 전편의 관계를 어떻게 설정해야 할지 살펴볼 필요가 있다. 왕부지는 시인의 뜻[意]과 시구의 관계를 장수와 병사의 관계로 보기도 하였는데, 아래와 같이 주인과 손님의 관계로 보기도 하였다. 주인은 하나이고 손님은 여럿이니 결국 주인이 손님을 맞이하듯 시인의 뜻[意]을 나타내는 정어情語가 여러 경어景語를 이끌어야 할 것이다.

시문에는 모두 주인과 손님이 있으니, 주인이 없는 손님을 어중이떠중이라고 한다. 세상에 유행하는 시론에서는 비유[比]를 손님이라 하고 직접적인 서술[賦]을 주인이라 하거나, 반反을 손님이라 하고 정正을 주인이라 하는데, 모두 서당 훈장이 학동들을 속이는 '죽은 법칙[死法]'일 뿐이다. 주인을 하나 세워 손님을 기다리게 하면, 모든 손님은 주인의 손님이 아닌 자가 없으니, 주인과 손님이 모두 정을 가지고 서로 어울리게 된다. "가을바람이 위수에 불고, 낙엽이 장안에 가득하구나秋風吹渭水, 落葉滿長安"가 시인 가도賈島와 무슨 상관이 있는가? "상담의 구름이 사라지고 저녁연기 나오는데, 파촉의 눈이 녹아 봄 강물이 흘러오누나湘潭雲盡暮煙出, 巴蜀雪消春水來"가 허혼許渾과 무슨 관계가 있는가? 모두 어중이떠중이일 뿐이다.

詩文俱有主賓, 無主之賓, 謂之烏合. 俗論以比爲賓, 以賦爲主; 以反爲賓, 以正爲主, 皆塾師賺童子死法耳. 立一主以待賓, 賓無非主之賓者. 乃俱有情而相浹洽. 若夫"秋風吹渭水, 落葉滿長安", 於賈島何與? "湘潭雲盡暮煙出, 巴蜀雪消春水來", 於許渾奚涉? 皆烏合也.

　시 짓기의 방도는 반드시 '주인'을 세워 '손님'을 통솔하게 하여 '직각적으로 보이는 경[現景]'을 순리에 따라 묘사하여야 한다. 하나의 '정'과 하나의 '경'은 피차 경계가 있는데, 주인과 손님이 서로 몰려들면, 작자가 누구를 위하는지 모르게 된다. '뜻[意]' 밖에 '경[景]'을 세우고, '경' 밖에 '뜻[意]'을 일으키게 되면 마치 혹 위에 눈과 코가 생기는 것 같이 괴이하고 오래가지 못한다.

詩之爲道, 必當立主御賓, 順寫現景, 若一情一景, 彼疆此界, 則賓主雜遝, 皆不知作者爲誰. 意外設景, 景外起意, 抑如贅疣上生眼鼻, 怪而不恆矣.

위 인용문의 문맥을 보았을 때 주인은 시인의 '뜻[意]'을 가리키며, 손님은 경어를 가리키는 것으로 보인다. 왕부지가 보기에 가도와 허혼은 자신의 '정'에서 자발적으로 출발하여 경어를 지은 것이 아니라, 작품을 구성하기 위해, 즉 경어를 짓기 위해 경어를 지었다. 다시 말해 이들 경어는 주인이 없는 손님들로 "'뜻[意]' 밖에 '경景'을 세운 것[意外設景]"이며, 나중에 이를 가지고 작품을 만들면 "'경' 밖에 '뜻[意]'을 일으킨 것[景外起意]"이 된다.

시문 가운데 뛰어난 부분인 묘구에 대해 왕부지는 특별한 인식을 가지고 있다. 그는 이를 바둑에 비유하여 다음과 같이 말하였다.

바둑을 논하는 사람에게 들으니 "이치를 얻는 것이 최상이고, 기세를 취하는 것이 다음이고, 최하의 경우가 (이기려고) 놓는 것이다"고 한다. 시문에는 경구警句란 말이 있는데 기보棋譜에서 설명하는 묘착妙着과 비슷하다. 묘착이란 살려고 해도 살 수가 없고 죽이려 해도 방도가 없을 때, 틈을 엿보고 들어가 곤경을 벗어나는 것으로, 하수들이 승부를 거는 곳이다. 만약 두 사람이 모두 고수라면 한 판이 모두 좋은 자리를 차지해 그러한 묘착을 쓸 수 없다. 시구가 공교롭지 않아야 한다고 말하는 것이 아니라 마치 한 폭의 '하얀 바탕의 빛나는 비단'과 같이 엉킨 실마디 하나 허용하지 않는다. 처음부터 끝까지 성장成章으로 합쳐져, 뜻이 구 속에 다함이 없으니 무엇이 경구이고 무엇이 경구가 아니겠는가?

聞之論弈者曰 : "得理爲上, 取勢次之, 最下者着." 文之有警句, 猶碁譜中所
註'妙着'也. 妙着者, 求活不得, 欲殺無從, 投隙以解紛, 拙碁之爭勝負者在
此. 若兩俱善奕, 全局皆居勝地, 無可用此妙着矣. 非謂句不宜工, 要當如一片
白地光明錦, 不容有一疵纇; 自始至終, 合以成章, 意不盡於句中, 孰爲警句,
孰爲不警之句哉?

왕부지가 보기에 묘구는 평범한 다른 부분에 비해 돋보일 뿐이지,
오히려 작품의 균형을 흔드는 것이라 할 수 있다. 그래서 오히려 뛰어
난 구는 있으나 작품 자체는 평범한 유구무편有句無篇이 있게 된다. 이
와 반대로 훌륭한 작품은 마치 바둑의 고수가 모든 수에 묘착을 두어
전국全局이 빛나는 것처럼, 또 '하얀 바탕의 빛나는 비단'과 같이 흠결
이 없다. 왕부지는 시구에 대해서도 언제나 부분보다는 작품 전체의
통합성이란 각도에서 본 사실을 알 수 있다.

도식적인 시작법에 대한 비판

왕부지는 일정한 원칙을 세워 시를 짓는 병폐가 당대에 시작되었음
을 보고 특히 『시식詩式』을 쓴 교연皎然에 대해 반복적으로 신랄하게 비
판하였다. 『당시평선』 가운데 영철靈徹의 시에 대한 평어에서 다음과

같이 말하였다.

혐오스러운 것은 자신의 능력을 헤아리지 못하고 미약한 힘으로 제멋대로 사람을 묶으려 하는 것이다. 예컨대 늙은 중 교연은 "문을 두드려도 짖는 개조차 없어, 서쪽 이웃집에 물어보러 가네扣門無犬吠, 欲去問西家"를 쓰는 재주로 감히 『시식詩式』을 써서 천하의 당당한 장부를 구속하려는가? 이는 불교에서 말하는 아직 깨닫지 못했으면서 깨달았다고 생각하는 증상만增上慢으로 혀가 뽑히는 발설지옥에 떨어지는 일인데, 그가 지옥이 아니면 어디로 가겠는가?

所惡者不自料量, 以其藕絲之力, 妄欲縛人, 如皎然老髡以'扣門無犬吠, 欲去問西家'之才, 輒敢立『詩式』以束天下鬚眉丈夫? 如彼教中以增上慢墮拔舌獄者, 舍此奚歸焉?

또 「석당영일서론夕堂永日緒論」에서도 다음과 같이 말하였다.

교연의 『시식』이 나오자 시가 없어졌고, 『팔대가문초』가 나오자 문장이 없어졌다. 규칙을 만든 자는 스스로 젊은 입문자를 잘 이끌었다고 말하지만, 젊은 입문자를 가시밭길로 이끌고 간 것이 바로 여기에 있음을 모른다.

有皎然詩式而後無詩, 有八大家文抄而後無文. 立此法者, 自謂善誘童蒙, 不知引童蒙入荊棘, 正在於此.

『당시평선』에서 왕부지는 교연뿐만 아니라 왕창령, 백거이, 가도 등에 대해서도 특히 평가가 박하고 비난의 어조가 많은데, 이는 그들이 작시의 법칙을 만들었다고 알려졌기 때문일 것이다. 이들은 일본의 공해空海가 편찬한 『문경비부론文鏡秘府論』과 송대 진응행陳應行이 편찬한 『음창잡록吟唱雜錄』에 시격서詩格書의 저자들로 등장하는데, 여기에 왕창령의 『시격詩格』과 『시중밀지詩中密旨』, 백거이의 『문원시격文苑詩格』과 『금침시격金鍼詩格』, 가도의 『이남밀지二南密旨』, 제기의 『풍소지격風騷旨格』 등이 보인다. 이러한 연장에서 송대 강서시파는 두보와 황정견의 시를 법칙화하여 일반 문인들이 그 풍모를 흉내낼 수 있도록 유형화시켰으며, 게다가 명대 들어 전후칠자를 중심으로 한 복고주의가 문단을 주도하면서 모의작이 많아지고 시풍이 유형화되었기에 왕부지는 시학상의 근본적인 인식을 설파하고 이러한 기풍을 바로 잡으려고 하였다.

현량 개념에서 알 수 있듯이 왕부지는 시 쓰기에 있어 이미 정해진 틀을 거부하기에, 역대 문인들이 금과옥조로 여기는 '기-승-전-결起承轉結'과 같은 구성법을 크게 비판하였다. 이는 특히 명대 들어 과거 제도와 팔고문八股文의 영향이 깊어 더욱 심각한 문제가 되었다. 한 편의 시를 '기-승-전-결'의 네 단계로 구성하는 방법은 고대부터 자연스럽게 형성되었지만, 현존하는 문헌에서 이 방법을 천명한 것으로 가장 이른 시기에 나온 것은 원대 양재楊載의 『시법가수詩法家數』와 부약금傅若金의 『시법정론詩法正論』이다. 그러나 이는 시 쓰기를 공식화시킨 '죽은 방법[死法]'이기에 왕부지는 『명시평선』에서 다음과 같이 적극적으로 비판하였다.

"장법章法이란 한 장章마다 한 장章의 법法이 있다. 천 개의 장章이 같은 방법이라면 장법章法이라 이름 붙일 필요가 없다所謂章法者, 一章有一章之法也. 千章一法, 則不必名章法矣. 또 「석당영일서론」에서도 다음과 같이 말했다.

'기-승-전-결'은 (여러 방법 가운데) 한 가지 방법이다. 시험 삼아 초성당 율시를 가져와 검토해보라, 누가 이 방법을 반드시 지키려 했는가? 방법이란 한 편의 시를 구성하는 방법보다 중요한 것이 없는데, 이 네 단계를 세우면 시를 완성할 수 없다. 게다가 심전기의 「고의古意」는 어떻게 풀이할 수 있으며 또 어떤 장법인가? 소미도의 「정월 십오일 밤正月十五日夜」은 혼연히 '하나의 기운一氣'으로 이루어져 있다. 두보의 「다듬이질搗衣」은 곡절이 심해 말미를 잡을 수 없다. 그밖에 어떤 작품은 여섯 구를 평이하게 늘어놓다가 말미의 두 구로 개괄한다. 또는 예닐곱 구에서 뜻을 남김없이 말하다가 말구에서 비백법飛白法으로 들어올려 의취意趣가 높고 멀다.

起承轉收一法也. 試取初盛唐律, 驗之誰必株守此法者? 法莫要於成章, 立此四法, 則不成章矣. 且道'盧家少婦'一詩作何解? 是何章法? 又如'火樹銀花合', 渾然一氣. '亦知戍不返', 曲折無端. 其他或平鋪六句, 以二語括之. 或六七句意已無餘, 末句用飛白法颺開, 義趣超遠.

요컨대 초성당까지는 율시조차도 '기-승-전-결'로 시를 쓴 경우가 거의 없는데, 만약 이 방법으로 시를 쓴다면 무한히 다양한 방법을 쓸 수 없게 된다는 것이다.

특히 네 단락 구성에서 집중되는 문제가 함련제3, 4구과 경련제5, 6구의 문제이다. 일정일경—情—景이나 일허일실—虛—實이 주로 이 두 연에서 일어난다. 즉 함련에 경어를 쓰면 경련에서 정어를 쓰고, 함련에서 실實을 쓰면 경련에서 허虛를 쓰는 식이다. 그러나 왕부지는 다르게 생각하였다.

앞에서 서술했듯이 왕부지는 "정과 경은 이름이 둘이지만 사실 나눌 수 없다情景名爲二, 而實不可離"고 보았기에 정과 경의 관계는 상호 고립적이 아니라 상호 포용적이라 생각했다. 다시 말해 형상을 대하는 사람의 정감은 이미 형상과 하나로 결합되어 있으므로, 시를 쓸 때 의식적으로 이를 분할하지 말아야 한다.

또 이러한 구성에서 흔히 나타나는 패턴 중의 하나는 수련제1, 2구에서 제기한 문제를 미련제7, 8구에서 마무리한다는 점이다. 이렇게 되면 일종의 정해진 도착점을 상정하여 시를 쓰게 되므로 도중에 시적 긴장이 떨어지고 만다. 왕부지는 "한 번 열고 한 번 닫는 일개일합—開—合 형식은 나쁜 시의 비결이다—開—合, 惡詩之訣"고 한 것은 이를 가리킨다. 왕부지는 왕유의 「백관에게 앵두를 하사하시다敕賜百官櫻桃」를 들면서 이러한 결점을 벗어났다고 하였다.

왕부지는 작품의 통합성을 중시하기에 한 편의 시를 몇 개의 단락으로 나누어 짓는 방법을 비판하였다. 그중에서도 시를 네 단락으로 나누는 작업에 대해서 왕부지는 아주 선명하게 비판하였지만, 세 단락으로 나누는 것은 필요한 경우 어쩔 수 없이 수용하는 입장이었다. 율시로 치면 도입제1, 2구, 전환제3~6구, 결말제7, 8구로 이루어졌다. 이밖에 시

작품을 전반부와 후반부 두 단락으로 나누어 보는 관점은 명대 김성탄
金聖嘆이 당대 칠언율시 약 600수를 모두 전후 각각 4구씩 나누어 전해
前解와 후해後解로 분석하고 평론한 『김성탄선비당시金聖嘆選批唐詩』가 나
온 이후로 크게 유행했는데, 왕부지는 이러한 양절체兩折體 시가 어떻게
통합되어 있는지 주의하였다. 예컨대 왕유의 「재주로 가는 이 사군을
보내며送梓州李使君」에 대한 평에서 "명백히 두 단락으로 나뉜 양절체이
지만 다행히 분할되어 보이지 않는 것은 제5, 6구가 흡사 경어 같기 때
문이다."고 하였다.

이에 비해 맹호연의 「동정호를 바라보며 장구령 승상께 드림望洞庭湖
贈張丞相」에 대해선 "종종 '정'과 '경'이 나뉜 곳은 격법에 구속되어, 전
개에 생기가 없다."고 하였는데, 시에서 '경'을 묘사한 전반부의 웅혼
한 광경에 비해 '정'을 나타낸 후반부는 심리적 위축감을 드러내 서로
어울리지 않는데, 이는 '선경후정先景後情'의 시작법으로 써서 '정'과
'경'이 분리되었다고 보았다. 왕부지는 자신의 구체적인 독법을 통해
시인과 작품을 평가했으므로, 일반적인 인상비평과 궤를 달리한다. 작
품 전체를 하나의 유기적인 체계로 본 그의 관점에서는 단락을 나누어
배열하는 인위적인 조작은 작품의 완정성을 부수는 것으로 여겨졌다.

원래 시는 천지의 대자연과 인간의 정이 만나 빚어진 아름답고 찬란
한 것이다. 그러나 조탁을 일삼은 시작법이 후대에 크게 영향을 주었
고, 모의작들이 문단을 뒤덮었다. 왕부지가 '생기'와 '생리'가 있는 작
품을 쓰기 위해선 먼저 도식적인 시작법의 틀을 폐기해야 한다고 주장

하였다. 게다가 왕부지가 살았던 명대에는 시단에 문파 관념이 강하여, 자신의 문파 출신은 칭송하되 다른 문파는 비판하는 등 공정하고 객관적인 비평 원칙이 부족하였다. 이러한 풍기에서 문인들은 자신의 문파 안에서 서로 '재자才子'나 '명가名家'라 부르면서 추켜세우고 오만한 태도를 나타내었다. 겉으로는 서로 경쟁하고 다양한 의견이 나온 듯하지만, 사실은 자신의 보잘것없는 관념을 강조하거나 지엽적인 문제의 논쟁으로 문단의 발전을 저해하였다. 왕부지는 문학사 전반을 꿰뚫는 안목으로 문파 관념을 강하게 비판하면서, 동시에 시작법에 따라 시를 짓는 기풍을 비판하였다. 이는 말할 것도 없이 명대의 복고주의와 문파주의로 대표되는 문단의 폐단을 교정하기 위해서였다.

혼성渾成과 평미平美의 미학

작품의 통합성을 지향하는 왕부지는 『시경』과 한위漢魏 고시古詩를 시의 원형으로 삼고, 미학에 있어서도 혼성渾成과 평미平美의 아름다움을 추구하였다. 왕부지는 혼성 또는 천성天成이란 말을 자주 사용하였는데, 이들 말에서 시의 통합성과 전체성을 드러냈다. 원래 혼성이란 말은 『도덕경』 제25장에서 "혼성으로 이루어진 물건이 천지가 생겨나기 전에 있었다有物渾成, 先天地生"에서 나왔는데, 혼돈의 순수한 상태를 가리킨다. 시의 구성에 있어서도 이러한 통합성과 전체성을 최상으로 보았다.

혼성은 앞에서 말한 현량이란 말을 비롯하여 왕부지가 자주 쓰는 순정純淨, 원윤圓潤, 투탈透脫 등의 의미와 상통한다. 또 평어에서 자주 보이는 협浹이란 글자는 '두루 어울린다'는 뜻인데, 협흡浹洽, 균협勻浹, 상협和浹, 융협融浹, 협합浹合 등의 말로 다양하게 확장되어, 분할되지 않는 정서의 혼융을 나타냈다. 사실 앞에서 토론한 '하나의 뜻[一意]', '하나의 기운[一氣]', '하나의 일[一事]', '일정한 때[一時]', '한 획[一筆]', '하나의 색[一色]' 등도 결국 작품의 혼연일체의 조건이 될 것이다. 왕부지는 종종 "흔적이 없다"는 평어를 사용하였는데, 이 역시 작품 구성의 혼연일체를 상찬한 말이다.

수련부터 함련까지 "영양이 뿔을 건 것과 같이 흔적이 없다."
從起入頷, 羚羊掛角.

처음부터 끝까지 한결같고, 그 가운데에서 여유 있게 시작하고 마무리 지었으니 필묵의 흔적이 전혀 보이지 않는다.
從始至末只是一致, 就中從容開合, 全不見筆墨痕迹.

조탁을 했으나 흔적이 없고, 거칠지만 자취를 남기지 않았다.
琢不留痕, 率不露迹.

원윤圓潤하여 전고 사용의 흔적이 없다.

圓潤無使事之痕.

    혼적이 없거나 자취를 남기지 않았다는 말은 시어나 구성에 있어 인위적인 조작이 없다는 뜻이다. 설령 "조탁했으나" 혼적이 없고, "거칠지만" 자취를 남기지 않았다면, 그것 또한 뛰어나다. "영양이 뿔을 걸다[羚羊掛角]"는 "영양괘각, 무적가구羚羊掛角, 無迹可求"의 준말로, "영양이 뿔을 걸었으나, 그 혼적을 찾을 수 없다."는 뜻이다. 영양이 잠잘 적에는 뿔을 나뭇가지에 걸고 자기에 지면에 발자취가 없어 사냥꾼의 화를 피할 수 있다. 송대 엄우嚴羽가 『창랑시화滄浪詩話』에서 말한 이래, 뛰어난 시에 조탁의 혼적이 보이지 않는다는 의미로 사용해왔다. 왕부지는 조탁의 혼적을 남긴 예도 들었다. "조영祖詠의 시는 종종 수식의 혼적을 남기는데, 예컨대 '바다의 풍광이 개어 빗줄기가 보이고海色晴看雨'가 세상에 유명하지만 취하기 족하지 않다."고 하였다.

    혼성의 미감은 모든 감정을 공유할 수 있고, 그래서 '흥관군원興觀群怨'할 수 있게 만든다. 사람의 정감은 희노애락을 구별할 수 있지만, 그 원천은 하나로 이루어져 있다. 때문에 인위적인 조작을 거치지 않고 순수하게 표현된, 진실로 뛰어난 작품은 '흥관군원'이 동시에 이루어질 수 있다. 왕부지는 두보의 「들을 바라보며野望」에 대한 평어에서 "현량現量이 분명하면 정신을 즐겁게 할 수도 있고 원망을 기탁할 수도 있는 등 못 하는 것이 없다. 이는 '흥관군원'을 하나로 녹여낸 풍아風雅의 조화로운 소리이다"고 하였다.

왕부지는 어디까지나 풍아風雅를 정종正宗으로 삼았기에 촌부村婦와 동심童心의 노래가 비록 좋다고 하더라도 속탄俗誕하므로 대아지당大雅之堂에 들이지 않았다. 이 점이 공안파公安派와 갈리는 부분이다. 왕부지가 지향하는 미학은 유가儒家의 '『시경』의 가르침[詩敎]'인 온유돈후溫柔敦厚에 입각해야 하므로, 아雅와 속俗을 선명히 구분하여 속俗을 배제하였다. 미감도 새롭거나 강건하거나 지나치게 맑은 것은 거부하였다. 두보의 시를 평하여 "'새로움[新]을 추구하다가 편벽해지고', '강건[健]을 숭상하다가 거칠어지고', '맑음[淸]이 지나쳐 차가워지고', '종횡縱橫을 힘쓰다가 잡다해'"졌다고 하면서 비판하였다.

그렇다면 왕부지가 지향하는 미학은 무엇인가? 혼성渾成의 미감이 작품의 구상 과정에서 나온 것이라면, 작품의 감상 과정에서 나오는 것은 평미平美의 미감이라 할 수 있다. 평미平美는 '평平의 아름다움'이라 할 수 있다. 이를 다른 말로 한다면 온유돈후溫柔敦厚와 중정화평中正和平의 미감이라 할 수 있다.

> 종영鍾嶸이 말하길 시는 '평平'이 귀하다고 했는데, 이 작품 역시 험하고 척박한 모습이 없다.
>
> 鍾嶸言詩以平爲貴, 如此亦無崎嶇嶢碻之態.

종영이 시를 평할 때 '평平'자 하나를 중시했는데 바로 이를 말하는 것이다. "어지러운 바위는 허공에 치솟고, 내닫는 파도는 언덕을 친다"와 같은 표현은, 당연히 하늘을 부르며 구원을 구할 상황이니, 다시 시를 읊조릴 여유가 있을 수 없다.

鍾嶸論詩寶一平字, 正謂此也. "亂石排空, 奔濤拍岸", 自當呼天索救, 不得復有吟詠.

뜻은 깊어도 말이 평이하니, 그 곧음을 해치지 않는다.

意至詞平, 不害其直.

왕부지는 종영의 평미平美 관점을 계승하여 이러한 미감을 높이 평가하였다. 종영의 『시품詩品』을 보면, 부량傅亮을 평하면서 "또한 평미平美하다亦復平美"고 하였고, 왕철王屮, 변빈卞彬, 변삭卞鑠을 함께 평하면서 "평미平美에서 멀다去平美遠矣"고 하였다. 여기서 평平은 평범하다는 의미가 결코 아니며, 시의 풍격에서 흔히 사용하는 평담平淡과도 다르다.

왕부지는 평어에서 '평'은 구성과 맥락이 자연스럽게 통합되어 전편이 높은 수준으로 완성된 것을 말한다. 즉 자연스러운 구성과 기세로 작품 전체가 하나의 기운으로 퍼져 있는 것을 평이라 할 수 있다. 앞에서 인용한 바둑의 비유와 같이, 왕부지에 따르면 절묘한 구는 오히려 졸시에서 나오는 것으로, 정말로 뛰어난 시는 전편에 절묘한 구가 없거니와 동시에 절묘하지 않은 구가 없다. 왕부지의 미학에서 평은 가장 높은 경지이다. '두보 배우기[學杜]'에 열중한 역대의 수많은 시인들은 두시의 진수인 평미平美와 온후함[蘊藉]은 배우지 않고 오히려 기이함을 배우려 했기에 실패했다고도 했다.

왕부지의 평어 가운데 평자를 넣어 만든 어휘가 많다. 평담平淡은 인위적이고 모난 부분이 없이 고르고 자연스러운 미감에 담박한 정서를 가졌다는 의미이다. 평아平雅는 평의 미감에 온유돈후의 시교詩敎까지 들어있다는 뜻이다. 평선平善은 "어쩔 수 없이 그럴 수밖에 없는 자연스러운 추세와 지향이 주는 아름다움"을 가리킨다. 평평平平의 첫 번째 평은 자연스럽게 완성된 수준 높은 작품을 가리키고, 두 번째 평은 그 정서가 상당히 보편적이라는 의미가 깃들어 있다. 평대平大는 전편이 자연스러운 구성으로 이루어져 있다는 의미의 평에 시상이 크다는 대大를 더하여 만들어진 평어이다. 이밖에도 평직平直, 평호平好, 평윤平潤, 평정平淨, 평적平適, 평밀平密 등의 평어를 찾을 수 있다. 이들 개괄성이 강한 평어들은 모두 결점이 없는 비단처럼 자연스러운 이치와 기세에 따라 전편이 고르게 빛난다는 뜻을 내포한다.

이와 반대로 감정을 격분시키거나, 과장하거나, 척박하거나, 지나친 모든 것은 평보다 못하다. 여기에 근거하여 두보의 "나의 말이 사람을 놀라게 하지 않으면 죽어서도 그치지 않으리語不驚人死不休"도 비판하였고, 소동파의 「염노교-적벽 회고」도 비판하였다. 모두 온유돈후를 모토로 하는 풍아風雅의 정신에 위배된다고 보았기 때문이다. 왕부지는 기험하고 과장된 표현을 경계하는 대신 온화하고 돈후한 평미의 미학을 가장 높이 쳤으며, 이는 작품의 구성이 혼연일체로 결합하고 시상이 자연스럽게 통합되었을 때 비로소 우러나는 미감이라 할 수 있다.

두보에 대한 가혹한 비판

왕부지 시학의 중요한 특징 가운데 또 하나는 두보에 대한 가혹한 비판이다. 왕부지 시학의 많은 주제가 두보와 관련하여 얽혀있어, 왕부지 시학의 특징은 두보 평가를 통해 가장 첨예하고 분명하게 드러난다고 할 수 있다.

사실 두보에 대한 칭송은 당대 원진元稹과 한유韓愈부터 시작하여, 송대 들어 극성을 이루었다. 소동파蘇東坡는 "밥 한 끼에도 일찍이 임금을 잊은 적 없고一飯未嘗忘君"라며 두보의 도덕성을 높이 칭찬했고, 황정견黃庭堅은 "내력이 없는 글자는 한 자도 없다無一字無來處"며 두보를 추앙하면서 강서시파江西詩派를 열었으며, 진관秦觀은 두보에게 시를 집대성한 공자의 지위를 부여했으며, 양만리楊萬里는 시성詩聖으로 추대하였다. 명대에도 전후칠자前後七子의 복고주의에 두보는 권위의 대상으로 변하였고, 청대에도 두보의 신성한 지위는 흔들리지 않았다. 20세기 백 년 동안에도 두보를 비판한 논문과 학자는 찾아보기 어려울 정도로 두보에 대한 평가는 변함없이 높았다. 20세기 전반기는 중국이 반식민지 상황에서 두보와 같은 충군애민忠君愛民의 시인이 필요하였고, 20세기 후반기는 사회주의 체제에서 인민을 위한 '위대한 사실주의 시인'으로 '시성詩聖' 두보가 추앙되었다.

물론 두보에 대한 비판이 역대로 없었던 것은 아니나 부분적이거나 단편적이었다. 왕부지의 두보 비판이 다른 평자들과 다른 점은 고금의 사상과 시학을 관통하는 기초 위에서 두보의 도덕성부터 '두보 배우기 [學杜]'까지, 또 두보 시의 창작 기법과 내용 및 풍격에 이르기까지 전면적이고 체계적으로 비판했다는 점이다. 다만 그의 의견은 다수의 저작과 함께 장기간 필사본으로 봉인되었던 관계로 평단에 영향을 주지 못하였고, 통행본이 출판된 1980년대 이후에 비로소 널리 알려졌다.

왕부지는 먼저 두보가 자주 말하는 충군애민이 과연 진실인가 의심하였다. 두보의 인품이 그의 시와 다를 수 있다는 의견은 종종 있었지만, 왕부지가 가장 본격적으로 두보의 인품에 대해 이의를 제기하였다. 『당시평선』에 실린 두보 시 「내키는 대로 쓰다漫成」의 평어에서 다음과 같이 말하였다.

두보는 또 일종의 '문 앞 진열대 같은 시구'가 있어 종종 속인의 눈을 끌려하는데, 예컨대 "물이 흘러가나 내 마음은 다투지 않고, 구름이 머무니 내 뜻도 더불어 한가해라水流心不競, 雲在意俱遲"는 도리 있는 말처럼 보이지만 실은 껍데기일 뿐이다. 예컨대 "군주를 보좌하여 요순보다 더 낫게 만들고, 게다가 풍속을 순박하게 할 생각이었어리致君堯舜上, 再使風俗淳"는 충효를 진열한 형국이다. 모두 이 노인의 인품, 심성, 학문, 기량을 크게 망친 곳이다.

杜又有一種門面攤子句, 往往取驚俗目, 如"水流心不競, 雲在意俱遲", 裝名理爲腔殼. 如"致君堯舜上, 再使風俗淳", 擺忠孝爲局面. 皆此老人品, 心術, 學問, 器量大敗闕處.

또 두보의 작품 「관군이 하남과 하북을 수복했다는 소식을 듣고聞官軍收河南河北」에 대해서도 명대 왕사석王嗣奭은 "이 시는 구마다 기뻐 뛰어오르는 뜻이 있으며, 하나의 기운이 흘러들면서 진정한 마음이 곡절 있게 휘도는데, 장식이 전혀 없고 소박할수록 더욱 진실되니, 다른 시인이라면 결코 쓸 수 없다"고 그 진실성을 말했지만 왕부지의 평가는 전혀 달랐다. "소리와 모습을 흡사히 하여 그 슬픔이나 기쁨을 구하는 것이 교묘할 뿐이니, 이는 대아大雅의 쇠락이다聲容酷肖, 哀樂取佞口耳, 大雅之衰也"고 혹평하였다. 즉 안사의 난으로 점령당한 하북과 하남이 관군에 의해 수복된 데 대한 기쁨도 진정이 아니라고 본 것이다. 게다가 감정을 직설적으로 토로하는 것은 시교에도 맞지 않다고 보았다. 이렇게 진정이 아닌 감정을 표현한다면 이것이야말로 '대아大雅의 쇠락'인 것이다.

왕부지가 두보의 도덕성을 비판한 것은 먼저 왕부지 자신이 명나라 멸망을 직접 체험함으로써 얻은 실천적 이해에서 나왔다고 보여진다. 왕부지는 명대 말기 만주족이란 '짐승이 사람의 정원을 짓밟는 상황'에서 저항 운동을 했던 사람으로, 충효란 말로 떠드는 것이 아니라 실제적인 행동으로 나타나야 한다고 생각했다. 왕부지는 명대 말기 국난을 당해 수많은 지식인이 입으로만 애국을 떠들면서 오히려 현실적으로 무력한 모습을 보았을 것이다. 그중에는 문인들의 허약하고 비겁한 면도 남김없이 목도했을 것이다. 그리고 그들이 소리 높여 표현하는 우국애민憂國愛民이 사실은 아무런 현실적 힘이 없이 그저 자신들을 윤색하고 치장한 사실도 보았을 것이다. 그러한 입장에서는 두보의 우국은 그저 목소리만 높이는 위선으로 보였을 것이다. 두보는 시의 도처에서 도탄에 빠진 백성과 자신의 어려움을 호소할 뿐, 현실 속에서 구체적인 방도를 강구하는 모습은 찾아보기 어렵다는 것이다. 때문에 두보의 '나라 걱정憂國'은 '눈썹으로 걱정憂之以眉'하는 것이어서, 과연 그가 진정으로 '나라 걱정'하는지 모르겠다는 것이다. 만약 두보의 우국이 거짓이라면 그의 수많은 작품은 위선이 되는 셈이다. 정오鄭遨의 시 「산에 살며山居」에 대한 평어에서도 "두보의 충효의 정은 이에 미치지 못하니 혈기에 호소하기 때문이다. 장부는 예리한 칼날이 목을 겨눌 때 이와 같아야 하거늘, 하물며 '옷 한 벌로 십 년 동안 입고 한 달에 아홉 끼를 때우는' 상황임에랴!"라고 비판하였다. 왕부지의 논리는 두보가 전란으로 떠돌며 옷도 제대로 못 입고 밥도 제대로 못 먹는 궁핍한 생활을 하는데 무슨 여력이 있어 충효를 할 수 있느냐는 것이다. 두보의 대표작의 하나로, 761년 성도에서 "가을바람에 띠풀집이 부셔졌을茅屋爲秋風所破" 때 쓴 유명한 시에서 "어찌하면 넓고 큰 집 수만 칸을 얻어, 천하의 추운 선비를 덮어 기뻐 웃게 할 거니安得廣廈千萬間, 大庇天下寒士俱歡顔!"라고 했다. 자신의 띠풀집도 변변치 않으면서, '넓고 큰 집 수만 칸을 얻어' 천하의 추운 선비들을 덮어주고 싶다는 말은, 일종의 실속 없는 말잔치에 불과하다는 것이다.

왕부지가 두보의 도덕성을 비판하는 또 하나의 근거는 전국시대 초나라의 굴원屈原이다. 굴원 역시 두보와 마찬가지로 국난의 시기를 살면서 정신의 역정을 형상화했다. 왕부지는 비록 굴원과 두보를 함께 놓고 비교하진 않았으나, 충성과 우국이 어떠해야 하는지『초사통석楚辭通釋』등에서 굴원을 통해서 말하였다. 비록 굴원이 소인의 참언으로 군주의 배척을 받고, 충심이 의심받아 방축을 당한 상태에서, 배회하고 주저하고, 분노하고 실망한다고 해도 그 모든 행위와 정감은 충성과 우국에서 나왔고, 때문에 감정이 충만하고 호연지기가 가득하다고 하였다. 왕부지는 굴원이 "자신을 보존할 좋은 방책을 살피지 않은 것도 아닌데도非不審於全身之善術" 충정이 있기에 죽음을 받아들였다고 강조하였다. 「이소경離騷經」 말미의 주석에서도 반복하여 "이미 생사의 이치에 통달해 있으면서도, 충효의 마음은 더욱 모르지 않다.旣達生死之理, 則益不昧忠孝之心고 하였다." 왕부지가 두보의 도덕성을 비판한 것은 굴원을 상기했을 때 선명해진다. 멸망해가는 초나라의 현실을 마주하며 모색하고 추구한 인격은 작품에도 그대로 각화되었다. 그러나 두보는 전란을 피해 옮겨 다니며 자신과 가족을 건사하는 일조차 겨를이 없으면서 시에서 걸핏하면 천하를 걱정하고 사직을 염려하였으니, 왕부지의 입장에서는 두보의 도덕성이 의심될 수밖에 없었다. 시인의 인격적 요구가 어떠해야 하는지 왕부지는 굴원을 통해 뚜렷이 내세운 셈이다.

'두보 배우기' 비판

왕부지의 두보 비판은 도덕성 측면에만 그치지 않는다. 위에서 '현량'이란 개념에서 알 수 있듯이 왕부지의 시관은 "정감의 진실되고 자연스런 유로"인데 비해 두보의 창작 방식은 지나친 조탁이어서 서로 상충된다. 문제는 송대 강서시파와 명대 전후칠자 등의 영향에 속한 후대의 많은 시인들이 두보의 영향을 받았고, 그들이 따르는 엄격한 성률聲律, 자구字句의 조탁, 산문적인 요소 등이 모두 두보에게서 발원하였다는 점이다.

왕부지는 두보의 도덕성은 물론 시작법, 내용, 풍격 등에 대해서도 상당한 필묵을 할애하여 비판하였을 뿐만 아니라 후대 사람들의 '두보 배우기[學杜]'에 대해서도 신랄하게 비판하였다. 장기간 두시杜詩를 기계적으로 모의한 결과 진실한 감정과 실감이 부족하고, 결국 비슷한 작품과 표절 작품이 넘쳐났다. 왕부지는 천하의 모든 사람이 두보에게 배우는 현상을 아래와 같이 지적하였다.

나의 작고한 친구 상상上湘 사람 구양숙歐陽淑이 말하였다. "두보의 시구 중에 '늙은이가 이른 아침에 백발을 빗질하는데老夫淸晨梳白頭'와 같은 시구는 사람마다 쓸 수 있고, 사람마다 두보가 될 수 있게 하였으니, 그 결과 천하 사람들이 두보를 다투어 말하는 것도 당연하다." 두보를 다투어 말하게 되었으니 그 속에 진정한 두보는 더 이상 존재하지 않게 되었다.

亡友上湘歐陽淑云:"工部詩如'老夫淸晨梳白頭'一派正令人人可詩,　人人可杜, 宜天下競言杜也." 競言杜, 不復有杜矣.

왕부지는 친구 구양숙의 말을 빌려, 천하의 모든 사람이 두보가 될 수 있다고 생각하니 두보가 더 이상 존재하지 않는다고 하였다. 이는 곧 두보의 여러 측면 가운데 쉬운 부분만 배운다는 비판이다. 왕부지는 자신이 활동하던 명말 청초 시기 대다수 '두보 시를 읽고 두보를 배우는 사람들'의 병폐를 다음과 같이 지적하였다.

속인들은 두보 시가 '자잘한 정[近情]'을 노래했다고 좋아하며 모방하여 짓지만, 그들이 모방하여 쓴 시는 염증만 배로 일으킨다. 두보 시를 읽고 두보를 배우는 사람들 대부분 이러한 병폐가 있다. 그리하여 학자든 무인이든 책상 위와 가슴속에 모두 『두보 시집』 한 부가 놓여 있다. 그러나 이는 마치 정사당政事堂에서 만두나 유밀과를 준비하는 것과 같다.

俗子或喜其近情, 便依仿爲之, 一倍惹厭. 大都讀杜詩學杜者, 皆有此病. 是以學究幕客, 案頭胸中, 皆有杜詩一部. 向政事堂上, 料理饅頭饊子也.

왕부지는 먼저 일반적으로 사람들이 두시杜詩를 좋아하는 이유는 일상의 자잘한 경험을 써서 감정적인 친근함을 나타냈기 때문이라고 보았다. 그리고 많은 사람들이 '자잘한 정'을 썼기에 그의 시를 좋아하는 것과 사회적인 활동 사이에는 관련이 없는데도 『두보 시집』이 필독서가 된 현상을 지적하였다. 이는 마치 정령을 시행하는 관청에 음식을 올리는 것과 같고, 또 다른 비유로 떡갈나무와 같은 큰 나무를 자르고 산뽕나무와 같은 작은 나무를 심는 것과 같다고 하였다.

왕부지는 『당시평선』뿐만 아니라 『고시평선』과 『명시평선』에서도 두보에 대한 비판을 적지 않게 언급했다. 특히 『명시평선』에서는 '두보 배우기'의 영향이 직접적으로 나타난 작품을 평하며 두보와 두시를 더욱 신랄하게 비판하였다. 이동양李東陽의 「봄날의 흥취春興」에 대한 평에서 다음과 같이 말했다.

> 이 작품 또한 두보로부터 전수받은 것이다. 북쪽 땅에서는 두보의 목구멍을 얻었는데 여기서는 두보의 비장脾臟을 얻었다.
>
> 亦是杜陵的傳. 北地得杜喉, 此得杜脾.

이동양은 두보에게 배웠는데, 북경에 있을 때는 두보의 운율과 흡사하게 하였고, 「봄날의 흥취」에서는 두보의 기질을 모방하였다고 했다. 명대 시인들이 두보의 일면만을 기계적으로 배우는 현상을 지적한 셈이다. 명대 탕현조湯顯祖의 「남왕분천南旺分泉」에 대한 평어에서 다음과 같이 말했다.

> '사건을 지적하고 의견을 펴는 시'는 당송 사람들의 서사적 격식 속에 들어가면서 한 편의 값싼 문자가 되었고 억지로 압운을 하면서 깊은 느낌이 부

족하다. (함축적이고 완곡한) 방법은 두보에 이르러 망가졌고, '두보 배우기'
에 열중한 사람들에게 이르러 시가 완전히 사라져버렸다.

指事發議詩一入唐, 宋人鋪序格中, 則但一篇陳便宜文字. 强令入韻, 更不足
以感人深念矣. 此法至杜而裂, 至學杜者而蕩盡.

'사건을 지적하고 의견을 펴는 시'는 곧 '현실 비판의 시'로, 이러한
의론이 강한 시는 공식화되어 쉽게 쓸 수 있지만 상투적인 시어에 시
적 공감력이 부족한데 입운만 해대고 있다고 지적하면서 그 시작을 두
보에게서 찾았다. 『명시평선』에는 '두보 배우기'의 폐단을 지적한 경
우가 많다.

왕부지는 명대 내내 '두보 배우기'를 했지만 두시杜詩의 정신은 드러
나지 않았다고 하였다. 그가 두시를 비판하고 '두보 배우기'를 지적하
는 것은 말할 것도 없이 명대 시단에 만연한 모의 시풍을 일소하려는
의도가 있다. 그렇지만 왕부지가 두보의 모든 시를 부정한 것은 아니
다. 그는 두보의 시를 ① 전기, ② 촉 체류 시기, ③ 출협 시기 등 세 시
기로 나누고, 이 가운데 '① 전기'와 '③ 출협 시기'의 시는 대체로 긍정
하지만, '② 촉 체류 시기'의 시는 부정하면서 배워서는 안 된다고 하
였다. '② 촉 체류 시기'는 입촉 때부터 성도와 기주夔州에 체류하던 시
기를 가리킨다. 송대 강서시파와 명대 민시파閩詩派 및 전후칠자 등이
모두 두보의 기주 시기의 시에서 율격律格, 구법句法, 격조格調, 기상氣象
등을 종법으로 삼았기 때문에 이를 비판한 것이다. 두보를 배우더라도

기주 시는 배우지 말라고 하였다. 그가 명대 고계高啓 시에 대한 평어에서 "그고계가 말한 걸 보면, 두보를 스승으로 삼았지만 배우는 점을 잘 선택하였으며, 기주 시기의 두시를 배우지 않았다觀其自道, 以杜爲師, 而善擇有功, 不問津於夔府之杜"고 하였다. 왕부지는 두보를 배우지 않는 것이 가장 좋지만, 만약 '두보 배우기'를 해야 한다면 무엇을 배워야 할지 잘 선택해야 한다고 하였다.

송대 이후 '두보 배우기'에 나선 사람들은 그의 개와 말 그리기는 배우지 않고 그의 귀신 그리기만 배운다. 고금의 모든 사람이 하나같이 이를 추구하여 시를 쓰지만 배우기 어려운 개와 말은 쉽게 배우지 못한다.
宋以下學杜人, 舍其狗馬而學鬼魅, 盡古今人求一爲之難者不易也.

왕부지는 『한비자』에 나오는 "귀신을 그리는 건 쉽지만, 개와 말을 그리는 것은 어렵다畵鬼容易, 畵犬馬難"는 말을 이용하여 "고심하여 얻었지만 고심한 흔적이 없는" 두보의 평미[平美]하고 온후[蘊藉]한 점을 배워야 한다고 말했다. 그러나 송대 이래 사람들은 쉽고 온후한 표현은 버리고 어렵고 기이한 표현을 찾았기에 결국 두보의 장점은 배우지 못하였다고 비판하였다.

위에서는 주로 두보에 대한 비판을 중심으로 서술하였지만, 왕부지가 두보의 장점을 평한 부분도 적지 않다. 『당시평선』에서 두보의 시를 압도적으로 가장 많이 실은 점에서도 알 수 있으며, 평어에서도 두

시의 뛰어난 점을 충분히 지적하였다. 이런 점들을 보았을 때 왕부지의 두시에 대한 평가는 포폄이 섞여있는, 변증법적 사고에서 나온 사실을 알 수 있다.

문명사의 시각에서 정감의 질서를 재구축하다

왕부지가 두시杜詩의 내용과 풍격을 비판하는 것은 일부 학자들이 말하는 것처럼 단순한 문학적인 또는 미학적인 취향에서 나온 것이 결코 아니다. 여기에는 문학적 차원을 넘어서는 보다 큰 시학 논리가 있다. 좀 더 근원적인 대답을 듣기 위해서는 시의 본질론은 물론 경학經學과의 연관 관계에서 나온 그의 사유를 헤아려볼 필요가 있다. 왕부지는 명나라의 멸망에서 오는 유학자의 높은 책임감에서 망국의 원인을 돌아보고 문명의 성격을 연구하는 과정에서, 육경 가운데『시경』과 한위 육조부터 명대까지의 시를 하나의 시적 원리 속에서 바라보았다. 이는 호남성 형양에 있던 왕부지의 상서초당湘西草堂에 걸린 대련의 출구出句가 "육경은 나에게 새로운 면모를 펼치라 책무를 지우네六經責我開生面"라는 말이 잘 말해준다. 육경 가운에『시경』에서 시가 이어졌는데, 이러한 시가 처음에 어떻게 발생되었는지 다음과 같이 말하였다.

세상의 가르침이 쇠미해지고, 음악 또한 무너져 희롱하는 배우의 수준으로 전락하였다. 그러나 타고난 천성에서 나온 감흥은 억누를 수 없어, 파생하여 학사의 마음에 음악에 있던 말이 전해져 시가 되었다. 시 또한 다시 음악의 덕을 모두 형용해 내기에 부족하자, 다시 파생되어 경의經義가 되었다. 경의는 비록 음률이 없지만, 글을 나란히 붙여 문장이 되었는데, 재능으로 펼치고 정으로 이끌었으니, 이 또한 이른바 "말로 하기 부족하니 길게 말하다"는 것으로, 본디 음악에 있던 말의 종류이다. 둘이 하나가 되어 마음의 원성元聲, 근원의 소리이 되었다.

世敎淪夷, 樂崩而降於優俳. 乃天機不可式遏, 旁出而生學士之心, 樂語孤傳爲詩. 詩抑不足以盡樂德之形容, 又旁出而爲經義. 經義雖無音律, 而比次成章, 才以舒, 情以導, 亦所謂言之不足而長言之, 則固樂語之流也. 二者一以心之元聲爲至.

시는 예악禮樂이 붕괴되어 나타난 보상물이란 문명관에서 출발하여, 시와 경의經義가 원래 하나라는 인식을 나타냈다. 이러한 시는 사적인 감정을 표현하는 것이 아니라 천지와 세상을 포괄하는 '집단적 정감'일 수밖에 없는데, 시대가 내려오면서 시가 점점 타락하게 되었다. 1916년 유인희劉人熙는 왕부지가 『고시평선』, 『당시평선』, 『명시평선』 등 세 책을 평선한 목적을 다음과 같이 말했다.

한위漢魏 이래 명대明代까지의 시를 골라 평하면서 아雅와 정鄭을 나누고, 정貞과 음淫을 판별하여, 사인묵객詞人墨客들이 전범을 따르게 하는 이외에 새로운 면모를 열었다. 공자가 산시刪詩한 취지와 종종 저도 모르게 일치하였다. 이를 알면 『시경』을 읽을 수 있고, 이를 알면 한위 이래 정正과 변變을 비롯하여 무한한 의미를 볼 수 있다. 자주색이 붉은색을 빼앗을 수 없게 하고, 음란한 정성鄭聲이 바른 아성雅聲을 어지럽힐 수 없게 하여, '말만 잘하는 입이 나라를 뒤집는 재앙'이 다시는 중화에서 일어나지 않기를 바랐다! 풍아風雅의 주제, 비흥比興의 뜻, 시교詩敎의 지극함이 이 세 책에서 드러났다.

評選漢魏以迄明之作者, 別雅鄭, 辨貞淫, 於詞人墨客唯阿榜樣之外, 別開生面. 與孔子刪詩之旨, 往往有冥契也. 知此, 可以讀三百篇, 知此, 可以觀漢魏以來之正變, 以及無窮. 紫不奪朱, 鄭不亂雅, 利口覆邦之禍, 庶不再見於中華乎! 風雅之旨, 比興之義, 詩敎之極, 見於此三書云爾.

왕부지는 공자가 산시刪詩하여 『시경』을 엮음으로써 "천도가 갖추어지고, 인사가 두루 통하여, 마침내 천고에 시교詩敎의 지극함이 세워진天道備, 人事恰, 遂立千古詩敎之極" 일을 모범으로 삼아, 자신도 역대 시를 평선評選하는 숭고한 임무를 수행하고자 하였다. 왕부지는 공자의 말을 그대로 받아 음악과 시의 타락이 "나라를 뒤집는 재앙覆邦之禍"이 될 수 있다고 보았다. 다시 말해 명나라의 멸망은 곧 시의 타락에서 나온 것이라 본 것이다. 그렇다면 두보와 '두보 배우기'를 비판하는 것과 "아雅와 정鄭을 나누고, 정貞과 음淫을 판별하는" 것도 문명사적 정감을 재구축하여 난세의 나라를 구하는 일이 될 것이다.

이처럼 왕부지가 두보 이래의 시를 비판하는 근본적인 이유는 두보의 시가 천도天道와 관련된 정감으로 상승하는 것이 아니라 개인의 욕망과 감정으로 하락하기 때문이다. 대아大雅의 쇠락은 두보에서 그치는 것이 아니라, 이후 그의 영향이 이어져 명대까지 계속되었고, 이러한 정신의 하락이 곧 망국까지 이르게 했다는 것이다. 시의 타락의 역사 속에서 두보의 영향이 결정적이었기에 그에 대한 비판이 더욱 혹독했다. 왕부지는 『시광전詩廣傳』에서 『시경』「북문北門」의 "끝내 가난하고 궁핍하니終窶且貧""식구들이 모두 나를 나무라네室人交讁"란 구를 들어, 이 시가 두보가 신봉하는 근원인지를 물으며 역대 정감의 변천 과정을 다음과 같이 서술하였다.

그러므로 (맹자는) "화려한 집, 처첩의 시중, 궁핍한 자가 나에게 은혜를 입는 건 좋아하면서, (이와 반대로 道義는) 죽음보다 싫어하는 것은, 사람의 본성을 잃은 것이다"고 말하였다. 이로부터 말하면, (두보가) 처자가 기한에 떠는 것을 근심하고, 집과 음식이 누추함을 슬퍼하고, 알던 사람들의 변덕스러움에 화내어, 하늘을 원망하고 귀신을 나무라기를 마치 부모의 죽음을 슬퍼하듯 거리낌 없이 말하였으니, 사람의 본성을 잃었다고 누가 비판하지 않을 수 있겠는가! (이러한 내용은) 대아大雅와 소아小雅의 변풍變風에도 없거니와, 십이국풍十二國風에서도 몇이 되지 않는다. 한위 육조 초당의 시에도 그다지 보이지 않는다.

이릉李陵의 반역, 식부궁息夫躬의 막힘, 반안潘安과 육기陸機의 위태로움, 심약沈約과 강총江總의 비루함, 심전기沈佺期와 송지문宋之問의 사악함, 그래도 이들에게는 삼가는 태도가 있었다. 시의 가르침은 사람을 청정淸貞으로 이끌어 우둔함과 비루함을 줄여주거니와, 소인에게도 혜택이 미치어 단정한 품행을 잃지 않게 해주는 효험이 있다.

재물도 부족하고 거처와 음식도 변변치 않고 처첩의 섬김도 맞지 않아 떠돌며 쉬지 않고 구걸하면서, 길게 말하고 탄식하며 이들을 시문으로 수식하니, 스스로 황금과 비단에 목마르고 배부르고 술에 취하고픈 마음을 그렸다. 그러면서도 조롱받는 줄 모르는 자는 오직 두보가 있을 뿐이다. (…중략…) 두보가 자신의 본성을 잃은 것은 언급할 필요도 없다. 한유韓愈가 이를 이어받았고, 맹교孟郊가 모방하였고, 조업曹鄴이 전하였으니 마침내 천하에 시가 없어졌다.

故曰 : '宮室之美, 妻妾之奉, 窮乏之得我, 惡之甚于死者, 失其本心也.' 由此言之, 恤妻子之飢寒, 悲居食之儉陋, 憤交遊之炎凉, 呼天責鬼, 如銜父母之恤, 昌言而無忌, 非彈失其本心者, 孰忍爲此哉! 二雅之變, 無有也. 十二國之風, 不數有也. 漢魏六代唐之初, 猶未多見也. 夫以李陵之逆, 息夫躬之窒, 潘安陸機之險, 沈約江總之猥, 沈佺期宋之問之邪, 猶有忌焉. 詩之敎, 導人于淸貞而鑴其頑鄙, 施及小人而廉隅未刓, 其亦效矣. 若夫貸財之不給, 居食之不腆, 妻妾之奉不諧, 遊乞之求未厭, 長言之, 嗟歎之, 緣飾之爲文章, 自繪其渴於金帛, 沒於醉飽之情, 然而不知有譏非者, 惟杜甫耳. (…중략…) 甫失其心, 亦無足道耳. 韓愈承之, 孟郊師之, 曹鄴傳之, 而詩遂永亡于天下.

사실 왕부지는 집단적 지향인 지志와 개인적 지향의 뜻[意]을 구분하고, 집단적 욕구인 대욕大欲과 개인적 욕구인 욕欲을 구분하였다. 그는 "'시는 지志를 말한다'고 했지 '뜻[意]을 말한다'고 하지 않았다. 시는 정情을 나타내는 것이지 욕欲을 나타내는 것이 아니다詩言志, 非言意也. 詩達情, 非達欲也"고 전제하면서, 집단적 욕구인 대욕大欲은 지志와 통하고, 집단적 지향인 공의公意는 정情에 준한다고 보았다大欲通乎志, 公意準乎情. 그러므로 일상의 욕망을 추구하는 것은『맹자』「고자告子」의 말을 빌려 '본성을 잃은 것失其本心也'이고, 이를 시로 표현하는 것은『시경』에는 거의 없으며, 양한위진남북조와 초당까지도 설령 있다고 해도 삼갈 줄 알았다고 하였다. 그런데 두보는 부족한 재물과 누추한 거처와 아쉬운 처첩의 시중을 미주알고주알 늘어놓으며 자신의 욕망을 거리낌 없이 드러냈다. 문제는 이후의 시인들이 두보의 영향을 받아 이러한 경향이 더욱 심해졌고 대세를 이루었다는 점이다. 여기에 나아가 글자를 조탁하고 운율을 맞추고 기승전결의 틀에 넣으면서 시는 더욱 지리멸렬하게 변하였다.

왕부지가 문명사의 시각에서 역대의 시를 바라보고 당대 이래의 시의 내용과 풍격을 비판한 것은 시를 통해 본 정감의 변천이 점점 하락하고 그 결과 명의 멸망까지 이르렀다는 인식에서 나왔다. 그가 세 권의 평선評選을 편찬한 것도 공자의 산시刪詩를 본받아 정감을 바로 세우려는 뜻에서 나온 점을 알 수 있다. 때문에 이 책에는 문명사의 시각에서 타락해가는 인간의 정감을 재구축하려는 이상이 투영되어 있다고 말할 수 있을 것이다.

악부가행

왕적王績 1수

| 北山[1] | 북산 |

舊知山裏絶氛埃,[2] 산속의 친구들 속세 떠나 함께 지냈는데

登高日暮心悠哉. 해 저물 때 높이 오르니 마음이 아득해라.

子平一去何時返?[3] 상장向長이 떠난 후 언제 돌아올지 모르는데

仲叔長遊遂不來.[4] 민공閔貢도 멀리 유람가선 끝내 오지 않는구나.

幽蘭獨夜淸琴曲,[5] 밤에 홀로 핀 난화는 맑은 거문고 가락의 뜻

---

1 北山(북산) : 황협산(黃頰山). 지금의 산서성 하진시(河津市) 동북 교외에 소재한다. 왕적이 살았던 고향에서 북쪽에 있었기에 이름 붙였다.

2 舊知(구지) : 친구. 제3, 4구에 나오는 자평(상장)과 중숙(민공)을 가리킨다. 정신적 친구인 자평과 중숙으로 자신과 함께 동문수학한 후 당나라에서 고관이 된 친구들을 비유했다.
　絶氛埃(절분애) : 먼지를 끊다. 세속 사람들과 왕래를 끊다.

3 子平(자평) : 상장(向長). 자평은 자(字)이다. 서한 말기 은사(隱士). 왕망이 집권한 후 사공 왕읍(王邑)이 해마다 천거하여도 벼슬에 나아가지 않았다. 친구 금경(禽慶)과 친했는데 그 역시 왕망의 정권에 출사하지 않았다. 『주역』과 『노자』에 정통하였으며 나중에는 자식의 혼사를 마친 후 친구들과 오악 등 명산을 다녔다. 『후한서』 「일민전(逸民傳)」과 황보밀(皇甫謐)의 『고사전(高士傳)』 참조.

4 仲叔(중숙) : 민공(閔貢). 중숙은 자이다. 동한 때의 은사. 일찍이 박사에 징초되었으나 나아가지 않았다. 나중에 안읍(安邑)에서 객거하였는데, 나이 들고 가난하여 고기를 살 수 없었기에 매일 돼지 간 한 조각을 샀다. 백정이 간을 주지 않자 현령이 이 사실을 알고서는 관리를 시켜 고기를 자주 공급하게 하였다. 이에 민공이 "어찌 입과 배 때문에 안읍에 묶여 있겠는가?"라며 안읍을 떠났다. 『후한서』 「일민전」과 황보밀 『고사전』 참조.

5 幽蘭(유란) 구 : 공자가 거문고 곡 「의란조」(猗蘭操)를 연주하며 군자의 고결한 마음을 의탁한 일을 환기한다. 공자가 열국을 주유하였으나 제후들의 임용을 받지 못하였다. 공자가 위나라에서 노나라로 돌아오며 은곡(隱谷)을 지나는데 난초가 잡초 사이에 무성하였다. 공자가 이에 탄식하며 수레를 멈추고 거문고를

이요

桂樹凌雲濁酒杯.	구름 위로 치솟는 계수나무는 탁주 든 마음이라.
槁項同枯木,[6]	야윈 목덜미는 마른 나무와 같고
丹心等死灰.	붉은 마음은 불 꺼진 재와 같아라.

【왕평】

육조 사람들이 칠언시를 지을 때 말미 두 구는 오언으로 마감했는데, 이는 사실 당대 율시의 시작이자 가행의 변체이다. 대우의 시작과 끝을 절로 정교하게 하였고 성운 또한 조화로움에 힘썼기에 신운神韻이 준발駿發하다. 그러기에 노래할 수 있고 연주할 수 있고 악부樂府에 들어갈 수 있다.

앞 4구는 구의 안과 글자의 밖이 모두 길게 이어지며 날아오르는 기세여서, 성당 이후 시인들이 끌채에 매인 망아지처럼 촉급한 것과 다르다. 그러므로 칠언율시는 응당 이 시를 시작으로 하여야 이기李頎와 허혼許渾 무리의 졸렬한 시에 빠지지 않을 것이다. 아아! 고시, 가행, 근체시가 하나로 이어져 있음을 알고 있는 시인이 대력 이후 칠백여 년

뜯었다. 동한 시기 채옹(蔡邕)이 지은 『금조(琴操)』 참조.

6 槁項(고항) 2구 : 자신을 잊은 망아(忘我)의 경지를 나타냈다. 『장자』「제물론(齊物論)」에 "육신은 본래 마른 나무처럼 되게 할 수 있다지만, 마음까지 진실로 식은 재처럼 되게 할 수 있겠습니까?(形固可使如槁木, 而心固可使如死灰乎?)"라는 말에서 유래했다. 곽상(郭象)의 주석에 "'식은 재와 마른 나무'라 한 것은, 그 적막하고 감정이 없음을 취한 것일 뿐이다(死灰槁木, 取其寂寞無情而)"고 하였다.

동안 아득히 끊어졌구나. '사시四始'와 '육의六義'가 날로 비루해져 가는 것을 어찌 탓할 수 있으랴.

六代人作七言, 于末二句輒以五言足之, 實唐律詩之祖, 蓋歌行之變體也. 對仗起束, 固自精貼, 聲韻亦務諧和, 乃神韻駿發. 則固可歌可行, 或可入樂府.

如此首前四句, 句裏字外俱有引曳騫飛之勢, 不似盛唐後人促促作轅下駒也. 故七言律詩亦當以此爲祖, 乃得不墮李頎許渾一派惡詩中. 嗚呼! 知古詩歌行近體之相爲一貫者, 大曆以還七百餘年, 其人邈絶. 何怪'四始''六義'之不日趨于陋也.[7]

【해설】

고향에서 은거하는 작자의 적막한 마음을 나타내었다. 왕적이 지은 장편의 「유북산부遊北山賦」를 보면 다음과 같이 유사한 구절이 있다. "친구들의 출처出仕와 은거는 속세와 왕래를 끊고 지내는 것인데, 해 저물 때 높이 오르니 마음이 아득해라. 상장은 떠난 후 언제 돌아오려나, 민공도 멀리 유람가선 끝내 오지 않는구나. 밤에 홀로 핀 난화의 뜻이 깃든 거문고 가락, 구름 위로 치솟는 계수나무의 정취로 든 탁주 잔.

---

7 사시(四始):『시경』을 구성하는 네 가지 큰 부류인『풍(風)』,『내아(大雅)』,『소아(小雅)』,『송(頌)』 각각의 첫 번째 시. 또는『풍』,『대아』,『소아』,『송』 자체를 가리키기도 한다.
   육의(六義):『시경』의 여섯 가지 요소. 즉 풍(風), 아(雅), 송(頌), 부(賦), 비(比), 흥(興)을 가리킨다. 풍, 아, 송은 음악에 따른 분류를 가리키고, 부, 비, 흥은 표현 수법을 가리킨다. 여기서는『시경』의 연장에 있는 만명 청초 시기의 시를 가리킨다.

동산에서 자유롭고 굴속에서 배회하니, 앉으면 고목과 같고 마음은 불 꺼진 재와 같구나舊知出處絶氛埃, 登高日暮心悠哉. 子平一去何時返, 仲叔長遊遂不來. 幽蘭 獨夜之琴曲, 桂樹凌雲之酒杯. 丘園散誕, 窟室徘徊. 坐等枯木, 心同死灰."이렇게 보면 시는 부賦와 거의 비슷한 정취를 나타내고 있으며, 그 지은 때도 641년약53 세으로 같은 때로 보인다. 새로운 왕조인 당나라가 들어서면서 함께 공 부했던 설수薛收와 같은 친구들은 출세를 하거나 흩어졌지만 어쩔 수 없이 은거하게 된 자신은 수대隋代의 유신遺臣을 자처하며 높은 뜻과 고 결한 마음을 나타내었다.

왕부지는 왕발 시의 뛰어난 점을 지적하면서, 당대의 칠언율시가 육 조의 칠언고시와 관련이 깊다고 강조하였다. 칠언고시는 한대 이래 속 조俗調라 여겨 줄곧 문인으로부터 외면을 받았지만, 포조鮑照가 발전시 킨 이후 특히 북조北朝 민가에서 오칠 잡언시가 등장하고, 제량 시기에 격구 압운을 시도하는 새로운 유행이 일어나면서, 통속적인 칠언시는 오언시의 요소를 적극 끌어들인다. 수대에는 육조의 유풍을 이어받아 비교적 자유로워졌는데 왕발은 '대우'를 자연스럽게 하고 '성운'을 조 화롭게 하였다. 전반 4구를 보면 후대의 상투적인 대구로 엄격하게 하 지 않고 시의 기세를 유장하게 넓혀나갔다. 여기에 더하여 말미의 2구 를 소강蕭綱, 503~551의 「의고시擬古詩」와 같이 오언으로 마무리하여 제량 齊梁의 흔적을 남기고 있다. 결국 왕적의 시는 고시에서 율시로 나가는 과정에서 고시의 장점을 보존한 셈이다.

무엇보다도 왕부지가 보기에 칠언율시는 칠언가행에 격률상의 처리를 더하였기에 가행의 변체로 보았다唐律詩之祖, 蓋歌行之變體也. 때문에 칠언율시는 칠언가행의 정신과 미학을 계승해야 하고, 칠언율시에 대한 평가도 가행 전통을 얼마나 계승하였느냐에 달려있게 된다. 초당 시기는 육조와 가까워 가행의 전통이 비교적 잘 보존되었기에 왕부지가 높이 평가하였다. 이러한 가행과 고시의 정신은 성당 때 위기를 맞고 중당 때 타락하기 시작했다고 보았다. 그러기에 대력766~779 이후의 칠언율시를 비판하며 다음과 같이 탄식하며 말하였다. "고시, 가행, 근체시가 하나로 이어져 있음을 알고 있는 시인이 대력 이후 칠백여 년 동안 아득히 끊어졌구나知古詩歌行近體之相爲一貫者, 大曆以還七百餘年, 其人邈絶." 시 형식의 변화 과정에서 시가 지닌 특징을 지적하고 역사적인 맥락에서 시를 읽는 것은 왕부지의 시 읽기 방법 가운데 하나이다.

왕발王勃 1수

滕王閣[8]	등왕각
滕王高閣臨江渚,[9]	등왕이 지은 높은 누각 강가에 솟았는데
佩玉鳴鸞罷歌舞.[10]	패옥과 방울소리, 춤과 노래도 자취 없어라.

8　滕王閣(등왕각) : 현재 강서성 남창에 소재. 당 고조의 아들 등왕 이원영(李元嬰)이 홍주(洪州) 도독으로 있을 때인 639년(정관 13) 세운 누각이다.

9　江渚(강저) : 공강(贛江)의 강가. 공강은 남창을 지나 파양호로 흘러든다.

10　鳴鸞(명란) : 수레의 방울을 울리다. 鸞(란)은 난새로, 천자 또는 제후가 타는 수

畫棟朝飛南浦雲,　　　　채색 두공에는 남포의 아침 구름이 날아들고

珠簾暮卷西山雨.　　　　주렴은 서산의 저녁 비를 걷는구나.

閑雲潭影日悠悠,　　　　연못에 비친 한가한 구름 날마다 유유한데

物換星移幾度秋.[11]　　별이 돌고 경물이 변하여 가을은 몇 번이나

　　　　　　　　　　　지나갔나.

閣中帝子今何在?[12]　　누각 위의 등왕은 지금 어디에 있나?

檻外長江空自流!　　　　난간 밖으로 긴 강물만 부질없이 흘러라.

【왕평】

유창함과 웅건함은 함께 겸하기 어려운데 이 시는 겸하고 있다.

'패옥명란佩玉鳴鸞' 네 글자는 무거운 데도 가벼움을 얻었다.

瀏利雄健, 兩難兼者兼之.

'佩玉鳴鸞'四字, 以重得輕.

【해설】

남창의 등왕각을 노래하였다. 누각이 세워졌을 때의 성대한 장면을

시작으로 누각의 화미함과 풍경의 수려함을 나타내고, 구름과 별로 자

레의 말굴레에 다는 방울이 난새 모양이며 거기에서 난새 울음과 비슷한 소리가 나온다.

11　星移(성이) : 세성(歲星)이 움직이다. 목성이 하늘을 한 번 도는데 12년이 걸리므로 고대에는 일반적으로 이 별로 세월의 변천을 나타내었다.

12　帝子(제자) : 황제의 아들. 곧 등왕 이원영을 가리킨다.

연의 순환에 비기어 세월의 흐름 속에 사라진 인물을 상기하였다. 이는 곧 유한한 인생과 무한한 자연의 대비 속에 고금의 성쇠를 바라보는 감정 구조로, 중국 고전시의 주요한 정감적 인식 가운데 하나이다. 이 시와 관련된 일화는 『당척언唐摭言』에 가장 자세하다. 왕발이 26세 때인 675년상원2 교지交趾에 부친을 뵈러 가는 길에 홍주洪州에 들렀는데, 마침 홍주 도독 염백서閻伯嶼가 9월 9일 중양절을 맞아 누각에서 연회를 개최하는지라 왕발도 참가하여 즉석에서 「등왕각 서문滕王閣序」을 짓고 끝에 이 시를 붙였다. 「서문」에 나오는 명구로는 "떨어지는 노을은 들오리와 나란히 날고, 가을 강물은 하늘과 한 빛이라落霞與孤鶩齊飛, 秋水共長天一色"가 있으며, 이 「서문」은 시와 함께 역대 평자들의 격찬을 받았다. 왕발의 천재성이 잘 나타난 일화이다.

왕부지는 이 시의 전체적인 풍격을 유창瀏利과 웅건雄健으로 요약하였다. 유창은 소리와 관련된 것으로 쉽고 원활한 속성이고, 웅건은 풍격과 관련된 것으로 호방한 속성이다. 상반되는 두 요소가 결합되어 있다는 것은 높은 수준에서 이들이 통합되어 상승하는 효과를 갖는다는 뜻이다. 지극히 높은 평가가 아닐 수 없다. 또 '패옥명란佩玉鳴鸞' 4자에 대해서도 '무거움으로 가벼움을 얻고以重得輕' 있다고 하였다. 무거움이란 등왕각에 모여드는 사람들의 패옥과 명란 소리로 한때의 성황을 나타낸 것이다. 그러나 이 구절은 예전의 성황으로 지금의 적막을 나타냈다. 즉 지금은 예전의 영화와 성황이 모두 사라지고 더 이상 존재하지 않는 사실을 나타냈으므로 가벼움을 표현한 셈이다. 이러한 반친反襯의 수법을 '무거움으로 가벼움을 얻다以重得輕'고 하였다. 결국 왕부지는 풍격과 효과 두 측면에서 왕발이 무거운 주제를 산뜻하고 가볍게 처리해내었다고 지적하였다. 이 시가 왜 뛰어난지를 풀어낸 셈이다.

노조린盧照隣 1수

長安古意[13]	장안 고의
長安大道連狹斜,[14]	장안의 한길은 골목까지 이어져
靑牛白馬七香車.[15]	푸른 소와 흰 말이 칠향거七香車를 끌고 간다.
玉輦縱橫過主第,[16]	옥 가마들 오가며 귀족 저택 들어가고
金鞭絡繹向侯家.[17]	말들은 끊임없이 공후公侯 저택 향하네.
龍銜寶蓋承朝日,[18]	용이 물고 있는 화려한 산개는 아침 해를 받고

---

13 古意(고의) : 고대의 일을 빌려 지금의 뜻을 기탁함. 육조 이래 시의 제목으로 자주 썼다.

14 狹斜(협사) : 골목 길. 한대 악부 「장안 골목의 노래(長安有狹斜行)」에 "두 수레가 좁은 길에서 만났으니, 길이 좁아 수레가 지나갈 수 없구나(相逢狹路間, 道隘不容車)"는 구가 있다. 그밖에 기원(妓院) 또는 기녀라는 뜻도 있다.

15 七香車(칠향거) : 일곱 종류의 향목으로 만든 수레. 고관대작과 귀족들이 타는 수레.

16 玉輦(옥련) : 옥으로 장식한 가마. 원래 황제가 타는 수레이나, 여기서는 귀인의 수레를 가리킨다.
   主第(주제) : 공주의 저택. 여기서는 귀족의 저택을 가리킨다.

17 絡繹(낙역) : 끊이지 않고 이어진 모양.

18 寶蓋(보개) : 화개(華蓋). 화려한 산개(傘蓋). 이 구는 산개의 대에 용머리가 손잡이를 물고 있는 형상으로 조각되어 있음을 형용하였다.

鳳吐流蘇帶晚霞.[19] 봉황이 토하는 술은 저녁노을에 물들어라.

百丈遊絲爭繞樹,[20] 벌레가 뱉어낸 긴 거미줄은 나무에 휘감기고

一群嬌鳥共啼花. 한 무리 아리따운 새들은 꽃을 노래하는데

啼花戲蝶千門側, 이슬 맺힌 꽃에 나비가 노니는 수많은 문 옆

碧樹銀臺萬種色. 푸른 나무에 은빛 누대는 만 가지 색이로다.

複道交窓作合歡,[21] 궁궐 복도의 투각 살창은 합환 무늬로 짜여 있고

雙闕連甍垂鳳翼.[22] 쌍궐의 용마루는 봉황이 날개를 편 듯해라.

梁家畫閣天中起,[23] 양기梁冀의 화려한 누각은 하늘 위로 솟았고

漢帝金莖雲外直.[24] 한 무제의 금동 신선은 구름 위로 곧추섰네.

---

19 流蘇(유소) : 술. 비단이나 깃털로 둥글게 만들어 깃발이나 가마 등에 다는 장식물. 이 구는 휘장 윗부분에 있는 봉황 조각의 입에서 유소가 매달려 있는 모양을 형용하였다.

20 遊絲(유사) : 봄날 벌레들이 토하는 거미줄 같이 가는 실.

21 複道(복도) : 누각과 누각 사이를 연결하는 길. 이층으로 되어 있으므로 복도라 하였다.
交窓(교창) : 투각한 격자창. 동한 말기 「고시십구수(古詩十九首)」에 '투각한 격자창은 꽃문양 같이 곱고(交疏結綺窓)'란 표현이 있는데 이를 말한다.
合歡(합환) : 원래 나무 이름으로, 대칭으로 난 잎이 밤에는 마주 붙기에 그 뜻을 취해 남녀의 애정을 표시했다. 여기에서 유래하여 대칭 문양을 가리키며, 이러한 문양이 들어가면 '합환석(合歡席)'이나 '합환선(合歡扇)'처럼 물건 이름으로 삼는 경우가 많다.

22 雙闕(쌍궐) : 한대 미앙궁(未央宮)의 동궐과 북궐.
甍(맹) : 용마루.
垂鳳翼(수봉익) : 봉황이 날개를 늘어뜨리다. 한대 건장궁(建章宮) 환궐(圜闕)은 위에 금빛 봉황 장식이 있어 봉궐이라 하였다.

23 梁家(양가) : 동한 순제(順帝) 때 외척 양기(楊冀)가 낙양에 호사스럽게 지은 저택. 여기서는 낙양의 일을 빌려 장안을 형용하였다.

樓前相望不相知,　누각 앞에 사람이 많아 서로 바라보아도 모르니

陌上相逢詎相識?[25]　길 위에서 만난들 어찌 알아볼 수 있으랴.

借問吹簫向紫煙,[26]　구름 속을 날아가며 퉁소 부는 농옥弄玉에게 물으니

曾經學舞度芳年.[27]　일찍이 춤 배우며 청춘을 보냈다지.

得成比目何辭死,[28]　비목어比目魚가 된다면 죽음도 마다않고

願作鴛鴦不羨仙.　원앙이 되어 산다면 신선도 부럽지 않다네.

比目鴛鴦眞可羨,　비목어와 원앙새는 정말로 부러우니

雙去雙來君不見?　쌍쌍이 오고 가는 모양 그대들 못 보는가?

生憎帳額繡孤鸞,[29]　제일 싫은 건 휘장에 수놓인 외로운 난새 한 마리

好取門簾帖雙燕.　차라리 문발에 한 쌍의 제비 문양을 붙이리.

24　金莖(금경) : 한 무제가 세운 건장궁의 청동 기둥. 그 위에 청동으로 만든 신선이 승로반을 들고 천상의 감로(甘露)를 받고 있다.

25　陌上(맥상) 구 : 길에서 만나도 서로를 모른다는 말로 사람이 많음을 형용하였다.

26　吹簫(취소) : 퉁소를 불다. 진 목공(秦穆公)의 딸 농옥(弄玉)이 퉁소를 잘 부는 소사(簫史)에게 시집을 가서, 나중에 함께 봉황을 타고 날아간 이야기를 환기한다.
　　紫煙(자연) : 자줏빛 구름. 신선 세상의 구름.

27　芳年(방년) : 꽃다운 나이. 젊은 때.

28　比目(비목) : 비목어(比目魚). 『이아』 「석지(釋地)」에 "동방에 비목어가 있는데 나란히 있지 않으면 가지 않는다. 그 이름은 접(鰈)이다(東方有比目魚焉, 不比不行, 其名謂之鰈)"라 하였다.

29　生憎(생증) : 가장 싫어하다. 당대 구어(口語)이다.
　　帳額(장액) : 휘장 처마.
　　孤鸞(고란) : 외로운 난새. 혼자 사는 일을 비유한다.

雙燕雙飛繞畫梁,　　　제비 한 쌍 나란히 날아와 화려한 들보 휘도
　　　　　　　　　　는데

羅幃翠被鬱金香.[30]　　비단 휘장과 비췻빛 이불엔 울금향 향기로다.

片片行雲著蟬鬢,[31]　　구름이 한 조각씩 매미 같은 머리타래에 날
　　　　　　　　　　아와 앉고

纖纖初月上鴉黃.[32]　　가늘고 긴 초승달은 이마에 와 아황이 되었
　　　　　　　　　　구나

鴉黃粉白車中出,　　　아황에 흰 분 바른 여인들 수레에서 나오니
含嬌含態情非一.　　　요염하고 교태부리는 모습 제각기 달라라.
妖童寶馬鐵連錢,[33]　　멋진 동자는 명마 철연전鐵連錢을 이끌고
娼婦盤龍金屈膝.[34]　　노래하는 무희는 황금 경첩에 용 새겨진 수
　　　　　　　　　　레를 탔어라.

御史府中烏夜啼,[35]　　어사대 관청 안은 밤이 되면 까마귀 울고

30　翠被(취피) : 물총새 깃털로 장식한 이불.
　　鬱金香(울금향) : 생강과에 속하는 여러해살이 초본식물인 울금으로 만든 향료.
　　이를 이불에 스미게 하여 향기를 내게 한다.
31　蟬鬢(선빈) : 머리 모양의 일종. 매미의 몸이 검고 광택이 나는 데서 이름 붙여졌
　　다. 당대에는 귀밑머리를 밖으로 빗어 최대한 확장하였는데, 그 얇은 층이 매미
　　의 날개와 같았다. 여기서는 머리가 구름 같음을 형용하였다.
32　鴉黃(아황) : 여인들이 화장할 때 이마에 바르는 노란 분.
33　妖童(요동) : 미소년. 시정의 경박한 젊은이.
　　鐵連錢(철연전) : 말의 털빛이 푸른색의 동전이 이어져 있는 모양임을 말한다.
34　娼婦(창부) : 노래하고 춤추는 여인.
　　屈膝(굴슬) : 문창이나 병풍 따위가 굽혀지도록 하는데 쓰이는 경첩. 여기서는
　　반룡 장식이 새겨진 경첩이 달린 수레의 문, 곧 수레를 가리킨다. 병풍 또는 여인
　　의 비녀를 가리킨다는 설도 있으나 취하지 않는다.

廷尉門前雀欲棲.[36]   정위廷尉가 있는 관청 안은 저녁이면 참새가 깃드는구나.

隱隱朱城臨玉道,[37]   은은히 붉은 성이 옥돌 깔린 길옆에 있고

遙遙翠幰沒金堤.[38]   비취 휘장 수레가 멀리 둑 너머로 사라지네.

挾彈飛鷹杜陵北,[39]   두릉의 북쪽에서 탄환 쏘아 매를 잡고

探丸借客渭城西.[40]   위성의 서쪽에서 탄환 골라 청부 살인 자행하며

---

35 御史(어사) : 어사대부. 관리의 탄핵을 관장한다.
烏夜啼(오야제) : 까마귀가 밤에 울다. 어사대와 관련된 전형적인 이미지이다. 한대 장안 어사대의 측백나무에 까마귀가 천 마리나 서식하였다. 『한서』「주박전(朱博傳)」 참조.

36 廷尉(정위) : 형법을 관장하는 관리.
雀欲棲(작욕서) : 참새가 깃들려하다. 한대 적공(翟公)이 정위가 되었을 때는 빈객들이 문에 가득했지만, 퇴직하고 나니 한산하여 문밖에 그물을 쳐 참새를 잡을 수 있을 정도였다. 『사기』「급정열전(汲鄭列傳)」 참조. 두 구는 저녁 시간을 가리키면서, 법을 집행하는 관리들이 유협아들이 창가를 왕래하도록 방임하며 한가히 지냄을 말한다.

37 朱城(주성) : 담장을 붉게 칠한 성.
玉道(옥도) : 박석을 깐 길.

38 翠幰(취헌) : 비취색 수레 휘장.
金堤(금제) : 쇠처럼 견고하게 만든 둑.

39 挾彈(협탄) : 탄환을 끼다. 사냥하다.
杜陵(두릉) : 한 선제(漢宣帝)의 능묘. 장안 동남에 소재. 당시 장안의 유협 청년들이 노는 지역이었다.

40 探丸借客(탐환차객) : 남을 위해 탄환을 골라 복수하다. 한대 장안에는 관리를 암살하는 청년들의 조직이 있었다. 행동 개시하기 전에 적환, 흑환, 백환 3개를 섞어 둔 후, 적환을 잡은 사람은 무관을 죽이고, 흑환을 잡은 사람은 문관을 죽이고, 백환을 잡은 사람은 수행 중 희생된 사람을 책임진다. 『한서』「윤상전(尹賞傳)」 참조.

俱邀俠客芙蓉劍,[41]　　모여서 부용검을 걸머진 협객을 맞이하고

共宿娼家桃李蹊.[42]　　다 함께 창기 집에 몰려가 잠을 자더라.

娼家日暮紫羅裙,　　창기 집에 날 저물자 자주색 비단 치마 입은 여인이

淸歌一囀口氛氳.[43]　　맑은 노래 한 곡 부르니 입에서 향기가 짙더라.

北堂夜夜人如月,[44]　　북당에는 밤마다 여인이 보름달 같고

南陌朝朝騎似雲.[45]　　남쪽 길에선 아침마다 말 탄 사람 구름 같은데

南陌北堂連北里,[46]　　남쪽 길과 북당은 북리北里로 이어지고

五劇三條控三市.[47]　　오거리 삼거리에 시장들이 둘렀어라.

41　芙蓉劍(부용검) : 춘추 시대 월나라에서 만든 검. 월왕 윤상(允常)이 구야자(歐治子)를 초빙하여 만든 5자루 보검 가운데 하나인 순균검(純鈞劍). 진나라 설촉(薛燭)이 이를 보고 "부용이 상수에서 막 피어난 듯하다(如芙蓉始生於湘)"고 평하였다.

42　桃李蹊(도리혜) : 복사꽃과 오얏꽃을 보러 다니면서 만들어진 샛길. 원래 『사기』「이장군열전」에 나오는 "복사꽃과 오얏꽃은 말을 안 해도 그 아래로 절로 샛길이 난다(桃李不言, 下自成蹊)"는 말에서 유래했으나, 여기서는 사람들이 몰려간다는 뜻만 취했다. 동시에 꽃으로 창기가 사는 집을 비유하기도 하였다.

43　囀(전) : 노래를 구성지게 부르다.
　　氛氳(분온) : 향기가 짙은 모양. 여기서는 가녀가 노래 부를 때 입에서 나는 향기.

44　北堂(북당) : 여인이 거주하는 집. 여기서는 부호의 집에서 축양하는 가녀가 사는 집.

45　南陌(남맥) : 창기가 사는 집에서 남으로 통하는 길. 위에서 말한 '도리혜(桃李蹊)'.
　　騎似雲(기사운) : 말이 모여든 모습이 구름 같다. 말을 타고 온 손님이 많음을 형용하였다.

46　北里(북리) : 평강리(平康里). 당대 장안의 기녀들이 모여 사는 곳.

47　劇(극) : 교통의 중심지. 세 갈래 길이 서로 통하는 길을 극방(劇旁)이라 하고 교통에 중요한 길을 극로(劇路)라고 하는 것과 같다.
　　삼조(三條) : 세 방면으로 통하는 길.
　　삼시(三市) : 아홉 개 시장 가운데 세 곳.

弱柳靑槐拂地垂,　　　버들과 푸른 홰나무는 땅까지 늘어졌고

佳氣紅塵暗天起.[48]　　번화한 기운과 붉은 먼지에 하늘이 어두워라.

漢代金吾千騎來,[49]　　한나라 집금오가 천 명의 기마병을 이끌고 와

翡翠屠蘇鸚鵡杯.[50]　　앵무 술잔에 비췻빛 술을 따라서 마시니

羅襦寶帶爲君解,　　　비단 저고리 보석 허리띠를 그대 위해 풀고

燕歌趙舞爲君開.　　　연나라 노래와 조나라 춤을 그대 위해 펼친
　　　　　　　　　　　다네.

別有豪華稱將相,[51]　게다가 스스로 장군과 재상이라 칭하는 사
　　　　　　　　　　　람들

轉日回天不相讓.[52]　하늘의 해마저 되돌리는 권세로 위세를 부

48　佳氣(가기) : 번화한 기상.
　　紅塵(홍진) : 시장의 먼지.
49　金吾(금오) : 관직 이름으로 집금오(執金吾)를 말한다. 금군을 통솔하는 장교이
　　다. 당대에는 좌금오위, 우금오위, 금오대장군 등이 있었다. 한대부터 당대까지
　　금오는 대부분 귀족 자제로 충당하였다. 이들의 발호와 음일에 대해서는 동한
　　신연년(辛延年)의 「우림랑」을 비롯하여, 당대 고황(顧況)의 「소년의 노래」와 왕
　　건(王建)의 「우림랑」 등에 일부 반영되어 있다.
50　屠蘇(도소) : 술 이름. 처음 이 술을 만든 곳이 도소여서 이름 붙여졌다. 『형초세
　　시기(荊楚歲時記)』에서는 정월 초하루에 도소주를 마시고 역병을 피한다는 기
　　록이 있다. 일설에는 집, 풀이름, 약주 이름 등의 뜻으로도 쓰인다.
　　鸚鵡杯(앵무배) : 앵무 소라로 만든 술잔. 앵무 소라는 동중국해에서 나는 소라
　　의 일종이다.
51　稱將相(칭장상) : 나가서는 장수요 들어서는 재상이라고 스스로 말하다.
52　轉日回天(전일회천) : 해를 되돌리고 하늘을 움직이다. 권력이 막대함을 비유하
　　였다. 해와 하늘은 일반적으로 천자를 비유하므로, 천자를 움직일 정도로 큰 권
　　세를 말한다. 동한의 환관 좌관(左悺)이 권력을 전횡할 때는 상채후(上蔡侯)에
　　봉해졌고 당시 사람들이 '좌회천(左回天)'이라 불렀다.

리더라.

| 意氣由來排灌夫,[53] | 의기는 애초부터 관부灌夫를 물리치고 |

意氣由來排灌夫,[53]　　의기는 애초부터 관부灌夫를 물리치고

專權判不容蕭相.[54]　　권력은 결코 소망지蘇望之보다 못하지 않아

專權意氣本豪雄,[55]　　권력과 의기로 치면 본래 호걸이니

靑虯紫燕坐春風.[56]　　푸른 구름 같은 '자연紫燕' 타고 춘풍 속을
　　　　　　　　　　　내달렸지.

自言歌舞長千載,　　　스스로 말하기를 노래와 춤을 즐기며 천년
　　　　　　　　　　　을 살고

自謂驕奢凌五公.[57]　　스스로 일컫기를 교만과 사치가 다섯 공자
　　　　　　　　　　　보다 더하다지.

節物風光不相待,[58]　　계절은 바뀌고 풍광은 머물지 않으니

53　灌夫(관부) : 한 무제 때의 장군. 협기가 있고 술을 좋아하였다. 두영(竇嬰)과 결
　　탁하였으나 승상 전분(田蚡)에 죄를 지어 족멸되었다.
54　判(판) : 물리치다. 앞 구와의 대구 관계로 보아 '결코'라 새길 수도 있다.
　　蕭相(소상) : 소망지(蘇望之). 한 선제 때 어사대부와 태자태부를 역임했고, 원제
　　때 전장군이 되었다. 중서령 환관 석현(石顯)의 모해를 받아 자살하였다.
55　豪雄(호웅) : 호걸. 여기서는 패도를 부리는 사람.
56　靑虯(청규) : 청룡. 여기서는 명마.
　　紫燕(자연) : 준마 이름.
　　坐春風(좌춘풍) : 봄바람 속에서 달리다. 득의만만한 모습을 형용한다.
57　五公(오공) : 서한 때 고관이거나 작위를 받은 다섯 사람. 장탕(張湯), 두주(杜
　　周), 소망지(蘇望之), 풍봉세(馮奉世), 사단(史丹)을 말한다. 반고(班固)의 「서
　　도부(西都賦)」에 "관(冠)과 수레 덮개가 구름처럼 모여드니, 일곱 재상과 다섯
　　공이로다(冠蓋如雲, 七相五公)"란 말이 있다. 공후(公侯), 어사대부, 장군을 통칭
　　하여 공(公)이라 한다.
58　節物(절물) : 계절의 변화에 따라 변하는 만물.

桑田碧海須臾改.[59]	뽕밭이 바다 되는 건 순식간이더라.
昔時金階白玉堂,	그 옛날 황금 계단에 백옥으로 세운 집
卽今唯見靑松在.[60]	지금 보이는 건 푸른 솔밭뿐이로다.
寂寂寥寥揚子居,[61]	적막하고 쓸쓸한 양웅揚雄의 거처
年年歲歲一床書.	해마다 책상 가득 책만 가득 하구나.
獨有南山桂花發,[62]	더구나 종남산에 계화가 피면
飛來飛去襲人裾.	이리저리 흩날리다 옷깃에 떨어지네.

【왕평】

이 시는 장형張衡의 「서경부西京賦」와 같은 여러 부賦를 칠언시 형식으로 바꾼 것이다. 두보가 말했듯이 시가 없어지지 않는다면 이 작품 또한 분명 없어지지 않을 것이다. 이 시가 사마상여司馬相如의 작품에 비

59　桑田碧海(상전벽해) : 뽕밭이 바다가 될 정도로 큰 변화. 갈홍(葛洪)의 『신선전(神仙傳)』에 나오는 전고에서 유래했다. 선녀 마고(麻姑)가 신선 왕방평(王方平)에게 말했다. "곁에서 모신 이래로 동해가 세 번 뽕나무밭으로 바뀌는 걸 보았는데, 봉래산으로 가는 중 바닷물이 얕아져 예전의 반밖에 되지 않았습니다. 다시 언덕이 될까요?" 왕방평이 말했다. "동해에 다시 흙먼지가 일어날 것이네".
60　靑松(청송) : 소나무. 무덤을 가리킨다. 고대에는 무덤 근처에 소나무나 측백나무를 심었다. 동한 시기의 고시 「열다섯에 전쟁터에 나가(十五從軍征)」에 "송백나무 사이로 무덤들 있는 곳이오(松柏冢纍纍)"라는 구절에서 알 수 있다.
61　揚子(양자) : 서안 말기의 양웅(揚雄). 한 애제(漢哀帝) 때 정치상으로 뜻을 얻지 못해 집에서 문을 닫아걸고 『태현(太玄)』 등을 저술하여 이름을 남겼다.
62　南山(남산) : 종남산. 장안 남쪽 교외에 소재.
　　桂花(계화) : 서한 회남소산(淮南小山)이 「은사를 부르다(招隱士)」에서 "계수나무 우거졌네, 깊은 산속에(桂樹叢生兮山之幽)"라 노래한 후 계수나무 또는 계화는 은거지를 가리킨다.

견된다면, 낙빈왕駱賓王의 「제경편」은 양웅揚雄의 하등 말에 불과하다. 부賦를 짓는 마음이 다르기에 솜씨의 우열이 드러났다.

'스스로 말하기를自言'와 '스스로 일컫기를自謂' 두 구가 맞서면서 작품 전체는 하나로 이어지는 것처럼 보인다. "게다가 스스로 장군과 재상이라 칭하는 사람들別有豪華稱將相" 단락은 전체總와 부분別, 같고同 다름異을 하나의 거울 속에 섞어 넣었으니 정신과 필력이 홀로 천년에 걸쳐 우뚝하다.

결말은 시의 궤적에 완전히 합치한다.

是將「西京」諸賦改入七言者. 但不廢詩,[63] 則此必不廢. 然此篇似司馬長卿; 駱丞「帝京篇」乃揚雄之下駟. 賦心之別, 靈蠢見矣.

'自言''自謂'兩句頡頏, 通篇却似單頂. '別有豪華'一段, 總別同異, 互入一鏡. 心神筆力, 獨凌千古.

結語合轍.

【해설】

장안의 번화한 모습을 만화경처럼 그려내었다. 봄이 온 장안의 길에 사치스러운 귀족과 고관, 화려하고 아름다운 공주와 비빈, 위세를 부리는 협객과 금오 등이 오가는 모습을 묘사하고 이들이 모두 아리따운

63　不廢詩(불폐시) : 시가 없어지지 않고 오래도록 보존된다. 두보는 「장난삼아 지은 절구 여섯 수(戱爲六絶句)」 제2수에서 초당사걸을 비판한 사람은 이름조차 남아 있지 않지만 초당사걸의 시는 없어지지 않고 강처럼 만고에 걸쳐 흐를 것(不廢江河萬古流)이라고 했다.

창기의 집으로 몰려드는 성황을 그렸다. 그러나 세상은 삽시간에 변하여 부귀와 권세를 앞세운 집들은 무덤으로 바뀌니 오직 독서하며 자신을 지킴만 못하다. 종횡으로 서술하는 가운데 장안의 호화스런 광경과 권세의 추구보다는 안빈낙도를 예찬하였다. 문일다聞一多, 1899~1946는 이 시에 대해 "궁체시 가운데 파천황의 대전변他是宮體詩中一個破天荒的大轉變"이라며 그 의의를 높이 평가했다. 일부 육조의 어휘와 정서가 있지만, 풍부한 내용을 응건한 필력과 부염한 언어를 구사하여 넓은 경계를 이룩한 당대 칠언가행七言歌行의 선구적 작품이다.

왕부지는 먼저 이 시가 한부漢賦에서 유래했음을 지적하였다. 부賦의 시화詩化는 위진남북조에 나타난 뚜렷한 현상이다. 문학 장르의 중심이 부에서 시로 바뀌면서 부의 어휘와 구조, 정서와 특징이 시로 흘러 들어갔는데, 특히 도시를 제재로 한 부는 당대 초기에 장편의 가행체로 나타났다. 그중에서도 노조린의 「장안 고의」는 이들 부 가운데 최고로 친다. 작품의 구성에 있어선, '게다가 스스로 장군과 재상이라 칭하는 사람들別有豪華稱將相' 대목에서 사람들이 서로 위세를 다투어 뽐내는데, 이는 장안의 한길 위로 나선 여러 인물을 모으는 역할을 한다고 지적하였다. 모든 사람이 자신의 부귀와 권세를 자랑하러 나선 것이다. 그들은 '노래와 춤을 즐기며 천년을 살고' '교만과 사치가 다섯 공자보다 더하다.' 그러나 세월은 삽시간에 흘러 호화로운 저택들은 무덤으로 변한다. 그러니 차라리 진리를 추구하는 일만 못 하다. 장편시는 구성을 이해하는 것이 중요한데 왕부지가 정확하게 짚었다.

최융崔融 1수

| 從軍行[64] | 종군의 노래 |

從軍行[64]　　　　　　　종군의 노래

穹廬雜種亂金方,[65]　　　천막에서 사는 잡종들이 서쪽을 어지럽히니

武將神兵下玉堂.[66]　　　신병神兵을 거느린 장수가 궁전을 나선다.

天子旌旗過細柳,[67]　　　천자의 깃발이 세류영細柳營을 지나자

匈奴運數盡枯楊.[68]　　　흉노의 운수가 마른 버들 같이 시들겠구나.

關頭月落橫西裔,[69]　　　관문 위 달은 져서 서쪽에 누워있고

塞下凝雲斷北荒.　　　　변경의 짙은 구름은 북방에 가로 걸쳤다.

漠漠邊塵飛衆鳥,[70]　　　막막한 변방의 먼지에 새들은 날아가고

昏昏朔氣聚群羊.　　　　어두운 삭방의 기운에 양들이 모여든다.

64　從軍行(종군행) : 종군의 노래. 악부시 제목 가운데 하나. 곽무천(郭茂倩)은 『악부시집』에서 '상화가사(相和歌辭)'로 분류하였다. 그 내용은 대부분 군대 생활과 병사의 노고이다.

65　穹廬(궁려) : 유목민족이 사용하는 이동식 주거. 파오. 한대 오손왕에게 시집간 유세군 공주가 지은 노래에 '파오로 집을 삼고 담요로 벽을 삼아(穹廬爲室兮氈爲墻)'란 구절이 있다.
　　金方(금방) : 서쪽. 방위를 오행과 관련시키면 서쪽은 '금'이다. 『논형』(論衡)「물세(物勢)」에 '서방은 금이다(西方金也)'는 말이 있다.

66　玉堂(옥당) : 옥으로 장식한 아름다운 궁전. 그러나 본래 한대의 궁전 이름으로, 후세에는 화려한 궁전을 가리킨다.

67　細柳(세류) : 세류영(細柳營). 지금의 함양시 위수(渭水)의 북안에 한대의 명장 주아부(周亞夫)가 둔병하던 곳이다. 군영(軍營)을 가리킨다.

68　運數(운수) : 운수. 운.
　　枯楊(고양) : 마른 버들. 흉노의 운수가 마른 버들처럼 쇠진했음을 비유하였다.

69　西裔(서예) : 서쪽의 먼 곳. 해가 떨어지는 곳.

70　漠漠(막막) : 드넓은 모습.

依稀蜀仗迷新竹,[71]　　촉 땅의 공죽장筇竹仗을 보니 어린 대나무가
　　　　　　　　　　　생각나고
彷彿胡床識故桑.[72]　　오랑캐 땅 호상胡床을 보니 고향의 뽕나무가
　　　　　　　　　　　생각난다.
臨海舊來聞驃騎,[73]　　사막에 들어서니 예부터 표기장군 곽거병이
　　　　　　　　　　　있었고
巡河本自有中郞.[74]　　황하의 수원을 찾는 데는 원래 중랑장 장건
　　　　　　　　　　　이 있었지.
坐看戰壁爲平土,　　　참호가 메꾸어져 평평해진 걸 둘러보니
近待軍營作破羌.[75]　　조만간 오랑캐를 깨뜨리라 기다릴 수 있구나.

71　依稀(의희) : 흐릿하다. 아마도. 마치 ~와 같다.
　　蜀仗(촉장) : 촉 땅(사천성)에서 나는 대로 만든 지팡이. 특히 마디가 길고 속이
　　찬 대나무인 공죽(筇竹)으로 만든 공죽장(筇竹仗)을 가리킨다. 이 구는 공죽장
　　을 보니 고향의 대나무가 생각난다는 뜻이다.
72　彷彿(방불) : 髣髴 또는 仿佛이라고도 쓴다. 비슷하다. 닮다. 마치. 대개.
　　胡床(호상) : 교의(交椅). 접이식 걸상. 서북 비한족 지역에서 유래했기에 '호상'
　　이라 하였다. 이 구는 뽕나무로 만든 걸상을 보니 고향의 뽕나무가 생각난다는
　　뜻이다. 이역에서 고향 생각을 나타냈다.
73　海(해) : 사막. 변새시에서 종종 사막을 바다로 표현하였다.
　　驃騎(표기) : 표기장군. 서한 때 곽거병(霍去病)을 가리킨다. 한 무제 때 표요교
　　위(嫖姚校尉)가 되어 여섯 번이나 흉노와 싸워 사막을 횡단했고, 돌아와 표기장
　　군에 임명되고 관군후(冠軍侯)에 봉해졌다.
74　中郞(중랑) : 중랑장. 서한 때 장건(張騫)을 가리킨다. 『형초세시기(荊楚歲時
　　記)』에서 장건(張騫)이 조정의 명을 받고 황하의 근원을 찾으러 뗏목을 타고 갔
　　다고 한다.
75　破羌(파강) : 강족을 깨다. 강족은 중국의 서북방에 거주하는 비한족(非漢族)으
　　로, 앞에서 말한 '천막에서 사는 잡종(穹廬雜種)'과 흉노(匈奴)를 가리킨다.

이 시와 채부의 「타구편」은 모두 심군유의 「황하에서 계수나무 배를 저으며桂楫泛中河」에서 유래했다. 요즘 사람들이 이 사실을 모르고 칠언배율이라 부른다.

與蔡孚「打毬篇」俱自沈君攸「桂楫泛中河」來, 近人不知, 呼爲七言排律.

【해설】

서방에서 침입한 이민족에 대해 군사를 이끌고 나가는 과정을 썼다. 주로 전투 과정의 시작부터 끝까지의 전과정을 전개하면서 중간에 변방의 자연 환경과 고향 생각을 끼워 넣었다. 말미에서 승전에 대한 기대를 남겨놓음으로써 낙관적인 정서를 최고조로 끌어올렸다.

왕부지는 칠언시 형식의 계승 과정을 통해 이 시가 지닌 특징을 지적하였다. 칠언시는 초기부터 구구 압운句句押韻이 중심이었지만, 제량齊梁 시기에 이르러 심군유沈君攸,?~573의 「황하에서 계수나무 배를 저으며桂楫泛中河」와 「박모동현가薄暮動弦歌」, 유신庾信과 왕포王褒와 소역蕭繹의 「연가행燕歌行」 등은 격구 압운隔句押韻이 시도되었고, 양 무제梁武帝의 「황하의 물 노래河中之水歌」와 같이 한 편 속에 격구 압운과 구구 압운이 전후반으로 나누어 시도되기도 했다. 이에 대해 명대 말기 양신楊愼은 칠언율시가 나오기 전에 심군유의 「황하에서 계수나무 배를 저으며」와 같은 칠언배율이 먼저 나왔다고 보았으며, 또 종성鐘惺도 최융의 이 시를 "칠언배율로 보면 절묘하지만, 가행으로 본다면 오히려 값이 떨

어진다作一首七言排律看, 則妙, 若看作歌行, 反減價矣"고 하였다. 그러나 왕부지는
최융의 이 시에서 오히려 가행을 보았다. 즉 가행에 다만 격구 압운을
시도한 것으로 보았다. 왕부지는 당대 들어 새로 개척하고 발전시킨
감각과 미감보다는 육조의 감각과 미감을 중시했기에 새로운 요소보
다는 전통의 요소가 많은 이 시를 가행이라 본 것이다.

유정지劉庭芝 2수

公子行[76]   공자의 노래

天津橋下陽春水,[77]   천진교 아래는 봄날의 강물

天津橋上繁華子.[78]   천진교 위에는 부잣집 공자들.

馬聲回合靑雲外,   구름 밖으로 말 울음소리 모여들고

人影搖動綠波裏.   푸른 물결 속에 사람들 그림자 흔들리네.

綠波淸迴玉爲砂,[79]   푸른 물결 맑으니 패옥이 모래가 되고

靑雲離披錦作霞.[80]   구름이 흩어지니 비단이 노을이 되어라.

---

76 公子行(공자행) : 당대 만들어진 신악부. 『악부시집』에서는 '신악부사(新樂府
    辭)'로 분류하였다.
77 天津橋(천진교) : 낙양 교외의 낙수(洛水)에 있던 다리. 수 양제가 605년 부교(浮
    橋)로 만든 게 홍수로 유실되자, 당 태종이 640년 방석(方石)으로 교각을 만들어
    다리를 놓게 했다.
78 繁華子(번화자) : 부귀영화를 누리는 집안의 자제. 여기서는 '공자'를 가리킨다.
79 淸迴(청형) : 맑고 먼 모양. 높게 울리는 소리.
80 離披(이피) : 흩어진 모양.

可憐楊柳傷心樹,	사랑스러워라, 버들은 마음을 아프게 하는 나무이고
可憐桃李斷腸花.	사랑스러워라, 도리화는 애간장을 끊어내는 꽃이로다.
此日遨遊邀美女, [81]	이런 날 즐거운 놀이에 미녀를 부르고
此時歌舞入娼家. [82]	이런 때 노래와 춤에 창기 집에 들어가네.
娼家美女鬱金香,	창기 집 미녀는 울금향 향기
飛來飛去公子傍.	날아갈 듯 공자 옆을 오고 가느니
的的珠簾白日映, [83]	주렴에는 선명하게 햇살이 비치고
娥娥玉顔紅粉粧. [84]	아리따운 옥안은 붉은 화장 하였네.
花際裴回雙蛺蝶, [85]	꽃 사이를 오가는 한 쌍의 나비
池邊顧步兩鴛鴦. [86]	못가에서 헤엄치는 한 쌍의 원앙
傾國傾城漢武帝, [87]	경국지색 만나길 바란 자는 한 무제요

---

81 遨遊(오유) : 놀다. 자유롭게 돌아다니다.
    邀(요) : 부르다. 맞이하다.
82 娼家(창가) : 노래와 춤을 업으로 삼는 사람 또는 그 집.
83 的的(적적) : 밝고 선명한 모양.
84 娥娥(아아) : 교태 있고 아름다운 모양. 「고시십구수」에 "아리따운 붉은 화장에, 살짝 내민 희디흰 섬섬옥수(娥娥紅粉粧, 纖纖出素手)"란 말이 있다.
85 裴回(배회) : 배회하다. 머뭇거리다.
    蛺蝶(협접) : 나비의 일종. 여기서 한 쌍의 나비는 공자와 미녀를 비유한다.
86 顧步(고보) : 돌아보며 천천히 걷다. 여기서 한 쌍의 원앙은 공자와 미녀를 비유한다.
87 傾國(경국) : 경국지색. 서한 이연년(李延年)이 한 무제에게 자신의 여동생을 추천하며 부른 「노래(歌)」에서 유래했다. "북방에 사는 가인은, 세상에 다시 없이 오로지 한 사람뿐. 한 번 돌아보면 성이 무너지고, 두 번 돌아보면 나라가 무너진

爲雲爲雨楚襄王.[88]　　　　선녀와 운우지정 나눈 이는 초 양왕이라.

古來容光人所羨,[89]　　　　예부터 아름다운 얼굴을 부러워했는데

況復今日遙相見.　　　　오늘에야 비로소 마주하여 바라보네.

“願作輕羅著細腰,　　　　“원컨대 비단이 되어 그대 가는 허리 감싸고

願爲明鏡分嬌面.”　　　　원컨대 거울이 되어 아리따운 얼굴 나눠 갖고저.”

“與君相見轉相親,　　　　“그대와 마주 보니 금방 친해져

與君雙棲共一身.　　　　그대와 함께 살며 한 몸이 될래요.

願作貞松千歲古,　　　　원컨대 곧은 소나무로 천년을 살 터이니

誰論芳槿一朝新.[90]　　　　그 누가 아침에 피고 지는 목근화 되오리까.

百年同謝西山日,[91]　　　　백년 후에 서산의 해처럼 함께 저물고

千秋萬古北邙塵.”[92]　　　　천년만년 북망산에 먼지 될래요.”

다. 성이 무너지고 나라가 무너질지 어찌 모르랴만, 그래도 이런 미인은 다시 얻기 어렵다네(北方有佳人, 絶世而獨立. 一顧傾人城, 再顧傾人國. 寧不知傾城與傾國, 佳人難再得.)”

88　爲雲(위운) 구 : 초 회왕(楚懷王)이 무산에서 선녀 조운(朝雲)을 만난 일을 가리킨다. 송옥의 「고당부(高唐賦)」에 의하면, 초 회왕(懷王)이 고당(高唐)에 놀러갔다가 꿈에 선녀를 만났는데, 그녀가 스스로 말하기를 자신은 “아침에는 구름이 되고 저녁에는 비가 됩니다. 아침마다 저녁마다 양대의 아래에 있습니다(旦爲朝雲, 暮爲行雨. 朝朝暮暮, 陽臺之下)”고 하면서 침석을 함께하기를 청했다. 여기서는 양왕(襄王)이라 되어 있는데, 양왕이 아니라 그의 부친 회왕이라 해야 맞다.

89　容光(용광) : 아름다운 얼굴과 풍채.

90　芳槿(방근) : 목근화. 무궁화. 목근화는 아침에 피어 저녁에 지는 꽃으로 일반적으로 인생이나 영화가 짧음을 비유한다.

91　謝(사) : 지다. 시들어 떨어지다.

92　北邙(북망) : 북망산. 낙양 근처의 하남부(河南府) 언사현(偃師縣) 북쪽에 있는

【왕평】

갑자기 '양류楊柳'와 '도리桃李'로부터 '상심傷心'과 '단장斷腸' 네 글자가 덧붙여 나왔으니 얼른 보면 한가한 말이지만 전편이 모두 이와 관련되고 모든 것이 이로부터 나온다. 맥박이 근육 속에서 뛰고, 정신이 그림자 속에 스며들어, 교묘히 조물주의 조화에 참여했으니 필묵의 기세만 있어서가 아니다.

忽從'楊柳''桃李'帶出'傷心''斷腸'四字, 乍看亦是等閑, 通首關生, 全從此出. 脈行肉裏, 神寄影中, 巧參化工, 非復有筆墨之氣.

【해설】

귀공자의 연정을 제재로 한 연애시이다. 봄날 교외의 화창한 풍광과 물결에 흔들리는 미묘한 이미지들 속에서 미녀를 찾아가는 귀공자를 그리고, 나비와 원앙, 경국지색과 무산의 배경 속에 공자와 미녀의 맹세로 마감하였다. 여기에는 들뜬 분위기가 있으면서도 인간 내심의 절실한 감정이 함께 들어있다. 부드러운 춘정에 대한 추구와 아름다운 봄 풍광은 그 자체로 무한한 정감을 일으킨다. 자연계의 봄빛 속에 미인의 미모까지 더하여 무한한 청춘의 욕망을 노래하였다. 비록 명대 말기 당여순唐汝詢은 여색에 빠진 공자를 비판하였다고 하였으나, 교훈

낮은 언덕으로, 풍수 명당이어서 한대 이래 왕후장상의 무덤이 몰려있었다.

적이라 보기에는 그 언어와 이미지가 아름답다. 이는 그 언어가 초당 궁중 염정시의 영향 속에 미염하고 화려한 외형을 가지고 있으면서도, 동시에 소박하고 진실한 말들이 반복되는 민가풍의 표현 속에 살아있기 때문일 것이다. 비록 초당사걸에 비해 강개한 면이 적은 대신, 홍안을 붙들기 어려운 애상감이 봄날의 몽환적인 이미지 속에 어려 있어 독특한 매력을 뿜어낸다. 경박함과 진지함 사이에 유장하게 출렁이는 '청춘의 노래'는 이 시의 특징이라 할 것이다.

왕부지는 신운神韻의 자연스러운 전개에 주목하였다. '양류楊柳'와 '도리桃李'는 청춘과 생명을 나타내고 '상심傷心'과 '단장斷腸'은 쇠락과 슬픔을 의미하는데, 상반되는 두 이미지를 하나로 묶어 서로를 강화하고 있다. 봄날의 버들과 도리화는 '아침에 피었다가 저녁에 지는[朝開夕謝]' 목근화처럼 덧없지만 천년을 사는 소나무가 되고자 하고, 서산의 해처럼 짧은 인생이지만 천년만년의 무덤처럼 죽음을 이기고 싶어하는 애상이 깃들어 있다. 생명감의 절정에서 소멸을 의식하여 슬퍼하기에 두 구에서 모두 '사랑스러워라可憐'란 말을 붙였다. 봄날의 꽃과 미녀가 환기하는 저녁과 소멸과 죽음이 인위적인 흔적 없이 천의무봉으로 결합되어 있다. 의식적인 구성이나 주제의 생경한 제시가 아닌, 자연스러운 정신의 운행을 볼 수 있다.

代悲白頭翁[93]　　　　　'백발노인을 슬퍼하며'를 본떠 지음

洛陽城東桃李花,[94]　　　낙양성 동문 밖의 복사꽃과 오얏꽃

飛來飛去落誰家?　　　　날아오고 날아가며 어느 집에 떨어지나?

洛陽女兒惜顔色,[95]　　　낙양의 여자는 미모가 시들까 아쉬워

行逢落花長歎息.　　　　길 가다가 떨어지는 꽃 보고 장탄식하네.

今年花落顔色改,　　　　올해에 꽃이 지고 나면 얼굴도 시들 터인데

明年花開復誰在?　　　　내년에 꽃이 필 때 누가 여기 있으랴?

已見松柏摧爲薪,[96]　　　송백이 땔감으로 베어지는 걸 보았고

更聞桑田變成海.[97]　　　뽕나무밭도 바다로 변한다고 들었지.

古人無復洛城東,　　　　낙양성 동문 밖 옛사람들은 가고 없는데

今人還對落花風.　　　　지금 사람들 여전히 바람에 날리는 꽃을 마

　　　　　　　　　　　주하네.

年年歲歲花相似,　　　　해마다 해마다 꽃은 비슷하지만

歲歲年年人不同.　　　　해마다 해마다 사람은 같지 않아라.

93　代悲白頭翁(대비백두옹) :『악부시집』에는 '상화가사'에 편입시켰다. 제목이
　「유소사(有所思)」또는「백두음(白頭吟)」이라 되어 있는 판본도 있다.

94　洛陽(낙양) 구 : 동한 송자후(宋子侯)의「동교요(董嬌嬈)」에 "낙양성의 동문 밖
　길에는, 복사꽃과 오얏꽃이 한창이라네(洛陽城東路, 桃李生路傍)"는 구절이 있다.

95　惜顔色(석안색) : 자신의 미모가 시들어 감을 아쉬워하다.

96　摧(최) : 꺾다. 베다. 이 구는「고시십구수」중의 "주인 없는 무덤은 쟁기질로 밭
　이 되고, 소나무와 측백은 땔감으로 베어졌다(古墓犂爲田, 松柏摧爲薪)"에서 유
　래했다.

97　更聞(갱문) 구 : 상전벽해(桑田碧海) 고사를 가리킨다. 갈홍(葛洪)의『신선전(神
　仙傳)』에서 선녀 마고(麻姑)는 일찍이 동해가 세 번 뽕나무밭으로 바뀌는 걸 보
　았다고 하였다. 세월의 거침없는 흐름과 세상의 큰 변화를 의미한다.

寄言全盛紅顔子,[98] 　한창때인 홍안의 젊은이에게 말해주노니

應憐半死白頭翁. 　모름지기 죽음이 가까운 백발노인 동정해주오.

此翁白頭眞可憐, 　이 노인의 백발은 진실로 가련하니

伊昔紅顔美少年.[99] 　예전에는 이 사람도 홍안의 미소년이었네.

公子王孫芳樹下, 　귀공자와 왕손들과 꽃나무 아래 있었고

淸歌妙舞落花前. 　맑은 노래 절묘한 춤 낙화 앞에 보냈어라.

光祿池臺文錦繡,[100] 　광록대부 왕근처럼 연못 누대를 비단처럼 장식했고

將軍樓閣畫神仙.[101] 　대장군 왕기처럼 신선 그림으로 누각을 채웠었지.

一朝臥病無相識, 　하루아침에 병들어 누우니 찾아오는 사람 없고

三春行樂在誰邊?[102] 　봄 석 달 행락을 차지하는 이는 다른 사람이구나.

98　紅顔子(홍안자) : 얼굴이 붉고 윤기 있는 젊은 사람.

99　伊昔(이석) : 이전. 옛날.

100　光祿(광록) : 광록대부. 서한 곡양후(曲陽侯) 왕근(王根)을 가리킨다. 왕근은 저택을 크게 일으켰으며, 정원의 산과 누대가 궁중의 백호전(白虎殿)과 비슷하였다고 한다.

101　將軍(장군) : 동한 대장군 양기(梁冀)를 가리킨다. 양기는 대장군이 되어 교만하고 횡포하였으며 저택을 크게 일으켰다. 방과 집을 연결하고, 기둥과 벽을 조각하고 장식하였으며, 창문에는 모두 청쇄 투각 문양을 새겼고, 운기(雲氣)와 선령(仙靈) 등의 신선 세계를 그렸으며, 누대와 전각은 사방이 통하여 서로 볼 수 있었다. 『후한서』「양통전」 참조.

102　三春(삼춘) : 봄 석 달. 봄이 맹춘, 중춘, 계춘으로되어 있으므로 삼춘이라 하였다.

宛轉蛾眉能幾時?[103]	눈썹이 아름다운 미인도 얼마나 오래 가리오?
須臾鶴髮亂如絲.	삽시간에 학 머리털 실처럼 어지럽네.
但看古來歌舞地,	보이는 건, 예부터 노래하고 춤추는 곳
惟有黃昏鳥雀悲.	오로지 황혼에 새들만 슬피 우네.

【왕평】

'장탄식長歎息' 석 자로부터 한 편의 시가 순조롭게 풀어졌고, '백발노인'이 환영처럼 나왔다. '백발노인'이 돌연 들어왔어도 깨닫지 못하니 이러한 시의 구성을 어찌 식견 짧은 사람이 헤아릴 수 있으랴?

시가 줄곧 이어지며 '본래의 면모[本色]'와 풍광風光이 드러났으니 이것이 곧 칠언시의 근원이다. 나중의 시인들이 '허虛'와 '실實'을 (인위적으로) 배치하고 '정情'과 '경景'을 (법칙을 만들어) 늘어세우는 것은, 마치 나그네가 타향을 고향의 산천이라 여기고 원래의 고향을 잊은 것과 같다.

從'長歎息'三字順出一篇, 幻生一白頭翁, 闖入不覺, 局陣豈淺人所測邪?

一直中露本色風光, 卽此是七言淵系. 後來排撰虛實,[104] 橫立情景,[105] 如

103　宛轉(완전) : 부드럽고 완곡한 모양. 여기서는 노랫소리 또는 춤추는 자태를 가리킨다.
　　蛾眉(아미) : 누에나방의 촉수(觸鬚)처럼 가늘게 구부러진 여인의 눈썹. 여기서는 미인을 가리킨다.
104　교연(皎然)이 『시식(詩式)』에서 '日月'(일월)과 '山河'(산하)와 같은 명사는 '실(實)'로 보고, '笑'(소)와 '啼'(제)와 같은 동사는 '허(虛)'로 보아, '실'은 '실'끼리 대우를 만들고 '허'는 '허'끼리 대우를 만드는 방법을 연상시킨다.
105　송대 강서시파(江西詩派)가 두보(杜甫)의 시에서 추출한 '전경후정(前景後情)'의 시법을 장기간 모의(模擬)한 일을 연상시킨다.

遊子以他鄕爲丘壑, 忘其本矣.

백발의 노인을 내세워 청춘의 빠른 소멸과 부귀의 무상을 노래하였다. 비록 전통적인 주제이나 독창적인 구성 속에 아속雅俗을 겸하는 쉽고 아름다운 언어와 부드럽고 우미한 가락으로 매력적인 작품을 만들었다. 이 시의 작자에 대해서는 역대로 가증賈曾, 송지문宋之問, 유정지劉庭芝 등 세 사람을 두고 논란이 많다. 『대당신어』에는 유정지로 되어있으며, 이 시를 가장 먼저 수록한 책은 당대 손익孫翌의 『정성집正聲集』이라고 하였다. 손익은 개원 연간에 감찰어사를 역임하고 『초학기』 편찬에 참여했던 인물로 유정지와 송지문과 동시대 사람이므로 그의 판단이 가장 유력하다. 유정지의 삼촌이었던 송지문이 이 시를 보고는 "연년세세화상사, 세세연년인부동年年歲歲花相似, 歲歲年年人不同" 구절이 마음에 들어 자신에게 달라고 하였으나, 유정지가 주지 않자 사람을 시켜 흙 주머니로 눌러 죽였다는 이야기가 유명하다. 역대로 명구로 친다.

왕부지는 구성의 절묘함과 자연스러운 점을 높이 평가하였다. 제4구의 '장탄식'이 시작을 열고 중간에 '백발노인'이 등장하여 자신의 탄식으로 바뀌는 점이 절묘하다고 보았다. '낙양의 여자'에서 '백발노인'으로 시적 화자가 바뀌었어도 모르는 것은 이 시가 노래처럼 정감의 운행이 자연스럽고, 이미지 변화가 무리가 없기 때문이다. 후세의 '식견 짧은 사람[淺人]'들은 '허虛'와 '실實'을 섞이도록 하고 선경후정先景後

情을 배치하는 등 시식詩式이나 시법詩法이란 이름으로 미리 설정된 구
성으로 시를 짓기 때문에 정작 중요한 시작법을 모르게 된다. 그것은
마치 원래 자신의 고향즉 진정한 시작법을 잊어버리고 타향의 산천즉 설정된
시작법을 고향이라 여기는 것과 같다.

채부蔡孚 1수

打毬篇[106]	타구편
德陽宮北苑東陬,[107]	덕양궁의 북쪽과 어원의 동쪽
雲作高臺月作樓.	구름으로 터 만들고 달로 누각 만든 곳.
金鎚玉鎣千金地,[108]	천금의 땅 위에 옥빛 나는 금속 채
寶杖彫文七寶毬.[109]	문양 새긴 손잡이에 칠보 박은 공

106 打毬(타구) : 격구(擊毬)라고도 한다. 고대 운동 경기의 하나로 말을 타고 긴 채
　　를 이용해 공을 상대의 구문 안에 넣어 승패를 가린다. 현대 학자들은 타구가 페
　　르시아에서 기원했으며 당대 초기에 중국에 전래되었다고 보고 있다. 당대에는
　　특히 축국(蹴鞠)을 대신하여 성행하였다.『자치통감』권209에서는 당 중종이
　　"격구를 좋아하였기에 이로부터 격구를 숭상하는 풍속이 생겼다(好擊毬, 由是風
　　俗相尚)"고 하였다.
107 德陽宮(덕양궁) : 한 경제(漢景帝) 때 세운 궁전. 여기서는 장안성 안의 궁전을
　　비유한다. 당대에는 장안성 안의 태극궁 승향전(承香殿)과 대명궁 동내원(東內
　　苑)에 모두 구장이 있었다.
108 金鎚(금추) : 쇠로 만든 채.
　　玉鎣(옥형) : 하얀 빛. 鎣(형)은 갈아낸 금속에서 나오는 빛. 여기서는 금속 채에
　　서 나오는 빛을 가리킨다.
109 彫文(조문) : 조각한 문양.

竇融一家三尙主,[110]	부마駙馬가 셋이나 나온 두융 집안 사람들
梁冀頻封萬戶侯.[111]	만호후에 자주 봉해진 양기 가문 사람들
容色從來荷恩顧,	예부터 은혜 입은 용모와 기색이고
意氣平生事俠遊.	평생 동안 유협을 도모한 의기
共道用兵如斷蔗,	사탕수수 자르듯 함께 과감하게 군사를 움직이고
俱能走馬入長楸.[112]	모두 말을 달려 한길로 들어갈 수 있어라.
紅鬃錦鬛風騄驥,[113]	붉은 갈기 얼룩무늬 준마는 바람 같고
黃絡靑絲電紫騮.[114]	노란 굴레 청색 말고삐 자류마는 번개 같아라.

七寶毬(칠보구) : 여러 가지 보석으로 장식한 공.

110 竇融(두융) : 서한 말기 하서대장군으로 할거했다가 왕망(王莽)이 집권할 때는 파수장군(波水將軍)이 되었고 동한 초기 광무제에 귀순한 무장. 광무제가 농서를 통일할 의도가 있는 것을 보고, 천수의 군벌 외효(隗囂)를 격파하였으며 이 공으로 안풍후(安豊侯)에 봉해졌고 아들과 조카들도 은덕을 입었다.

三尙主(삼상주) : 공주와 결혼한 사람이 세 사람 나오다. 두헌의 장자 두목(竇穆)이 내황 공주(內黃公主)와 결혼하고, 손자 두훈(竇勛)이 비양 공주(沘陽公主)와 결혼하고, 조카 두고(竇固)가 열양 공주(涅陽公主)와 결혼하였다.

111 梁冀(양기) : 동한 순제(順帝) 양 황후의 오빠. 양기의 가문에서 일곱 명이 후작에 봉해졌다.

萬戶侯(만호후) : 식읍 만 호의 후. 높은 작위. 한대에는 작위를 20등으로 나누었는데 가장 높은 1등을 통후(通侯) 또는 열후(列侯)라 하였고, 열후 가운데서도 가장 높은 것이 식읍이 만 호인 만호후이다.

112 長楸(장추) : 개오동나무. 고대에는 한길의 양쪽에 개오동나무를 심었다.

113 紅鬃錦鬛(홍렵금종) : 붉은 갈기에 얼룩덜룩한 말털.

騄驥(녹기) : 준마 이름.

114 靑絲(청사) : 청색의 말고삐. 양(梁) 소강(蕭綱)의 「자류마(紫騮馬)」에 "재갈에 묶인 청색 말고삐는 하느적거리고(宛轉靑絲鞚)"란 말이 있다.

紫騮(자류) : 자류마. 자줏빛 털을 가진 준마.

奔星亂下花場裏,	내달리는 별들은 꽃밭 속으로 어지러이 떨어지고
初月飛來畫杖頭.	막 떠오른 달은 그림 장식 채 위로 날아오른다.
自有長鳴須決勝,[115]	악대가 소리를 높이니 승부를 내어야 하는데
能馳迅足滿先籌.	말을 빨리 달려 먼저 점수를 올린다네.
薄暮漢宮愉樂罷,	저녁 되어 궁중에서 즐거운 놀이 파하면
還歸堯室曉垂旒.[116]	다시 궁실에 돌아가 새벽이면 면류관을 쓴다네.

【왕평】

뽐내는 기운 속에 절로 '순박한 기운[樸氣]'이 있다. 그러므로 제량齊梁 시기의 시가 한진漢晉 시기보다 화려하여도 여전히 '생리生理'가 굳건했던 사실을 알 수 있다. 개원 연간 이래 조탁이 지극히 세밀해지면서 화려함이 심해졌다. 원화 연간이 되어 '생기生氣'가 완전히 없어지도록 벗겨졌으니 하물며 '생리生理'가 남아 있겠는가? 세상 사람들은 이렇게 생각하지 않기에, 언제나 팔이 붙들려 저승으로 들어가는 것이다.

矜氣中自有樸氣. 故知齊梁雖靡于漢晉, 而生理自固. 開元以降, 雕琢苛細, 靡乃已甚; 降及元和, 剝削一無生氣, 況生理邪? 俗論不以爲然, 總牽臂入鬼錄.

---

115 長鳴(장명) : 장명각(長鳴角). 순황(脣簧) 관악기. 당대 의장 악대의 순황 관악기는 120자루에 달했다.
116 垂旒(수류) : 황제의 면류관에 구슬을 꿰어 늘어뜨려진 줄.

　궁중에서 타구하는 장면을 그렸다. 이 시에는 원래 채부의 다음과 같은 서문이 붙어 있다. "소신이 삼가 생각하기에 타구라는 것은 예전의 축국이라는 놀이입니다. 황제黃帝가 이로써 군진을 만들어 병사들을 훈련시켰습니다. 그 제재가 있음을 알고 그 일의 장점을 취하고자 합니다. 삼가 「타구편」 1장을 올리니 칠언시 9운으로 하였습니다[臣謹按打毬者, 往之蹴踘古戲也. 黃帝所作兵勢, 以練武士. 知有材也, 竊美其事. 謹奏打毬篇一章, 凡七言九韻]."

이렇게 보면 이 시는 현종玄宗, 685~762 에게 바친 시이고, 그 내용도 현종이 두융竇融, BC14~42과 양기梁冀, ?~159에 비유되는 공신이나 권문세가들과 타구하는 것임을 알 수 있다. 『봉씨견문기封氏聞見記』 권6에는 "임치왕臨淄王, 나중의 현종이 네 명을 이끌고 출전하여 열 명의 티베트 팀과 싸워 이겼다."는 기록이 있다. 이를 보면 당 현종이 타구를 상당히 잘하였음을 알 수 있다.

　왕부지는 이 시를 칠언고시의 역사라는 각도에서 그 특징을 지적하였다. 칠언고시의 특징은 '순박한 기운[樸氣]', '생기生氣', '생리生理' 등의 말로 요약된다. '생리'는 생동감이 일어나는 이치라 할 수 있다. 이러한 순수한 에너지는 조탁을 가하면서 줄어들었고 원화 연간 이후에는 완전히 없어졌다고 보았다. 달리 말하면 칠언고시가 원래 민간의 노래로써 지닌 순박한 표현력을 잃고 형식화되면서 하나의 틀 속에 갇혀버렸다는 뜻이다. 「타구편」은 그러한 순박한 기운이 조탁으로 가기 전의 모습을 가지고 있기에 순수한 힘이 아직 남아있다고 본 것이다. 속

조가 지닌 유창한 가락과 이해하기 쉬운 언어의 힘이 이 시에 아직 남아 있다는 뜻이다. 오늘날의 학자들도 당대 가행체의 명편이 초당 후기부터 성당 초기에 많이 나온 이유를 문인에 의해 형식이 고착되기 전의 노래의 자유스러움이 있었기 때문으로 본다. 이런 점에서도 왕부지의 높은 안목을 볼 수 있다.

송지문宋之問 1수

至端州驛見杜五審言沈三佺期閻五朝隱王二無競題壁慨然成詠[117]
단주역에 이르러 두심언, 심전기, 염조은, 왕무경이 벽에 적은 시를 보고 감개가 일어나 읊다

逐臣北地承嚴譴,[118]	신하들이 북방에서 견책을 받아 방축될 때
謂到南中每相見.[119]	영남으로 내려가면 자주 만나자 말했지.

---

117 端州(단주) : 지금의 광동성 조경시(肇慶市).
　　두오심언(杜五審言) : 두심언(杜審言). 항제가 다섯 번째이다. 초당 말기의 시인. 수문관 직학사 등을 역임했다. 항제는 동일 증조부 아래의 형제 사이의 나이 순서.
　　심삼전기(沈三佺期) : 심전기(沈佺期). 초당 말기의 시인. 통사사인, 고공랑급사중 등을 역임하였다.
　　염오조은(閻五朝隱) : 염조은(閻朝隱). 급사중 등을 역임했다.
　　왕이무경(王二無競) : 왕무경(王無競). 초당 말기의 시인. 감찰어사, 전중시어사 등을 역임했다. 이들 네 사람은 모두 중종 때 장역지와 가까운 자들로, 장역지가 몰락하자 모두 남방으로 폄적 당하였다.
118 逐臣(축신) : 방축된 신하.
　　嚴譴(엄견) : 엄한 견책.

豈意南中岐路多,　　어찌 알았으랴, 영남에는 갈림길이 많아

千山萬水分鄉縣.　　수많은 산과 강이 마을을 나누네.

雲搖雨散各翻飛,[120]　구름이 찢어지고 비가 흩어지듯 각기 나뉘어

海闊天長音信稀.　　바다 넓고 하늘 멀어 편지도 드물어라.

處處山川同瘴癘,　　도처의 산과 강에 장려瘴癘가 심하니

自憐能得幾人歸?　　몇이나 돌아갈지 몰라 스스로 슬퍼하노라.

【왕평】

이 작품도 사람들이 모두 쓸 수 있는 듯하지만, 원래 내가 감상하는 것은 신준神駿, 웅건하고 빼어남이다. 악부의 작품은 음악에 실을 수 있고, 가행의 종류는 노래에 쓸 수 있다. 음악에 실리고 노래에 쓴 다음에 천하에 기쁨과 슬픔을 전할 수 있으니, 이를 보면 소리의 역할은 크고 언어의 쓰임은 작다. 만약 음악에 불안정하게 실리면 말이 소리로 잘 전해지지 않고, 또는 법칙에 지나치게 매이면 그 규칙이 음률에 위배하게 된다. 하물며 마른 나무와 썩은 흙, 홑실과 가죽 등의 악기가 어찌 갑자기 무정한 자의 마음을 일으키겠는가? 만약 생경한 마음을 일으킨 게 아니라면 그 음운은 분명 신준神駿할 것이다. 어디서 일어나는지 모르게 시작했기에 메마른 마음이 더욱 움직일 것이요, 마무리가 더 이어질 듯하기에 뜻이 넘치면서 마칠 자리를 알 것이요, 유창하면서

---

119 南中(남중) : 영남 지역.
120 雲搖雨散(운요우산) : 구름이 나뉘고 비가 흩어지다. 이별을 형용한다.

남은 말이 없기에 기쁨과 슬픔이 삽시간에 나타날 것이요, 기민하여 무심중의 깨달음이 있기에 마무리에서 손뼉 치고 춤출 것이다. 이 네 가지 실마리로 득실을 분별하면, 그 득실이 어찌 또 화려함[文]이나 질박[質]에 있고, 날줄 하나 씨줄 하나 사이에 있겠는가? '넓고 쉽고 선량하면서도 사치하지 않음'이 음악의 가르침이니, 음악을 아는 사람은 이 말에서 시작하지 않으면 안 될 것이다.

이 작품과 심전기의 「두심언의 '대유령을 넘으며'를 멀리서 창화하다」는 그 정신의 궤적이 어찌 닮지 않았는가? 초당 시인들이 칠언고시의 종지를 잘 알기에 가행과 근체를 구별하지 않았다. 대력 연간 이후 땅바닥에 원을 그려 감옥으로 삼았기에 근체시만 있고 칠언고시가 없어졌다. 이는 봉황을 잡아매어 닭 노릇을 한 것과 같으니 진실로 슬픈 일이다.

亦似人人能之, 神駿自爲貧道所賞.[121] 樂府之作, 旣被管弦; 歌行之流, 必資唱歎. 管弦唱歎之餘, 而以感悲愉于天下, 是聲音之動雜, 而文言之用微矣. 若復納之馳脆,[122] 則言不宣于其聲; 抑或授之準繩, 乃法必互異於其律. 而況枯木朽壤, 單絲肥橢之猝發無情者哉? 苟非宛轉生心,[123] 則必韻流神駿. 起出

---

121 神駿(신준) 구 : 동진의 승려 지도림(支道林)이 말을 길렀는데 스님이 말을 기르는 것은 '우아하지 않다(不韻)'고 했다. 이에 지도림이 "빈도는 그 신준을 중시합니다(貧道重其神駿)"고 말했다. 미학 용어로서 신준은 웅건하고 신선한 의경을 가리킨다.
122 馳脆(얼올) : 불안한 모양. 위태로운 모양.
123 生心(생심) : 일부러 일으킨 마음. 생경한 마음. 왕부지는 예술의 자연스런 유로를 주장했기에 의도성을 가장 크게 비판하였다.

無端, 則當槁心而益動; 止藏有待, 則在濫志而知歸. 調達無隔宿之言, 則欣
戚乘于俄頃; 機警投無心之會, 則抃躍其終篇. 以此四端, 區其得失, 豈復在
或文或質, 一經一緯之間哉?[124] 廣博易良而不奢,[125] 非知樂者無從語此.

此與沈佺期「遙同杜審言過嶺」詩, 神迹有何不相肖? 初唐人于七言不昧宗
旨, 無復以歌行近體爲別. 大曆以降, 畫地爲牢, 有近體而無七言, 縶威鳳使司
晨, 亦可哀已.

【해설】

무측천武則天의 비호를 받아 전횡하던 장역지張易之와 장창종張昌宗 형
제가 705년 살해되면서 그들과 관련된 인물들이 좌천되었다. 송지문
은 농주瀧州, 광동 羅定로, 두심언은 봉주峰州, 지금의 월남로, 심전기는 환주驩
州, 지금의 월남로, 염조은은 애주崖州, 해남도로, 왕무경은 광주廣州로 각각 유
배되었다. 이 시는 송지문이 대유령을 넘어 단주에 이르렀을 때 먼저
그곳을 지나갔던 시인들의 시를 보고 감개가 일어나 지었다. 이들 중
왕무경만 다음 해 광주에서 죽고 나머지는 곧 사면을 받아 다시 조정

---

124 一經一緯(일경일위) : 문장의 정(情, 정감)과 사(辭, 언어)를 베틀 위의 세로줄과
    가로줄로 비유하였다. 남조의 유협(劉勰)은『문심조룡』「정채(情采)」에서 "정
    (情)은 문장의 세로줄이요 사(辭)는 이(理)의 가로줄이다. 세로줄이 바른 후에
    가로줄이 이루어지고, 이(理)가 정해진 다음에 사(辭)가 순조롭다. 이것이 문장
    을 세우는 근본이다(情者, 文之經, 辭者, 理之緯. 經正而後緯成, 理定而後辭暢, 此
    立文之本源也)"고 하였다.
125 廣博易良(광박이량) : 넓고 많고 쉽고 좋다. 『예기』「경해(經解)」에 "넓고 평이하
    고 선량한 것이 음악의 가르침이다(廣博易良, 樂敎也)"라는 말이 있다.

에 돌아갔다.

왕부지는 비교적 긴 편폭을 할애하여 음악과 문학의 관계를 설명하였다. 그는 먼저 문학보다 음악이 훨씬 강력한 표현력이 있다고 보았으며, 때문에 악부와 가행과 같이 애초에 음악과 관련된 문학은 음악성을 잘 드러내는 것이 중요하다고 하였다. 또 음악과 문학은 의도적인 감정이나 고정된 격식이 아닌 자연스런 유로를 중시하였다. 그렇게 하여야 드높은 기상인 신준神駿이 일어날 것이라고 보았다. 구체적인 언급으로 칠언가행과 칠언율시는 그 기본 정신이 같기 때문에 율시는 가행의 연장선에서 율격만 더해진 것으로 보았다. 때문에 굳이 양자를 구별할 필요가 없다는 것이다. 초당 시인들은 이 종지를 알았지만, 대력 연간 이후에는 율격에만 몰두하고 가행체와 고시의 심미 감각을 잃었기에 그 정신을 잃었다고 보았다. 송지문의 이 시는 칠언고시의 변모 과정에서 칠언가행의 음악성과 미감을 가지고 있기에 뛰어나다고 평가하였다.

진자앙陳子昻 1수

登幽州臺歌.[126]　　　유주대에 올라

　前不見古人,[127]　　　앞을 보아도 고인을 만날 수 없고

　後不見來者.[128]　　　뒤를 보아도 오는 사람 만날 수 없어

　念天地之悠悠,[129]　　천지의 아득함을 생각하니

　獨愴然而涕下![130]　　홀로 창연히 눈물을 흘리네.

【왕평】

　진자앙은 기개가 높고 시원하여 사람을 압도하였으나, 감회가 일어나도 기운이 몸을 가득 채우지 못했으므로, 또한 곤경 속에 있는 장부에 불과하다. 다만 이 시에서 처음과 끝을 하나로 융합하며 일부러 하는 조작이 없이 정신으로 운행하며 고금을 오가니 어찌 다만 그의 말이 빛나기만 하겠는가!

　子昻以亢爽凌人, 乃其懷來, 氣不充體, 則亦酸寒中壯夫耳. 徒此融液初終, 以神行而不以機牽, 搖蕩古今, 豈但其太言之赫赫哉!

126　幽州臺(유주대) : 계북루(薊北樓)라고도 한다. 지금의 하북성 역현(易縣)에 소재했던 축대. 연 소왕(燕昭王)이 곽외(郭隗)의 의견에 따라 역수(易水) 동남쪽에 황금대(黃金臺)를 지어 그 위에 황금을 놓고 천하의 유능한 사람을 구하였다. 이에 추연(鄒衍)이 연나라에 오자 연 소왕은 갈석궁(碣石宮)을 지어 스승으로 모셨다.
127　古人(고인) : 고대의 현인. 연 소왕과 곽외 등과 같이 인재를 중시하는 군왕과 현사.
128　來者(내자) : 미래의 현인. 인재를 중시하는 명군과 현사.
129　悠悠(유유) : 거리나 시간이 멀고 아득한 모양.
130　愴然(창연) : 슬프다.

유주대에 올라 고인을 추모하고 지금을 슬퍼한 시이다. 유주대는 전국시대 연나라 소왕이 황금을 두고 현사를 초빙한 곳으로, 진자앙은 여기에 올라 무한한 감개를 표현하였다. 진자앙은 696년 건안왕建安王 무유의武攸宜, 무측천 시대 활동가 거란契丹을 공격하러 갈 때 참모로 유주幽州, 지금의 북경 일대에 따라갔다. 진자앙의 건의를 무유의는 채납하지 않은 채 일개 부하로만 여기자 진자앙은 「연 소왕」 등의 시를 지어 고대의 명군이 유능한 인재를 널리 등용시킨 일을 반복하여 노래하였다. 이 시는 고대와 미래의 무한한 시간과 하늘과 땅을 잇는 거대한 공간 속에 이상을 실현하기 어려운 데서 오는 고적감과 비애를 형상화한 것으로, 인간의 근원적인 실존을 환기하면서 비장한 분위기를 일으킨다. 시의 역사에 있어서는 남조 이래 부염한 제량齊梁의 시풍을 일소하고 강건한 '한위 풍골漢魏風骨'을 회복한 작품으로 평가된다. 이 시의 근원에 대해서는 『초사』「원유遠遊」 중에 일절인 "천지의 무궁함을 생각하나니, 인생의 길고 긴 수고가 슬퍼라. 지나간 사람은 내 만나지 못하고, 오는 사람은 알 수 없어라惟天地之無窮兮, 哀人生之長勤. 往者余弗及兮, 來者吾不聞"를 지적하는 경우가 많다. 조선시대 이황은 시조 「도산십이곡」 가운데 비슷한 제재를 이용하여 부단한 추구를 노래하였다. 참고로 붙여둔다. "古人도 날 몯 보고 나도 古人 몯 뵈, 古人을 몯 뵈도 녀던 길 알페 있네, 녀던 길 알페 잇거든 아니 녀고 엇덜고."

왕부지는 시인의 기질과 성격으로부터 이 시의 특징을 파악하였다.

즉 시인이 솔직하고 시원스러운 성격이고, '욕망의 이끌림[機牽]' 없이 고금을 오가며 정신의 여행을 하였기 때문에 성대한 미감을 나타낸다고 보았다. 이는 맹자가 말한 '지인논세知人論世', 즉 문학작품을 이해하기 위해서는 작자의 사상과 경력을 알아야 한다는 말을 비평의 방법으로 썼다고 할 수 있다.

장악張諤 1수

百子池[131]	백자지
舊聞漢家百子池,	예전에 들었나니 한나라의 백자지
漢家綠水今逶迤,[132]	한나라 때 푸른 물이 지금도 굽이돌아
宮女厭鏡笑窺池.[133]	궁녀들은 웃으며 거울 대신 비춰보네.
身前影後不相見,	돌아선 앞모습을 뒤에서 볼 수 없으니
無數容華空自知.[134]	그 많은 아름다운 모습 부질없이 자신만이 알아라.

---

131 百子池(백자지) : 한대 궁중에 있던 연못. 서한 때 매년 칠 월 칠 일이면 궁인들이 백자지에 나가 우전(于闐)의 음악을 들으며 오색 실(五色縷)을 짰다. 『서경잡기』 권3 참조.
132 逶迤(위이) : 구불구불 멀리 이어진 모양.
133 厭鏡(염경) : 거울 보기를 싫어하다.
　　窺池(규지) : 자신의 모습을 연못에 비춰보다.
134 容華(용화) : 아름다운 용모.

【왕평】

머금고 뱉어냄이 있다.

乃有含吐.

【해설】

　백자지에서 자신의 모습을 비쳐보는 궁녀들을 그렸다. 굽이도는 물줄기 소리가 궁녀들의 웃음소리처럼 들리는 듯하다. 남들이 알아주지 않는 고방자상孤芳自賞의 처지를 동정하는 상투성 없이 다만 '부질없이' 자신만이 안다고만 함으로써 무한한 연상이 가능하도록 여지를 남겼다.

　왕부지는 "머금고 뱉어냄이 있다"고 간략하게 평하였다. 이는 물에 비친 형상이 비쳤다가 사라졌다는 의미일 수도 있지만, 정감이 드러났다가 거두어졌다고 볼 수도 있다. 불가에선 공空과 색色의 관계로 세상을 이해하는데, 머금고含 뱉어냄吐도 정감의 자연스러운 유로와 마감을 의미할 수 있다. 자연스러운 표현을 최상의 조건으로 치는 왕부지의 시각을 볼 수 있다.

현종황제玄宗皇帝 1수

初入秦川路逢寒食[135]　　　진천에 막 들어선 길 위에서 한식을 만나

洛陽芳樹映天津,[136]　　　낙양의 천진교 강물에는 꽃나무 비치고

灞岸垂楊窣地新.[137]　　　파수의 강가에는 새 수양버들이 땅에 늘어져

直爲經過行處樂,[138]　　　특히나 지나는 곳마다 즐거웠으니

不知虛度兩京春.　　　장안과 낙양에서 봄을 헛되이 보내진 않았네.

去年餘閏今春早,[139]　　　작년에 윤달이 끼었기에 올봄이 일러

曙色和風著花草.　　　새벽빛과 온화한 바람이 꽃과 풀에 일렁이네.

可憐寒食與淸明,　　　사랑스러워라 한식과 청명

光輝幷在長安道.　　　환한 빛이 장안 가는 길에 가득해라.

自從關路入秦川,　　　관문을 지나 진천으로 들어서니

爭道何人不戲鞭.[140]　　　그 누가 채찍 휘두르며 길을 재촉하지 않으랴.

135　秦川(진천) : 지금의 진령(秦嶺) 이북의 섬서성과 감숙성의 평원지대. 전국시대 진나라의 강역에 속하므로 이런 이름이 붙여졌다. 川(천)은 평원이란 뜻. 여기서는 장안 일대의 평원지역.
　　寒食(한식) : 절기의 하나. 동지 후 105일이자, 청명일 하루 또는 이틀 전으로, 이날을 포함하여 전후 3일간 불을 피우지 않고 찬 음식을 먹었다. 그 의미는 춘추시대 진(晉)나라의 충신 개자추(介子推)를 기리기 위해서이다.
136　天津(천진) : 천진교(天津橋). 낙양 교외의 낙수(洛水)에 있던 다리. 행정의 출발점을 가리킨다.
137　灞岸(파안) : 파수의 강가. 장안성 동남쪽 교외에 소재했다. 행정의 도착점을 가리킨다.
　　窣地(솔지) : 땅을 쓸 듯이 닿다. 갑자기.
138　直爲(직위) : 특별히. 곧바로.
139　餘閏(여윤) : 윤달. 작년 윤달이란 722년 윤5월을 가리킨다.

公子途中妨蹴踘,[141]　　공자들은 길 가느라 축국할 생각도 없고

佳人馬上廢鞦韆.[142]　　여인들은 말 모느라 그네도 잊었어라.

渭水長橋今欲渡,[143]　　위수의 다리를 지금 건너려 하니

蔥蔥漸見新豐樹.[144]　　무성한 신풍의 나무가 점점 보이는구나.

遠看驪岫入雲霄,[145]　　멀리서 보니 여산의 봉우리가 구름에 가려져

預想湯池起煙霧.[146]　　생각하노니 온천에는 안개가 가득하리라.

煙霧氤氳水殿開,[147]　　짙은 안개 속 물가의 궁전이 열려 있으니

暫拂香輪歸去來.[148]　　잠시 수레를 밀어 들어가자꾸나.

今歲清明行已晚,　　올해의 청명은 이미 지나갔으니

明年寒食更相陪.　　내년의 한식에 다시 함께 하자꾸나.

140　爭道(쟁도) : 길을 재촉하다.
　　戲鞭(희편) : 채찍을 휘둘러 말을 몰다.
141　妨蹴踘(방축국) : 축국을 할 뜻이 없다. 축국은 고대 군중에서 무예 훈련의 하나
　　로 시작했던 운동으로, 편을 둘로 나누어 공을 차서 상대의 문에 넣어 득점하는
　　경기이다. 이 구는 수행원들이 일심으로 행정을 재촉한다는 뜻이다.
142　鞦韆(추천) : 그네. 당대에는 한식 때 궁중에서 그네를 탔다. 궁중의 비빈과 궁녀
　　들이 그네를 타는 것을 보고 현종은 '반선희(半仙戲)'라고 하였다.
143　渭水長橋(위수장교) : 지금의 동위교(東渭橋)를 가리킨다. 섬서성 고릉현(高陵
　　縣) 소재.
144　蔥蔥(총총) : 초목이 푸르고 무성한 모습. 기운이 성한 모습.
　　新豐(신풍) : 장안 동쪽 교외 지명. 지금의 서안시 임동구(臨潼區)에 소재한다.
　　근처에 파수(灞水)가 있다.
145　驪岫(여수) : 여산(驪山). 장안 동쪽 교외에 있는 산. 산기슭에 온천이 나오며, 산
　　아래 화청지(華淸池)가 있다. 지금의 섬서성 서안시 임동구에 소재.
146　湯池(탕지) : 온천. 화청지를 가리킨다.
147　氤氳(인온) : 구름이나 안개가 자욱한 모양.
148　香輪(향륜) : 향목으로 만든 바퀴. 수레를 가리킨다.

【왕평】

하나의 기운이 맑고 온화하다.

一氣淸和.

【해설】

　순행을 나갔다가 장안 부근에 돌아오는 감회를 썼다. 현종은 723년 1월 낙양에서 북으로 노주潞洲, 병주幷州로 가서 태항산太行山에 올랐고, 다시 되돌아오며 포주蒲州에서 소요루逍遙樓에 오르고 하상공묘河上公廟에 들른 후 포진관蒲津關에서 황하를 건너 동관潼關으로 돌아왔다. 이때 여러 차례 시를 짓고 신하들과 창화하였다. 이 시는 723년 3월 낙양에서 진천으로 들어오며 지었다. 진천에 들어서며 일행들이 길을 재촉하는 모습과 멀리서 신풍과 여산을 바라보는 감흥이 구체적이어서 손에 잡힐 듯하다.

　군신君臣 사이의 창화시는 오늘날 의례적이고 상투적인 것으로 여겨 문학적 성취를 낮추어 보지만 왕부지는 어떠한 선입견 없이 자신의 시각으로 시를 읽었다. '하나의 기운一氣'은 왕부지가 중요시하는 시적 통합성을 가리키고, '맑고 온화함淸和'은 『시경』의 정신인 온유돈후溫柔敦厚에 속한다.

장약허張若虛 1수

春江花月夜[149]   춘강화월야

春江潮水連海平,[150]   봄 강물에 밀물 들어 바다와 잇닿으면

海上明月共潮生.   바다 위로 명월이 밀물과 함께 떠오른다.

灩灩隨波千萬里,[151]   출렁이는 달빛이 천리만리 밀려가니

何處春江無月明!   어느 곳 봄 강물에 달빛 아니 비치랴.

江流宛轉繞芳甸,[152]   굽이도는 강줄기 꽃핀 언덕 돌아가고

月照花林皆似霰.[153]   달빛 비친 꽃들은 모두가 싸락눈이라.

空裏流霜不覺飛,[154]   서리같이 흩날리나 느껴지지 않고

---

149 春江花月夜(춘강화월야) : 악부의 제목으로 '청상곡' 가운데 오성가(吳聲歌)에 속한다. 원래 이 곡은 진 후주 진숙보(陳叔寶)가 가사를 쓰고 태상령 하서(何胥)가 곡을 지었다. 그러나 현존하는 시로 가장 오래된 것은 수 양제 양광(楊廣)의 작품 2수이다. 원래 궁중 음악의 전통 속에 있는 것을 장약허는 민간인의 이별과 그리움을 소재로 하여, 염려함과 함께 소박함이 어우러진 작품으로 만들었다.

150 春江(춘강) : 봄 강. 장약허의 고향 양주에 있는 장강 하류. 양주에서 바라보면 바다는 동쪽에 있다. 드넓은 강물로 밀물이 들어오기 시작할 때 동쪽에서 달이 떠오르니 마치 조수의 물결이 달을 떠오르게 하는 것 같다는 뜻이다.

151 灩灩(염염) : 수면이 번쩍이는 모습.

152 芳甸(방전) : 꽃이 핀 들.

153 霰(산) : 싸락눈.

154 流霜(유상) : 날리는 서리. 비상(飛霜)이라고도 한다. 여기서 서리는 실제의 서리가 아니라 달빛을 형상화한 말이다. 이 구는 "하늘 가득 서리가 흩날리듯 달빛이 가득 찼다"는 뜻이다. 그러므로 그 서리가 느껴지지 않는다고 말하였다. 달빛을 서리에 비유한 명구로는 이백의 「고요한 밤의 생각(靜夜思)」에 나오는 "땅에 내린 서리인가 여겼네(疑是地上霜)", 이익의 「밤에 수항성에 올라 피리 소리 들으며(夜上受降城聞笛)」에 나오는 "수항성 아래에 달빛은 서리 같아(受降城下月如霜)" 등이 있다.

汀上白沙看不見.」　　물가 위의 흰 모래는 보아도 보이지 않네.

江天一色無纖塵,　　강과 하늘은 티끌 없이 한 빛인데

皎皎空中孤月輪.　　공중에는 교교히 둥근 달만 떠 있구나.

江畔何人初見月?　　강가에서 그 누가 저 달을 처음 봤고

江月何年初照人?　　저 달은 언제부터 사람을 비추었나?

人生代代無窮已,　　사람은 대를 이어 끝없이 살아가고

江月年年只相似.　　강 위의 달은 해마다 변함없네.

不知江月照何人,　　강 위의 달이 누구를 비추는지 알지 못하겠는데

但見長江送流水.」　　보이는 건 다만 흘러가는 강물뿐이네.

白雲一片去悠悠,[155]　　한 조각 흰 구름이 유유히 흘러가니

靑楓浦上不勝愁.[156]　　청풍포에 있는 사람 시름이 깊으리라.

誰家今夜扁舟子,[157]　　오늘 밤 조각배 속 어느 집 나그네가

何處相思明月樓?[158]　　달 밝은 누대의 아낙을 생각할까?

可憐樓上月徘徊,[159]　　가련하여라, 누대 위를 배회하는 달이

155　白雲(백운) : 흰 구름. 여기서는 나그네. 달밤의 흰 구름을 보고 흰 구름처럼 떠도는 나그네를 상상하였다. 일종의 흥(興)의 기법.

156　靑楓浦(청풍포) : 호남성 유양현(瀏陽縣)에 소재한다. 쌍풍포(雙楓浦)라고도 한다. 여기서는 구체적인 곳을 가리키기보다는 멀리 떨어져 있는 포구를 통칭하였다.

157　扁舟子(편주자) : 조각배에 탄 나그네.

158　明月樓(명월루) : 달밤의 누대에 있는 아낙.

159　可憐(가련) 구 : 조식의 「칠애(七哀)」에 "밝은 달이 높은 누대 비추니, 물 같은 달빛이 출렁거리네(明月照高樓, 流光正徘徊)"란 구절이 있다.
　　徘徊(배회) : 거닐다. 여기서 배회의 주체는 달이다. 달빛의 그림자가 움직이는

應照離人粧鏡臺. 　분명 여인의 경대 위를 비추고 있으리.

玉戶簾中卷不去, 　주렴을 걷어도 달빛은 걷히지 않고

搗衣砧上拂還來.」 　다듬이 위를 털어내도 달빛은 다시 오는구나.

此時相望不相聞,[160] 　서로가 있는 방향 바라볼 뿐 소식을 모르니

願逐月華流照君. 　월화月華를 따라가며 그대를 비추고 싶어라.

鴻雁長飛光不度, 　기러기 높이 날아도 달빛을 넘을 수 없는데

魚龍潛躍水成文. 　용이 뛰노는 물 위에선 파문이 일어나리.

昨夜寒潭夢落花, 　어젯밤 꿈속에선 못 가에 꽃들이 지는데

可憐春半不還家.」 　봄이 다 가도록 떠난 사람 돌아오지 않아라.

江水流春去欲盡, 　강물에 봄이 흘러, 봄은 다 가려 하고

江潭落月復西斜. 　못 속에 달이 떨어져, 다시 서쪽으로 기울었네.

斜月沈沈藏海霧, 　지는 달 침침히 바다 안개에 묻히면

碣石瀟湘無限路.[161] 　갈석산과 소상 사이 아득히 먼 길이어라.

不知乘月幾人歸, 　알지 못하여라, 달빛 타고 몇 사람이 돌아왔

는지

것을 말한다.

160 　相望(상망) : 서로 상대방이 있는 쪽을 바라보다.

161 　碣石(갈석) : 갈석산. 지금의 하북성 창려현(昌黎縣) 북쪽에 있다. 바다에서 15
키로 떨어진 곳으로 산정에 큰 돌이 서 있어 갈석이라 하였다. 고대에는 하북성
낙정현(樂亭縣)에 있는 갈석산을 지칭한다고 풀이하였다.

瀟湘(소상) : 소수와 상수. 호남성에 있는 강으로 모두 동정호로 흘러든다. 여기
서는 갈석으로 북방을 나타내고 소상으로 남방을 나타내어 두 사람이 멀리 떨어
져 있음을 나타낸다.

落月搖情滿江樹.　　　　떨어지는 달은 마음을 흔들며 강가 나무에
　　　　　　　　　　　가득하네.

【왕평】

구마다 언어를 새롭게 빚어내고, 천 줄기가 한 가닥으로 모여, 고금
의 사람 마음을 움직이며 현우賢愚를 가리지 않고 모두 공감하게 한다.
그 자연스럽고 독창적인 곳은 곧 손 가는 대로 말을 쌓아나가 완연히
시를 완성하였다. 식견이 낮은 사람들이 말하는 구성, 주제 제시, 마무
리가 결국 말할 자리가 없게 되었다.

句句翻新, 千條一縷, 以動古今人心脾, 靈愚共感. 其自然獨絶處, 則在順
手積去, 宛爾成章. 令淺人言格局, 言提唱, 言關鎖者, 總無下口分在.

【해설】

봄, 강, 꽃, 달, 밤을 노래하였다. '춘강화월야'는 말 그대로 꽃핀 강
가의 봄 달밤이라 새길 수 있다. 시는 강물과 달빛, 구름과 나무, 배와
누각 등의 경물을 끌어오면서 그리움과 이별을 노래하고 있으며, 그
가운데 청춘의 아름다움과 우주의 광활함을 읊고 있다. 청신하고 아름
다운 언어와 물결이 출렁이듯 반복되는 운율 속에 유장하고 진지한 감
정과 인생과 철리가 어우러진 명작이다.

왕부지는 이 시를 '자연스럽고 독창적自然獨絶'이라 보고 높이 평가하
였다. 그 이유는 손 가는 대로 언어를 하나씩 쌓아 올려 작품을 완성하

였기 때문이다. 왕부지는 시의 본질에 대한 인식에 있어, 시흥이 촉발되면 그에 맞는 언어가 나타난다고 보았기에, 후대에 사람들이 곧잘 말하는 구성이나 장법章法, 주제 제시나 마무리 등을 논하는 것은 인위적이어서 자연스런 정감의 유로에 방해가 된다고 보았다. 순수한 정감을 그대로 드러내기에 낡은 언어가 비로소 새로운 언어로 바뀔 수 있는翻新 것이다. 비록 편폭이 길지만 전혀 산만한 느낌이 없는 것은 이러한 이유 때문이다.

저광희儲光羲 1수

薔薇篇	장미편
裊裊長數尋,[162]	한들거리는 가지가 여러 길
靑靑不作林.	푸르디푸르러도 숲이 되지 못하네.
一莖獨秀當庭心,	유독 빼어난 한 포기 마당 가운데에 피어
數枝分作滿庭陰.	몇 줄기가 나뉘어 정원 가득 그림자를 던지네.
春日遲遲欲將半,[163]	봄날은 더디 가 겨우 반이 지났는데
庭影離離正堪玩.[164]	정원에 던져진 그림자 울창하여 즐길 만하

162 裊裊(요뇨) : 가늘고 긴 모양.
　　尋(심) : 길이 단위. 1심(尋)은 8척.
163 遲遲(지지) : 느리게 가는 모양. 『시경』「칠월(七月)」에 "봄날의 해는 더디 지고 (春日遲遲)"라는 말이 있다.

구나.

枝上嬌鶯不畏人,	가지 위의 꾀꼬리는 사람을 무서워 않고
葉底飛蛾自相亂.	잎 아래 나방은 절로 분주하구나.
秦家女兒愛芳菲,[165]	진씨 댁 딸들은 꽃들을 좋아해
畵眉相伴采葳蕤.[166]	눈썹 화장하고선 짝지어 우거진 꽃 따러 왔네.
高處紅鬚欲就手,	높은 곳의 붉은 수술 손으로 따려는데
低邊綠刺已牽衣.	아래쪽의 푸른 가시가 먼저 옷을 끌어당기네.
蒲萄架上朝光滿,	포도 시렁에 아침 햇빛 가득하더니
楊柳園中暝鳥飛.[167]	버들 동산에 저녁 새 돌아간다.
連袂踏歌從此去,	이제부터 손잡고 발 구르며 노래하려니
風吹香氣逐人歸.	바람에 날리는 향기 쫓아 사람들 돌아가네.

적절하다.

꾀꼬리가 사람을 무서워 않는다는 것으로 장미를 묘사했으니, '색'

밖에서 '색'을 취했다고 할 수 있다.

164　離離(리리) : 더부룩하다. 무성한 모양.
165　秦家女兒(진가녀아) : 진씨 집안 딸. 미녀를 가리킨다. 한 악부 「길가의 뽕(陌上
　　桑)」에 "진씨 댁에 참한 딸 있으니, 본명은 바로 나부라 하네(秦氏有好女, 自名爲
　　羅敷)"란 말이 있다.
166　葳蕤(위유) : 초목이 무성히 늘어진 모양. 여기서는 장미꽃을 가리킨다. 여초(麗
　　草) 또는 여초(女草)라는 꽃을 의미하기도 하나 여기서는 취하지 않는다.
167　暝鳥(명조) : 저녁에 둥지로 돌아가는 새.

適.

以鶯不畏人寫薔薇, 可謂色外取色.

【해설】

화창한 봄날에 핀 장미를 노래하였다. 장미가 핀 정원, 시렁 위에 우거진 모습과 울창한 그림자, 날아오는 꾀꼬리와 나방, 꽃을 보러온 처녀들의 모습을 차례로 묘사하여 완연한 봄의 흥취를 나타내었다.

왕부지는 시를 평하면서 종종 순적順適, 창적暢適, 청적淸適 등 '적'자를 넣어 표현하였다. 여기서는 다만 '적適' 한 글자로 이 시를 평하였다. 이는 시의 구성과 언어가 내용에 맞추어 적절히 배치되었다는 뜻이다. 시적 균형은 고전시의 중요한 특징이기도 하다. 왕부지가 한 말 가운데 "적절하다는 것은 시인의 재능에 달려있다適者存乎詩才"는 말이 있다. 즉 시를 쓸 수 있는 재능이란 표현과 구성을 적절하게 할 수 있는데 달려있다는 뜻이다. 또 시에서는 "꾀꼬리가 사람을 무서워하지 않을" 정도로 장미를 좋아한다고 함으로써 장미의 아름다움을 표현하였는데, 이는 구름을 그려 달을 나타내는 일종의 반친反襯의 방법이다.

왕유王維 2수

答張五弟[168]	장오 동생에게 답하다
終南有茅屋,	종남산에 내 띠풀 집이 있으니
前對終南山.	눈앞에 종남산을 마주한다네.
終年無客常閉關,[169]	일 년 내내 손님 없어 항시 사립문 닫혀있고
終日無心長自閑.	종일 마음 쓸 일 없어 언제나 한가로워.
不妨飲酒復垂釣,[170]	술 마셔도 좋고 낚시해도 좋으니
君但能來相往還.	그대 올 수 있으면 언제라도 오게나.

【왕평】

말미에서 악부의 구어를 한광閑曠한 시에 넣었으니 지극히 절묘하다.

末以樂府語入閑曠詩, 奇絶.

---

168 張五(장오) : 장인(張諲). 온주(溫州) 영가(永嘉) 사람으로 청년기에는 하남 소실
산(少室山)에 은거하였다. 과거에 급제한 후에 형부원외랑(刑部員外郎)에 이르
렀다. 천보(天寶) 연간(742~755)에 관직을 버리고 소실산에 다시 들어간 후 나
오지 않았다. 시에 뛰어나고 『주역』에 밝았으며, 초서와 예서를 잘 썼고 산수화에
능했다. 제목에서 弟(제)라고 한 것은 왕유가 그를 동생으로 삼았기 때문이다.
『당재자전(唐才子傳)』 권2 「장인전(張諲傳)」에 "왕유를 형으로 모셨다(事王維爲
兄)"는 기록이 있다. 왕유의 작품에 「동생 장인에게(贈張五弟諲)」 등이 있다.
169 閉關(폐관) : 빗장을 닫다. 관(關)은 빗장.
170 不妨(불방) : ~해도 괜찮다. ~해도 좋다.

【해설】

은거생활의 한가로움을 나타내었다. 왕유는 장인과 의기가 투합하여 동생으로 삼았으며, 함께 종남산에 은거할 때는 이웃에 살았다. 이시는 은거의 즐거움을 함께 누리자는 권유로, 평담하고 자연스러운 말투로 세상일에 벗어난 홀가분한 심경을 나타내었다.

왕부지는 악부에서 흔히 쓰는 구어체의 말을 한가한 시에 넣으면 그 정취가 배가되어 독특한 시 공간이 생긴다고 지적하였다. 왕유를 비롯하여 당대 시인들은 어느 시대의 시인들보다 구어를 생생하게 사용할 줄 알았다. 이러한 구어는 마음속의 정감을 직접적이고 순수하게 전할 수 있기에 사람의 목소리이면서 동시에 천리天理의 목소리라고 본 것이다.

楡林郡歌[171]	유림군 노래
山頭松柏林,	산 위에는 송백의 숲
山下泉聲傷客心.	산 아래 샘물 소리 나그네 마음 후벼파네.
千里萬里春草色,	천리만리 봄풀의 색
黃河東流流不息.[172]	황하는 동으로 쉬지 않고 흘러라.
黃龍戌上遊俠兒,[173]	황룡의 수자리에 선 장정들

171　楡林郡(유림군) : 지금의 내몽골 준걸(準格爾, 섬서성의 북쪽)에 소재했던 군. 당대 초기 승주(勝州)였다가 742년 유림군이라 개명했고, 762년 다시 승주로 개명했다.

172　黃河(황하) 구 : 당대 유림군 치소인 유림현으로 황하 물줄기가 흘러들어갔다.

173　黃龍(황룡) : 황룡성(黃龍城) 또는 용성(龍城)이라고도 한다. 산세가 굽이도는 것이 용과 같다 하여 이름 붙여졌다. 지금의 요녕성 개원현(開原縣) 북쪽에 소재

愁逢漢使不相識.[174]　　　한나라 사신을 만나도 알아주지 못하니 근
　　　　　　　　　　　　심스러워라.

【왕평】

진지한 정감과 익숙한 풍경, 웅건한 풍격에 원망의 가락. 오직 이런
작품만이 한악부에 부끄럽지 않다.

眞情老景, 雄風怨調, 只此不愧漢人樂府.

【해설】

변경의 자연을 묘사하고 수자리에 살아가는 병사들의 노고를 그렸
다. 광대한 자연을 배경으로 펼쳐진 변경의 독특한 공간을 포착하였으
며, 수자리의 장정들 모습에서 자연과 혼연일체가 된 고립된 생존 환
경을 그려내었다.

왕부지는 '진지한 정감情'과 '오래된 풍경景'이 잘 어우러졌다고 높
이 평하였다. 산과 강을 중심으로 그린 광대한 자연은 그것만으로 무
한한 정감을 일으킨다. 때문에 '풍경'에는 언제나 '정감'이 머물기 마
련이고 이들이 잘 융합된 정경을 가장 높은 경지로 보았다.

했다. 남북조시기에 북연(北燕)이 이곳에 도읍을 세웠기에 남조의 유송(劉宋)은
황룡국(黃龍國)이라 불렀다. 당대에는 동북 지방의 요새였다. 일반적으로 북방
의 변경을 가리킨다.

174　漢使(한사) : 한나라의 사신. 시인 자신을 가리킨다. 왕유는 745년 시어사(侍御
史)로 유림군과 신진군(新秦郡)에 사신으로 갔다.

왕창령王昌齡 2수

烏棲曲[175]	오서곡
白馬逐朱車,[176]	백마는 붉은 수레 따라
黃昏入狹邪.[177]	저물녘에 골목으로 들어간다.
柳樹烏爭宿,	까마귀들 버드나무에 깃들려고 다투다가
爭枝未得飛上屋.	가지에 오르지 못해 지붕으로 날아간다.
東房少婦婿從軍,	동쪽 방의 젊은 아낙 남편이 출정 나가
每聽烏啼知夜分.[178]	까마귀 울 때마다 한밤인 줄 알아라.

【왕평】

심전기의 「독불견獨不見」과 같은 주제이다. 줄곧 방향을 순조롭게 전환하였기에 자연스레 악부가 되었다. 심전기는 모였다가 돌아드는 장면 전환에 뛰어난데, 이 시도 눈에 띄지 않는 전환이 절묘하다.

與沈佺期'盧家少婦'同意.[179] 一直順轉, 便自然爲樂府矣. 沈以廻合頓置見工, 此以旋折不形入妙.

---

175 烏棲曲(오서곡) : 악부의 제목으로 '청상곡사(淸商曲辭)'에 속한다. 주로 여인의 행락을 내용으로 한다.

176 朱車(주거) : 권세가나 부호들이 타는 수레. 주홍색 칠을 했기 때문에 이름 붙였다.

177 狹邪(협사) : 狹斜(협사)라고도 쓴다. 장안의 골목 안에 창기들이 사는 곳.

178 夜分(야분) : 한밤.

179 盧家少婦(노가소부) : '권4 칠언율시'에 실린 심전기의 「독불견(獨不見)」을 가리킨다. 첫 구가 "노씨 집안 젊은 아낙 울금향 거실에 사는데(盧家少婦鬱金香)"로 시작한다.

【해설】

　출정 나간 남편을 기다리는 젊은 아낙의 슬픔을 표현하였다. 백마가 번화한 골목으로 들어가고 까마귀가 쌍으로 깃드는 장면을 통해, 반대로 혼자 지내는 아낙의 고적감을 드러내었다. 곧 사람과 까마귀가 한창 활동할 저녁에 아낙은 이미 혼자 잠이 든다고 말하였다. 아낙이 자신의 슬픔을 깊이 느끼지 못하는 그 점에서 독자들은 그녀의 슬픔을 더 깊이 느끼게 된다.

　왕부지는 장면의 자연스러운 전환이란 각도에서 이 시의 특징을 파악하였다. 평어에서는 '순조로운 전환順轉', '모였다가 돌아드는 장면 전환廻合頓置', '눈에 띄지 않는 전환旋折不形' 등으로 이를 서술하였다. 황혼의 골목, 가지에 깃드는 까마귀들, 동쪽 방의 아낙이 각 2구씩 묘사되었는데, 이들을 묘사하는 시선이 자연스럽게 옮겨감을 가리킨다. 이러한 전환 속에 여인의 모습이 등장하면서 그 천진한 모습에 독자가 오히려 그녀의 적막감을 알게 된다.

行路難[180]　　　　　　행로난

　雙絲作綆繫銀瓶,[181]　　　두 가닥 실을 꼬아 은 항아리 매달아

　百尺寒泉轆轤上.　　　　백 척 깊은 찬 우물에 도르래로 걸었다.

180　行路難(행로난) : 악부의 이름. 그 가사는 주로 세상사의 어려움과 이별의 슬픔을 내용으로 한다.
181　綆(경) : 두레박줄.
　　銀瓶(은병) : 두레박.

懸絲一絶不可望,　　　　달린 줄 한 번 끊어져 다시 가망 없으니

似妾傾心在君掌.[182]　　마치 소첩의 마음이 낭군 손에 달린 듯해라.

人生意氣好遷捐,[183]　　사람이 살면서 마음은 잘 바뀌고 내치기는
　　　　　　　　　　　　쉬운 것

只重狂花不重賢.[184]　　다만 활짝 핀 꽃을 좋아할 뿐 현숙함은 가벼
　　　　　　　　　　　　이 하지.

宴罷調箏奏離鶴,[185]　　잔치가 끝나자 쟁을 타 「별학조別鶴操」를 연
　　　　　　　　　　　　주하고

迴嬌轉眄泣君前.　　　　어여쁜 눈을 굴려 그대 앞에서 운다네.

君不見,　　　　　　　　그대 보지 못하는가

眼前事,　　　　　　　　눈앞의 일

豈保須臾心勿異.　　　　어찌 잠시 마음 변하지 않는다고 안심할 수
　　　　　　　　　　　　있으랴.

182　似妾(사첩) 구 : 두레박이 끈에 의지해 있듯 자신의 운명은 낭군에 달려 있다는
　　뜻. 여기서는 낭군의 변심으로 자신의 처지는 끈이 떨어져 우물에 가라앉은 두레
　　박과 같다고 비유하였다.
183　遷捐(천연) : 변천과 버림. 여기서는 사람을 내친다는 뜻.
184　狂花(광화) : 활짝 핀 꽃.
185　離鶴(이학) : 별학(別鶴)과 같다. 즉 거문고의 곡인 「별학조(別鶴操)」. 서진 최표
　　(崔豹)의 『고금주(古今注)』에 따르면, 「별학조」는 상릉(商陵)의 목자(牧子)가
　　지었다고 한다. 목자가 아내를 맞이하여 오 년이 지나도 아들이 없자 부형들이
　　다시 장가를 들이려 하였다. 그 아내가 이를 듣고 한밤에 일어나 슬피 울었다.
　　목자가 이를 듣고 슬퍼 거문고를 뜯으며 노래를 만들었다. "비익조처럼 다정했던
　　우리가 헤어져 하늘 끝에 나뉘니, 산천은 아득하고 길은 멀어라, 옷깃 여미고 잠
　　들지 못하고 밥 먹기도 잊었어라(將乖比翼兮隔天端, 山川悠遠兮路漫漫, 攬衣不寐
　　兮食忘餐)". 이후 「별학조」는 부부의 이별을 비유한다.

西山日下雨足稀,	서산에 해 지고 빗줄기 드문데
側有浮雲無所寄.	옆에는 머물 곳 없는 뜬 구름 있구나.
但願莫忘前者言,	단지 원하는 건 이전에 언약한 말 잊지 않는 것
剉骨黃塵亦無愧.[186]	누런 먼지 속에 뼈가 부서져도 부끄러움 없다는 말.
行路難,	세상 길 험하여라
勸君酒,	그대에게 술 권하니
莫辭煩.	번거롭다고 사양하지 말게.
美酒千鍾猶可盡,	좋은 술 천 잔을 다 마실 수 있다 해도
心中片愧何可論?	마음속 부끄러움 어찌 논할 수 있으리오.
一聞漢主思故劍,[187]	한 선제가 옛 검을 생각한 일 들으니
使妾長嗟萬古魂.	소첩으로 하여금 만고의 넋을 탄식하게 하네.

【왕평】

'흥興'은 먼 것으로 가까운 것을 비유하고, '비比'는 옛것으로 새것을 얻으며, '부賦'는 거친 것에서 세밀한 데로 들어간다. 포조鮑照가 처음

---

186 剉骨(좌골) : 분신쇄골(粉身碎骨). 몸이 부서지고 뼈가 깎이다.

187 漢主思故劍(한주사고검) : 한 선제(漢宣帝)가 옛 검을 생각하다. 한 선제는 원래 불량배였으나 곽광(霍光) 등이 적극적으로 옹호하여 황제 자리에 오를 수 있었다. 곽광을 비롯한 대신들은 곽광의 딸을 황후로 주청하였으나 선제는 자신의 본처였던 허씨를 내칠 수 없었다. 직접적으로 의견을 밝히기 어려웠던 선제는 자신이 미천했던 시절에 썼던 옛 검을 찾으라는 조서를 내린다. 이에 신하들은 허씨를 황후로 삼기를 주청하였다. 이 전고는 예전의 애정을 잊지 않음을 비유한다.

노래한 것과 비교하면 풍채와 재화는 더 나은 듯하다.

　왕창령은 본래 악부시에 있어 제일의 명수이다. 오언고시를 짓지 않았다면 어찌 한 시대를 초월하지 못했겠는가? 얻을 수 없는 것을 탐하는 것은 스스로 결점을 갖게 되니 옳은 방법이 아니다.

　興以遠喩近, 比以舊得新, 賦以粗入細. 較明遠始唱, 風華殆將過之.

　龍標自樂府第一好手筆. 使不作五言古詩, 詎不橫絶一代? 貪所非得, 以自貽瑕纇, 非擇術之工也.

【해설】

　버림받은 여인의 한과 깊은 원망이 비유와 직서로 어우러져 펼쳐졌다. 마치 남편을 앞에 두고 하소연하는 듯한 어투로 두레박줄의 비유로 신의를 저버린 일과 뜬구름의 비유로 자신의 처지를 묘사한 데서 이미 그 애절함을 다 표현하였다. 더구나 칠언시의 묘사체로 자신의 회포를 낱낱이 노래하면서 감정의 여러 층을 표현한 점은 인정의 극진한 묘사를 보여준 것이기도 한다. 제시된 비유들도 적절하고 절실하지만 "다만 활짝 꽃을 좋아할 뿐 현숙함은 가벼이 하지"와 같은 현실에 대한 비판도 날카롭다.

　왕부지는 이 시가 '비흥比興'을 적절히 썼다고 보았다. '비흥'은 원래 『시경』의 세 가지 수사 방법 가운데 두 가지이다. '흥'은 먼저 다른 사물을 제시하여 다음에 읊을 말을 이끌어 내는 방법이고, '비'는 다른 사물로 비유하는 것이고, '부'는 직설적으로 늘어놓는 방법이다. 이는 후세의 중국 고전시 작법에 큰 영향을 미쳤다. 이 시의 제1, 2구에서 화자는 먼저 끈과 두레박을 말하는데 이것이 곧 '흥'이고, 이어서 끈이 끊어지는 것으로 남편에게 내쳐진 신세를 말하는데 이것이 곧 '비'이다. 이때 '흥'은 무엇을 말하려는 것이 전혀 모를수록 더욱 절실하게 의미를 전달할 수 있고, '비'는 익숙하게 아는 대상을 끌어와 비유해야 새로운 의미를 더 잘 나타낸다는 것이다. 이러한 원관념과 보조관념 사이의 공간에서 풍채와 재화가 나오고 멋과 운치가 나온다. 이런 점은 포조鮑照가 뛰어났지만 왕창령은 오히려 그보다 더욱 뛰어나다고 보았다. 왕부지는 또 왕창령의 본령은 악부와 칠언시에 있으니 차라리 오언고시를 짓는 노력을 악부와 칠언시에 쏟았더라면 최고의 시인이 되었을 것이라고 말하였다. 왕부지는 시 형식詩體과 표현의 관계에 누구보다도 민감했다.

맹호연孟浩然 1수

鸚鵡洲送王九之江左[188]	앵무주에서 강좌로 가는 왕구를 보내며
昔登江上黃鶴樓,[189]	예전에 강가의 황학루에 올라
遙愛江中鸚鵡洲.	멀리 강 가운데에 있는 앵무주를 좋아하였지.
洲勢逶迤環碧流,[190]	모래톱은 굽이돌아 푸른 물이 두르고
鴛鴦鸂鶒滿灘頭.[191]	원앙과 비오리가 여울에 가득해라.
灘頭日落沙磧長,[192]	여울에 해가 지니 모래톱 긴데
金沙熠熠動飇光.[193]	금빛 모래 반짝이며 윤슬이 흔들리네.
舟人牽錦纜,	사공은 비단 닻줄을 끌어당기고

---

188 鸚鵡洲(앵무주) : 지금의 호북성 무한시(武漢市) 한양 서남의 장강 가운데 있었던 삼각주. 동한 말기 강하태수(江夏太守) 황조(黃祖)의 큰 아들 황사(黃射)가 빈객들을 모아 모임을 가질 때 누군가 앵무를 헌상하는 자가 있어 예형(禰衡)이 즉석에서 「앵무부(鸚鵡賦)」를 써서 올렸기에 이름 붙여졌다. 명대 말기에 점점 가라앉아 사라졌다.
　王九(왕구) : 왕형(王逈). 호는 백운선생(白雲先生) 또는 소거자(巢居子)로, 항제(行第)가 아홉 번째였다. 맹호연의 친구로 일찍이 양양 녹문산에서 은거하였다. 맹호연이 그에게 준 시가 다수 남아있다.
　江左(강좌) : 강동(江東)이라고도 한다. 장강 하류 남쪽 지방을 가리킨다. 오늘날의 화동 지역.

189 黃鶴樓(황학루) : 호북성 무한시 무창 지구에 있는 누각. 장강 강가에 있어 장강과 한수를 부감할 수 있다. 남북과 동서 교통의 요지이기에 역대로 많은 사람들이 거쳐가며 여러 일화와 시문을 남겼다.

190 逶迤(위이) : 구불구불 멀리 이어진 모양.

191 鸂鶒(계칙) : 비오리. 원앙과 비슷하지만 약간 더 크다. 암수가 함께 다닌다.

192 沙磧(사적) : 모래톱. 사막.

193 熠熠(습습) : 반짝이는 모습.
　飇光(표광) : 빛이 반짝이며 흔들리는 모습.

浣女結羅裳.[194]　　　　빨래하는 여인은 비단 치마를 입었구나.

月明全見蘆花白,　　　달이 밝아 하얀 갈대꽃 다 보이고

風起遙聞杜若香.[195]　바람 따라 멀리서 두약꽃 향기 풍기는데

君行采采莫相忘![196]　그대 떠나매 두약꽃 따서 드리니 서로 잊지
　　　　　　　　　　　　마세나.

【왕평】

‘말言’로 ‘뜻[意]’을 일으키면 ‘말’이 있으면서 ‘뜻’이 무궁하다. 그러
나 ‘뜻’으로 ‘말’을 구하면 이 ‘뜻’이 길어지기에 ‘말’이 짧아진다. ‘말’
이 짧아지면 ‘말’이 없는 것보다 못하다. 그러므로 “‘시’는 ‘뜻志’을 말
하고, 노래는 ‘말’을 길게 한다”고 하였다. ‘뜻’이 곧 시가 되는 것이 아
니라, ‘말’이 곧 노래가 된다. (이를 들은 사람에 따라) 누구는 ‘흥興’을 일
으킬 수 있고 다른 누구는 ‘흥’을 일으키지 않을 수 있는 핵심이 여기
에 있다. 당대 시인들은 애써 ‘뜻’을 세우려 했지, ‘말’이 뜻을 나타내
는 데는 애쓰지 않았다. 그러기에 ‘뜻’을 파고들어 공교함을 구하였기
에 고인古人으로부터 더욱 멀어졌다. 구양수歐陽修와 매요신梅堯臣은 이

---

194 結羅裳(결라상) : 치마 아래를 펼쳤다가 접어올려 허리에 묶다.
195 杜若(두약) : 구릿대 또는 백지(白芷)라고도 부른다. 향초로 뿌리는 약재로 쓰인다.
196 君行(군행) 구 : 굴원의 「상군(湘君)」에 나오는 “아름다운 섬에서 두약꽃을 따서,
　　장차 상군(湘君)의 시녀에게 주려고 하네(采芳洲兮杜若, 將以遺兮下女)”란 말을
　　이용하였다. 이 구에 대해 왕일(王逸)은 “자신이 향기로운 섬에 가서 두약꽃을
　　따 정숙한 사람에게 건네며, 뜻이 같은 사람과 언제까지나 변치 않는 마음을 품
　　겠다고 생각하는 것”이라 주석하였다. 여기서는 이러한 주석의 의미를 넣었다.

방향으로 더 극단적으로 밀고 나갔기에 마치 볍씨를 먹어도 배가 고픈 것과 같았으며, 그러기에 역시 제대로 배우지 못하였다. 맹호연은 성당 시인들 가운데 특히 그러한 경향이 두드러졌다. 그러나 이 작품은 '말'에 '뜻'을 담았기에 풍미가 깊고 길며, 노래할 수 있고 말할 수 있으니, 새벽에 보이는 드문 별과 같다.

以言起意, 則言在而意無窮; 以意求言, 斯意長而言乃短. 言已短矣, 不如無言. 故曰: "詩言志, 歌永言." 非志卽爲詩, 言卽爲歌也. 或可以興, 或不可以興, 其樞機在此. 唐人刻畵立意, 不恤其言之不逮, 是以竭意求工, 而去古人愈遠. 歐陽永叔梅聖兪乃推以爲至極, 如食稻種, 適以得飢, 亦爲不善學矣. 襄陽于盛唐中尤爲褊露. 此作寓意于言, 風味深永, 可歌可言, 亦晨星之僅見.

【해설】

강동으로 가는 친구를 보내면 쓴 송별시이다. 시인은 앵무주와 관련된 두 사람의 추억과 지금의 아름다운 풍광을 묘사하는데 주력하였다. 이러한 묘사는 곧 두 사람 사이의 우정인 듯 맑고 한적하다. 말미에서 두약꽃을 따서 친구를 잊지 말아달라는 뜻을 기탁하였다.

왕부지는 '말言'과 '뜻意'의 관계에서 이 시를 분석하였다. '말'이 자연스럽게 뜻을 이끌어내면 그것이 곧 시이고 노래이지만, '뜻'을 나타내기 위해 의식적이고 의도적으로 말을 찾으면 궁색해지고 경색해진다. 왕부지의 여러 말을 종합하면 '시'는 '뜻'만으로 이루어지지 않으며, '말'이 있으면서 그 말에 '소리와 빛[聲光]'과 '정이 일어나야[生情]'

하는데, 즉 심미적 의상意象이 있어야 시가 된다. '시는 뜻을 말한다[詩言志]'고 하지만, 그 말을 길게 하면서 뜻을 이끌어야 한다. 작시에 있어 '뜻'을 나타내기 위해 공들여 언어를 찾는 작업은 의식적이고 의도적인 것이기에 고대의 시인으로부터 멀어졌고 이는 송대에 더욱 멀어졌다고 보았다. 맹호연은 산수와 여행을 제재로 청담한 산수시를 쓴 시인으로 성당의 산수전원시파를 연 인물로 평가된다. 그러나 왕부지의 평가는 각박하여 맹호연을 제재가 비교적 한정된 시인으로 보았다. 그는 『강재시화薑齋詩話』에서도 "맹호연의 시는 열에 아홉은 편협한데, 편협하기에 종이 가득 '산인기山人氣'가 있다孟浩然詩十九失之褊, 褊則滿紙皆山人氣"고 하였다. 그렇지만 또 『명시평선明詩評選』에선 "맹호연 시의 뛰어난 점은 오직 한 글자 '진眞'에 있다. 처음 읽으면 무슨 특별한 점이 없으나 반복해서 읽으며 치아 사이에 깊은 맛이 난다孟詩佳處只一'眞'字. 初讀無奇, 尋繹則齒頰間有餘味"고 긍정하였다. 이 시는 뜻을 의식적으로 나타내는 게 아니라 말을 하려고 하면서 그 속에 뜻을 비유적으로 넣었기에 깊은 맛이 있다고 하였다. 실제로 시인은 말미에서 향기로운 두약꽃을 따는 굴원屈原의 시구로 서로를 잊지 않겠다는 뜻을 환기하였다.

고적高適 2수

燕歌行   연가행

漢家煙塵在東北,[197]   한나라에 봉화와 먼지가 동북에서 일어나니

漢將辭家破殘賊.[198]   장수가 집을 떠나 잔악한 적 깨뜨리러 간다.

男兒本自重橫行,[199]   남아로써 본디 내달리기 좋아해

天子非常賜顔色.[200]   천자께서 특별히 은총을 내리셨다.

摐金伐鼓下楡關,[201]   징을 치고 북을 치며 유관을 나서니

旌旆逶迤碣石間.[202]   구불구불 갈석산까지 깃발이 이어졌다.

校尉羽書飛瀚海,[203]   교위校尉의 우서羽書가 사막에서 날아들고

---

197 漢家(한가) : 한나라. 당나라를 가리킨다.
煙塵(연진) : 봉화 연기와 말발굽이 일으키는 먼지. 적이 군사를 이끌고 쳐들어온 일을 가리킨다.
198 殘賊(잔적) : 잔악한 적. 여기서는 거란과 해(奚) 등을 가리킨다.
199 橫行(횡행) : 전장을 마음대로 내달리다. 전투에서 막아설 적이 없음을 형용한 말.
200 非常(비상) : 특별히.
賜顔色(사안색) : 상을 내리다. 영광을 내리다. 이 두 구에 대해 명말 당여순(唐汝詢)은 장수가 전장에서 횡행하는 데도 군주가 후사를 내리니 변방에 전란이 일어날 것을 풍자한 것으로 보았다.
201 摐金(창금) : 징을 치다.
下(하) : 내려가다. 출병하다.
楡關(유관) : 지금의 산해관. 하북성 임유현(臨楡縣)에 소재했었다.
202 旌旆(정패) : 깃발. 정(旌)은 깃봉에 오색 깃털이 장식된 깃발이고 패(旆)는 여러 색으로 깃 폭 테두리를 장식한 깃발이다.
逶迤(위이) : 구불구불 끊이지 않은 모양.
碣石(갈석) : 갈석산. 『구당서』「지리지」에는 영주(營州) 유성현(柳城縣) 동쪽에 있다고 하였다. 곧 지금의 하북성 창려현(昌黎縣) 서북이다.
203 校尉(교위) : 당대 무관. 여기서는 무장을 가리킨다.

單于獵火照狼山.[204]　선우單于의 사냥 불이 낭산狼山을 비춘다.

山川蕭條極邊土,　산천은 변방 끝까지 삭막하기 그지없고

胡騎憑陵雜風雨.[205]　오랑캐 기마병이 비바람처럼 공격해왔다.

戰士軍前半死生,　사졸들은 전장에서 반이나 죽었는데

美人帳下猶歌舞!　장수들 휘장에선 미인들 가무로다!

大漠窮秋塞草腓,[206]　사막의 늦가을에 풀들이 마르고

孤城落日鬪兵稀.　외떨어진 성에 해 지는데 병사는 드물어

身當恩遇常輕敵,　군주의 은혜 입은 몸으로 언제나 적을 가벼이 여겨

力盡關山未解圍.　힘 다해 싸웠으나 관산의 포위를 풀지 못했다.

鐵衣遠戍辛勤久,　병사들은 철갑 입고 오래도록 고생하고

玉筯應啼別離後.　여인들은 이별 후에 응당 옥 가락 같은 눈물 흘리리라.

少婦城南欲斷腸,[207]　젊은 아낙 성남에서 애간장이 끊어지는데

羽書(우서) : 군사상 긴급 문서.
瀚海(한해) : 사막. 흥안령에서 감숙성 천산 사이에 약 2천 킬로의 사막이 걸쳐있다.
204　單于(선우) : 흉노의 왕. 여기서는 거란족과 해족의 왕.
獵火(엽화) : 사냥을 할 때 짐승을 몰기 위해 피우는 불.
狼山(낭산) : 지금의 내몽골자치주에 소재한 산.
205　憑陵(빙릉) : 침범하다. 믿는 바가 있어 다른 사람을 침범하고 기만하다.
206　窮秋(궁추) : 늦가을.
腓(비) : 병들다. 여기서는 시들다.
207　少婦(소부) : 젊은 아낙. 전쟁에 참가한 사졸들의 처를 가리킨다.
城南(성남) : 사졸들의 고향을 가리킨다.

征人薊北空回首.[208]　　병사들은 계북薊北에서 부질없이 고향 쪽 바라본다.

邊風飄颻那可度,[209]　　변경 바람 드세어 갈 수 없는데

絶域蒼茫無所有.[210]　　아득히 외떨어진 절역에 아무것도 없다네.

殺氣三時作陣雲,[211]　　삼시 세 때 살기가 구름으로 응결되고

寒聲一夜傳刁斗.[212]　　추운 날 온밤 내내 동라 소리 들려온다.

相看白刃雪紛紛,[213]　　직접 보게나, 흰 칼날이 눈발처럼 분분한데

死節從來豈顧勳?[214]　　병사들이 나라를 위해 죽으며 어찌 공훈을 따졌는가?

君不見沙場征戰苦,　　그대 보지 못하는가, 사막의 힘겨운 전쟁을

至今猶憶李將軍![215]　　지금도 사람들이 이 장군李將軍을 생각함을!

208　薊北(계북) : 계주(薊州)의 북쪽. 계주는 지금의 하북성 북부이다.

209　邊庭(변정) : 변경.
　　飄颻(표요) : 바람이 세게 불다. 여기서는 불안한 변경을 비유한 말로 볼 수도 있다.
　　那可度(나가도) : 어찌 넘을 수 있나? 사졸들이 포위를 뚫을 수 없다는 뜻. 또는 아낙이 남편이 있는 변경을 찾아갈 수 없다는 뜻으로 새길 수도 있다.

210　絶域(절역) : 사방이 고립된 지역. 변경.

211　三時(삼시) : 하루 중의 아침, 점심, 저녁 세 번. 즉 하루 종일.
　　陣雲(진운) : 전운(戰雲).

212　刁斗(조두) : 군중에서 사용하는 동으로 만든 솥. 낮에는 솥으로 쓰고 밤에는 경계의 뜻으로 친다.

213　白刃(백인) : 칼날.

214　死節(사절) : 절개를 위해 죽음.

215　李將軍(이장군) : 서한 때의 장수 이광(李廣). 이광은 특히 병사들을 아꼈다. 또는 전국시대 조나라 이목(李牧)이라 볼 수도 있다.

말은 쉬워도 뜻은 깊고, 나열 속에 풍자가 있다. 이러한 방법은 『시경』으로부터 왔는데 당대에 이르러 약해졌고 송대에 이르러 없어졌다.

'소부少婦'와 '정인征人' 두 구는 도치된 말로 곧 병사들이 여인을 이처럼 생각한다는 것이다. 바로 앞의 '응당應'과 연결하면 맥락이 잘 연결되지 않는다.

말구는 또 거칠고 평담하지만, 한 벌의 옷이 설사 약간 얇다고 해도 흠이 되지 않듯 전편에 흠이 될 정도는 아니다.

詞淺意深, 鋪排中卽爲誹刺. 此道自「三百篇」來, 至唐而微, 至宋而絶. '少婦' '征人'一聯, 倒一語乃是征人想他如此. 聯上'應'字, 神理不爽. 結句亦苦平淡, 然如一匹衣著, 寧令稍薄, 不容有纇.

변방의 실제 경험과 견문을 결합하여 당시 군사적 상황을 비판하였다. 원래 다음과 같은 서문이 붙어 있다. "개원 26년738 장수를 따라 변경으로 출정하였다가 돌아온 친구가 「연가행」을 지어 나에게 보여주었다. 군사 문제에 대해 느낀 바가 있어 이에 화답한다開元二十六年, 客有從元戎出塞而還者,216 作「燕歌行」以示適, 感征戍之事, 因而和焉." 주로 조정에서 파견한

---

216 元戎(원융) : 통수. 주장(主將). 『하악영령집』에서는 '어사대부 장공(御史大夫張公)'이라 되어 있다. 장공은 유주절도사 장수규(張守珪)로 735년 어사대부를 겸직하였다.

장수들의 교만과 무능을 질책하고, 관심과 보상 없이 장기간 고생하고 죽어간 병사들을 깊이 동정하였다. 배경이 되는 변새의 풍광, 전투 분위기, 병사들의 복잡한 심리 등도 모두 선명하게 표현하였다. 시는 동북 변경에서 일어난 전투의 전 과정을 재현하면서, 대비의 수법으로 주제를 함축적으로 드러내었다. 4구마다 환운換韻을 하여 산구와 대구를 번갈아 사용하였으며, 기세가 분방하고 격조가 비장하다. 고적의 대표작일 뿐만 아니라 당대 변새시의 걸작이다.

왕부지는 시에 있는 비판의 정신은 『시경』부터 있었고, 이는 당대 이후로 올수록 약해졌다고 보았다. 고적의 이 시는 마침 이러한 정신이 아직 살아있어 『시경』 전통을 잇고 있다고 했다. 공자가 '시가이원詩可以怨, 시는 원망할 수 있다'이라 했지만, 한대 학자들은 『모시毛詩』「대서大序」의 "난세의 소리는 원망스럽고 노기를 띠어"亂世之音怨以怒란 말에서 보듯 이를 변성變聲이라 여기고 시의 정통에서 벗어난다고 보았다. 때문에 현실에 대한 비판은 완곡하거나 비유적으로 해야 했다. 왕부지는 한악부와 같이 현실에 대해 비판은 변성이 아니라 정성正聲으로 보았다.

人日寄杜二[217]　　　　인일 두이에게 부침

人日題詩寄草堂,[218]　　인일人日에 시를 지어 초당에 부치니

遙憐故人思故鄉.[219]　　고향 생각하는 친구를 멀리서 안타까워하노라.

柳條弄色不忍見,　　　버들가지 푸른빛 돌아도 차마 보지 못할 테고

梅花滿枝空斷腸.　　　가지 가득 매화 피어나도 공연히 애간장 끊이리.

身在南蕃無所預,[220]　　이 몸이 남방 변경에 있으며 조정 일 참여 못하니

心懷百憂復千慮.　　　마음은 백 가지 근심에 천 가지 걱정이로다.

今年人日空相憶,　　　올해의 인일人日에는 부질없이 서로 그리니

明年人日知何處?　　　명년의 인일에는 어디에 있으려나?

一臥東山三十春,[221]　　한 번 동산에 누워 은거하며 삼십 년 보냈는데

217　人日(인일) : 음력 정월 7일. 인승절(人勝節) 또는 인경절(人慶節) 등으로도 불린다. 전설에 의하면 여와가 초하루부터 날마다 닭, 개, 돼지, 양, 소, 말을 창조하고 칠일 째 되는 날 사람을 창조하였다고 한다. 한대부터 있었으며 위진 이래 중시하기 시작하여 당대에 더욱 중시하였다.
　　杜二(두이) : 두보(杜甫). 항제가 두 번째였다.
218　草堂(초당) : 두보가 성도 서쪽 교외 완화계 옆에 지은 집. 760년 늦봄에 낙성하였다.
219　思故鄉(사고향) : 고향을 생각하다. 인일에는 고향을 그리는 전통 습속이 있다. 설도형(薛道衡)의 「인일의 고향 생각(人日思歸)」에서 "봄이 된 지 이제 이레, 집 떠난 지 이미 두 해. 사람은 기러기가 간 후 돌아가고, 그리움은 꽃 피기 전에 일어나(入春才七日, 離家已二年. 人歸落雁後, 思發在花前)"라고 하였다.
220　南蕃(남번) : 남방의 변경 지역.
　　無所預(무소예) : 국가의 중요 대사에 참여할 수 없다.
221　東山(동산) : 은거하는 곳. 동진의 사안(謝安)이 관직을 버리고 회계(會稽)의 동

豈知書劍老風塵.	어찌 알았으랴, 문무에 종사하며 풍진 속에 늙었음을.
龍鍾還忝二千石,[222]	늙고 굼뜨면서 부끄럽게 자사刺史 직책에 있으니
愧爾東西南北人![223]	동서남북으로 떠도는 그대에게 부끄러워라.

【왕평】

기세가 절로 치밀하다.

其氣自密.

【해설】

인일에 친구 두보(杜甫)를 생각하며 지어 보낸 시이다. 고적과 두보는 젊었을 때 의기가 투합하였던 사이로, 이백(李白)과 함께 하남과 산동 일대를 여행하기도 하였다. 안사의 난 이후 고적은 759년 팽주자사에

산(東山)에 은거한 이래, 동산은 은거지를 의미하였다.

三十春(삼십춘) : 삼십 년. 고적이 나이 스물에 공부와 검술을 배운 후 장안에서 출로를 찾았으나 실의하여 하남 일대에서 객거하였다. 이후 49세에 급제하여 관직에 나아갔으니 마침 삼십 년이다.

222 龍鍾(용종) : 몸이 늙어 행동이 더딘 모양.

忝(첨) : 욕되다. 더럽히다. 일반적으로 겸사로 사용된다.

二千石(이천석) : 주(州)의 자사를 가리킨다. 본래 한대의 태수의 봉록으로, 당의 자사는 한대의 태수에 상당하므로 이렇게 말하였다.

223 東西南北人(동서남북인) : 정해진 곳이 없이 사방을 떠도는 사람. 『예기』「단궁(檀弓)」에 공자가 스스로 자신을 '동서남북인(東西南北人也)'이라고 하였다.

서 760년 다시 촉주자사로 나갔으며, 두보는 떠돌다가 759년 연말에 성도에 들어가, 두 사람은 다시 만나게 된다. 이 시는 당시 전란이 아직 끝나지 않은 상황을 배경으로 개인과 나라의 일을 관련시켰으며, 두보에 대한 진지한 우정을 표현하였다. 두보는 만년에 이 시를 다시 꺼내 '눈물을 행간에 뿌리며 끝까지 읽고淚灑行間, 讀終篇末' 고적을 추억하는 시를 짓기도 하였다.

왕부지는 기세가 치밀하다고 했는데 이는 생각하는 바가 넓지만 진정에서 우러나왔기에 조리가 자연 엄밀해졌다는 뜻으로 보인다. 친구 두보의 사정과 감회를 짐작하면서 자신의 지난날을 되돌아보지만 동시에 지금과 내년을 생각하고, 계절과 나랏일을 연관시키지만 동시에 수많은 근심도 언급하는 등, 한 편의 시 속에 두 사람의 경력과 정신적 역정마저 깃들어 있기 때문이다.

최호崔顥 2수

孟門行[224]	맹문의 노래
黃雀銜黃花,[225]	노란 참새가 노란 꽃을 물고

---

224 孟門行(맹문행) : 악부의 제목. 당대 만들어진 '신악부'에 속한다. 맹문(孟門)은 고대 관문 이름으로, 춘추시대 때 진(晉)나라의 요새였다. 지금의 하남성 휘현(輝縣) 서쪽 소재.

225 黃雀(황작) 구 : 고대에 노란 참새가 고리를 물고 은혜에 보답한 전설을 환기한

翩翩傍簷隙.	처마 아래서 훨훨 나는구나.
本擬報君恩,	본래 그대의 은혜에 보답하려 했는데
如何反彈射!	어찌하여 오히려 탄환을 쏘는가!
金罍美酒滿座春,[226]	금 술독에 좋은 술 좌중이 봄인데
平原愛才多衆賓.[227]	평원군이 재능 아껴 빈객이 많아라.
滿堂盡是忠義士,	자리 가득 모두가 충의로운 사람인데
何意得有讒諛人![228]	어찌하여 참훼하고 아부하는 자 얻으려는가!
諛言反覆那可道,	아부하는 말은 자주 뒤집어져 믿을 수 없고
能令君心不自保.	그대 마음도 스스로 지키지 못하게 하지.
北園新栽桃李枝,[229]	북쪽 동산에 새로 심은 도리화 꽃가지는
根株未固何轉移?	줄기와 뿌리가 굳지 않았으니 어찌 옮길 수 있으랴.

다. 동한 양보(楊寶)가 노란 참새가 다쳤기에 구해준 일이 있었는데, 나중에 참새가 노란 옷을 입은 동자로 변하여 양보에게 옥가락지 4개를 주면서 "그대의 자손은 결백하고 또 삼공에 오를 것이오"라 하였다. 과연 그 후손들이 출세하였다. 『속제해기(續齊諧記)』 참조.

226 罍(뢰) : 술독. 일반적으로 구름 문양으로 장식되어 있으므로 운뢰(雲罍)라고도 한다.

227 平原(평원) : 평원군. 전국시대 조나라 공자로 이름은 조승(趙勝). 조나라 재상이었을 때 현능한 인재를 등용하였고, 문객이 삼천 명이나 되었다.

228 意(의) : ~하려 하다.
　讒諛(참유) : 참훼와 아부.

229 北園(북원) : 궁중의 정원을 가리킨다. 북조 전진(前秦)의 조정(趙整)이 지은 「풍간시(諷諫詩)」에 나오는 "북쪽 정원에 대추나무 있으니, 펼쳐진 잎에 짙은 그늘 드리웠지. 밖에는 비록 가시가 둘러있어도, 안에는 꽉 찬 붉은 마음이어라(北園有棗樹, 布葉垂重蔭. 外雖繞棘刺, 內實有赤心)"는 내용을 환기한다.

| 成陰結實君自取,[230] | 그늘을 이루고 열매 맺는 일 그대가 해야 하니 |
| 若問傍人那得知! | 옆 사람에 묻는다고 어찌 알 수 있으랴! |

【왕평】

완곡한 '비흥'은 포조의 「행로난」에 육박한다. 시가 칠언이 되면서 구가 길어졌는데 여기에 다시 교묘하게 수식을 한다면 응당 번거로워질 것이다. 간결하고 영활靈活하니 필경 이를 가지고 정성正聲으로 여길 수 있다.

宛轉興比, 直逼鮑照「行路難」. 詩至七言爲句已長, 更用巧合砌飾, 則當句成累. 輕直透脫, 畢竟以是爲正聲.

【해설】

노란 참새를 흥興으로 시작하여, 남의 참언을 듣지 말고 자신의 주견을 가지고 행해야 함을 권하였다. 복사꽃과 오얏꽃은 비방하고 아부하는 사람을 비유하며, 겉으로 언변이 좋은 이들을 믿을 수 없다고 말하였다. 그러니 그대는 응당 비방에 현혹되어선 안 되고 스스로 주견을 가지고 판단해야 한다고 권하였다.

왕부지는 시에서의 비판적 요소는 『시경』의 전통이라 보지만 동시에 비흥을 사용하는 것을 중시하였다. 이 시에서는 노란 참새가 노란 꽃을 주려고 날아왔는데 오히려 탄환을 쏘려고 하는 일로 충의로운 사

---

230 成陰結實(성음결실) : 그늘을 만들고 열매를 맺다. 인재의 육성을 비유한다.

람을 비방하는 현상을 비유하였다. 말미에서도 교언영색巧言令色하는 사람을 복사꽃과 오얏꽃으로 비유하였다. 경직輕直은 필요한 것만 간결하게 추렸다는 뜻이고, 투탈透脫은 규칙에 얽매이지 않고 자유롭고 영활靈活하다는 뜻이다. 이는 왕부지가 지향하는 시의 높은 경지이다.

七夕

長安城中月如練,[231]
家家此夜持針線.[232]
仙裙玉佩空自知,
天上人間不相見.
長信深陰夜轉幽,[233]
瑤階金閣數螢流.
班姬此夕愁無限,[234]
河漢三更看斗牛.[235]

칠석

장안성 안 달빛은 명주같이 하얀데
집집마다 이날 밤에 바늘과 실 들고 있네.
하늘의 신선도 이날을 절로 알고 있지만
천상과 인간 세상이 서로를 보지 못해라.
장신궁에 짙은 그늘 밤 되어 더욱 깊어지고
옥 계단 황금 대궐 반디가 몇 점 흘러라.
반첩여는 이 밤에 시름이 끝없으니
은하수 깔린 삼경에 견우성을 바라본다.

---

231 練(련) : 흰 비단.
232 持針線(지침선) : 바늘과 실을 들다. 칠석날 밤 달빛 아래 바늘귀에 실을 꿰면서 직녀에게 바느질 솜씨가 뛰어나길 기원하는 '걸교(乞巧)' 풍속을 가리킨다. 남조 양 종름(宗懍)의 『형초세시기(荊楚歲時記)』에 "이날 저녁에 민간의 부녀자들이 채루에 모여 칠공침에 실을 꿰며, 어떤 사람들은 금은 또는 놋쇠로 바늘을 만들고, 정원 가운데 과일을 늘어놓고 바느질 솜씨가 뛰어나길 기원한다(是夕人家婦女結彩縷, 穿七孔針. 或以金銀鍮石爲針, 陳瓜果於庭中以乞巧)"고 하였다.
233 長信(장신) : 장신궁. 한대 궁전으로 장락궁 안에 있으며, 태후가 거주하였다.
234 班姬(반희) : 반첩여(班婕妤). 성제 때 입궁하여 첩여가 되었다. 성제의 총애를 받았으나 조비연의 참언을 받아 내쳐지자 스스로 장신궁에 들어가 태후를 시봉하겠다고 하였다. 「원가행」 등의 작품이 있다.

【왕평】

홀연히 궁원시로 들어간 사실을 읽고 나서야 깨닫게 되니, 비로소 전반 4구가 궁원시의 도입부임을 알게 된다. 이런 것을 '혼성渾成'이라 한다. 좋은 시구가 생동적이다.

忽入宮怨, 讀乃覺之, 始知前四句爲之宮怨引也. 此之謂渾成. 佳句生色.

【해설】

칠석의 풍속과 반첩여의 정한을 노래하였다. 전반부는 칠석 밤의 광경과 결교乞巧 풍속을 그리고, 후반부는 장신궁에 사는 반첩여의 깊은 정한을 통해 혼자 사는 여인의 고적감을 형상화하였다. 천상과 인간 세상의 격절은 물론 깊은 어둠 속의 성긴 반딧불에서 궁녀의 내심을 제시하고 있지만, 말구에서 말없이 별을 바라보는 모습에서 이를 더욱 선명히 그렸다.

왕부지는 구성의 측면에서 이 시를 높이 평가하였다. 전반부에선 칠석의 밤을 그리다가 후반부에 이르러서야 궁원시宮怨詩임을 알고 그 자연스러움에 높은 평가를 하였다. 결국 반첩여는 칠석날 정인을 만나는 직녀보다 못하는 자신의 처지를 아쉬워한 셈이다. 깊은 한이 어느 사이 맑은 정서로 바뀌어져 더 깊은 한을 드러내었다. 왕부지는 '혼성渾

---

235 斗牛(두우) : 두성(斗星)과 우성(牛星). 우성은 곧 견우성이다. 이 구는 반 첩여가 장신궁에 홀로 살면서 견우와 직녀처럼 일 년에 한 번씩이라도 만나보지 못하는 신세임을 말하였다.

成'또는'천성天成'이란 말로 시의 통합성과 전체성을 강조하였다. 원래 '혼성'이란 말은 『도덕경』 제25장에서 "혼성으로 이루어진 물건이 천지가 생겨나기 전에 있었다有物渾成, 先天地生"에서 나왔는데, 혼돈의 순수한 상태를 가리킨다. 시의 구성에 있어서도 이러한 통합성과 전체성을 최상으로 보았다.

잠삼岑參 7수

登古鄴城[236]	옛 업성에 올라
下馬登鄴城,	말에 내려 업성에 오르니
城空復何見?	텅 빈 성에 무얼 다시 보려는가?
東風吹野火,[237]	동풍에 도깨비불 날리어
暮入飛雲殿.[238]	저물녘에 비운전飛雲殿에 날아든다.
城隅南對望陵臺.[239]	성 모퉁이 남쪽은 망릉대望陵臺를 마주하고

---

236 鄴城(업성) : 업도(鄴都). 지금의 하북성 임장현(臨漳縣) 서남에 소재. 전국시대에는 위나라의 업읍(鄴邑)이었다가, 삼국시대에는 조조(曹操)가 이곳을 위나라의 도읍으로 정했다.

237 野火(야화) : 도깨비불. 인화(燐火). 귀화(鬼火).

238 飛雲殿(비운전) : 하늘 높이 솟은 전각. 후조(後趙)의 석호(石虎)는 조조가 세운 동작대에 태무전(太武殿)을 세웠는데 창문에 구름 기운을 그렸다고 한다. 『업중기(鄴中記)』 참조.

239 望陵臺(망릉대) : 동작대. 조조가 원소(袁紹)의 세력을 소탕하고 210년 업(鄴)에 세운 궁전이다. 『업도 이야기(鄴都故事)』에 의하면 조조는 자신이 죽으면 업

漳水東流去不回,[240]　　　　　장수漳水는 동으로 흘러가선 돌아오지

　　　　　　　　　　　　　　　　않아라.

武帝宮中人去盡.[241]　　　　　조조의 궁녀들 모두 사라지고 없는데

年年春色爲誰來?　　　　　　　해마다 봄빛은 누굴 위해 다시 찾아오나?

【왕평】

운韻은 끝났으나 뜻은 끝이 없다.

韻無留而意不竭.

【해설】

업도의 옛 성을 보고 일어나는 감회를 썼다. 전반부는 업성의 황량한 풍경을 그리고, 후반부는 인사의 흥폐와 산하의 의구함을 대비시켰다. 739년 잠삼이 장안에서 나와 하삭河朔을 유력하였을 때 지은 것으로 보인다.

왕부지의 시학에 있어 운韻과 뜻[意]은 중요한 개념이다. 운韻은 주객관이 혼융한 경계 속에서 자연스레 흘러나오는 성운과 정감의 아름다움을 가리킨다. 뜻[意]은 시의 사상과 내용을 가리킬 뿐만 아니라 여러

　　의 서쪽 언덕에 묻되 금은보석은 묻지 말고 다만 매월 15일에 첩과 기인(伎人)들
　　이 누대에 올라 자신의 무덤을 바라보며 음악을 연주하라고 하였다.
240　漳水(장수) : 장하(漳河). 산서성 동남부에서 발원한 후 하북 합장진(合漳鎭)에
　　서 합류하여 업성으로 흐른다.
241　武帝(무제) : 조조. 220년 1월 조조가 죽은 후, 10월 조비가 위(魏)를 건국하면서
　　조조를 무제로 추존하였다.

가지 미학 요소를 통섭하는 역할을 한다. 여기서 운이 남아있지 않다는 것은 시가 끝났다는 의미이다. 왕부지의 평어는 시가 끝났어도 의미는 무궁하다는 의미이다.

胡笳歌送顏眞卿使赴河隴[242]

호가의 노래—하롱으로 부임하는 안진경을 보내며

君不聞胡笳聲最悲,	그대 듣지 못하는가, 가장 슬픈 호가 소리를
紫髥綠眼胡人吹.	자줏빛 수염에 푸른 눈의 호인胡人이 부는 것을.
吹之一曲猶未了,	한 곡조 아직 다 끝나지 않았는데
愁殺樓蘭征戍兒.[243]	누란에 출정 나간 장병들이 슬퍼하는 것을.
涼秋八月蕭關道,[244]	싸늘한 가을 팔월 소관으로 가는 길
北風吹斷天山草.[245]	북풍이 천산의 풀을 꺾는구나.
崑崙山南月欲斜,[246]	곤륜산 남쪽에 달이 기우는데

---

242 胡笳(호가) : 호인(胡人)들이 갈대잎으로 만든 피리. 나중에 목관으로 만들어 구멍을 3개 내었다. 소리가 무척 비량하다.
　　顏眞卿(안진경) : 중당 시대의 정치가, 시인, 서예가. 관직이 태자태사에 이르렀고, 노군공(魯郡公)에 봉해졌다. 748년 하서농우군 시복둔교병사로 충원되었다.
　　河隴(하롱) : 하서와 농우.
243 樓蘭(누란) : 한대 돈황의 서남에 있던 국가. 지금의 신강위구르자치구 약강(若羌)현 소재. 여기서는 당대 서역을 가리킨다.
244 蕭關(소관) : 관문의 이름. 지금의 영하회족자치구(寧夏回族自治區)의 고원현(固原縣) 동남에 소재. 관중(關中)에서 북방으로 통하는 교통의 요지이다.
245 天山(천산) : 지금의 신강위구르자치구 경내에 있는 산. 산에는 일 년 내내 눈이 덮여 있어 설산(雪山) 또는 백산(白山)이라고도 한다.

胡人向月吹胡笳.　　　　호인이 달을 향해 호가를 불더라.

胡笳怨兮將送君,　　　　호가의 애원하는 곡조 속에 그대를 보내니

秦山遙望隴山雲.　　　　진령산의 내가 멀리 농산의 구름을 바라본다.

邊城夜夜多愁夢,　　　　그대는 변성에서 밤마다 시름에 잠들 터이니

向月胡笳誰喜聞?　　　　달을 보는 그 누가 호가 소리 듣기 좋아하리?

【왕평】

'호가'란 말을 네 번 썼지만 서로 연결하지 않았다. 중복해서 반복적으로 나온 듯하지만 실마리가 하나로 꿰어져 있으니, 어찌 손목 아래 비범한 힘이 없겠는가!

四用胡笳, 各不相承. 有如重見疊出, 而端緒一如貫珠, 腕下豈無神力!

【해설】

중국의 서북 지역으로 나가는 안진경을 보내며 장안에서 쓴 시이다. 우정을 상기하거나 송별의 뜻은 별도로 쓰지 않으면서, 호가의 비량함을 주로 부각시켰다. 시 중에 나오는 소관, 천산, 곤륜산 등은 안진경이 지나가는 장소는 아니나, 이로써 변방의 분위기를 환기하는 지명으로 사용하였다.

왕부지는 제목에서 말하는 '호가'가 다양하게 묘사된 점을 주의하면서, 이 말이 네 번 반복되면서도 맥락을 가지고 있기에 비범한 솜씨라

246　崑崙山(곤륜산) : 지금의 신강위구르자치구 남부에서 청해성까지 이어진 산.

고 칭찬하였다. 사실 호가 소리는 이별과 관련이 없는 듯하지만, "호가의 애원하는 곡조 속에 그대를 보내니" 호가의 비장한 음악이 곧 보내는 시인의 마음이 되는 셈이다. 석별의 정을 음악과 천산의 풀들과 서북의 달 속에 모두 던져 넣은 셈이다.

邯鄲客舍歌[247]	한단 객사의 노래
三月灞陵春已老,[248]	삼월의 파릉은 봄이 벌써 다 가는데
故人相逢耐醉倒.[249]	친구를 만났으니 쓰러지도록 취하기 좋아라.
甕頭春酒黃花脂,[250]	누런 거품 떠 있는 막 빚은 봄 술
祿米只充沽酒資.[251]	녹봉은 다만 술 사는 데 충당하리.
長安城中足年少,	장안성 안에는 젊은이들 많지만
獨共韓侯開口笑.	오로지 한준과 더불어 입을 열고 웃노라.
桃花點地紅斑斑,	복사꽃이 땅 위에 점점이 붉어지면

---

247 다른 판본에는 제목이 「한준을 만나 기뻐하며(喜韓樽相遇)」라 되어 있다. 한준은 잠삼의 친구로, 잠삼의 시에 한준과 관련된 시가 3수 있다.

248 灞陵(파릉) : 패릉(霸陵). 장안 동쪽 교외 백록원(白鹿原)의 서한 문제(文帝)의 능묘가 있는 곳. 부근에 있는 파교(灞橋)는 떠나는 사람에게 버들을 꺾어 주는 이별의 장소로 유명했다.

老(로) : 오래되다.

249 耐(내) : 마땅하다. 어울리다.

250 甕頭春(옹두춘) : 맞 빚은 술. 옹두(甕頭)라고도 한다.

黃花脂(황화지) : 술 위에 뜬 누런 포말. 당대에는 좁쌀을 가지고 술을 만들었기에 그 색깔이 노랬다.

251 祿米(녹미) : 녹봉. 고대에는 녹봉을 쌀로 받았기에 녹미라 하였다. 잠삼이 30세에 과거에 급제하여 받은 우내솔부(右內率府) 병조참군(兵曹參軍)은 정9품으로 녹미가 57석이었다.

有酒留君且莫還.　　　　술로써 그대 붙드니 그대 돌아가지 말게나.

與君兄弟日携手,　　　　그대 형제와 날마다 손잡고 놀 터이니

世上虛名好是閑.[252]　　세상의 명성일랑 정말로 가벼운 것이어라.

【왕평】

쉬우면서도 운미韻味가 깊다. 장위의 「호수에서 술을 마주하고 짓다」
와 비교하면 도시와 시골의 차이만 있을 뿐이다.

환운換韻이 이음새 없이 자연스레 융합된 것을 보면 어찌 가행 중의
독보적인 작품이 아니겠는가.

淺而不短, 較張謂「湖上對酒作」豈不有都野之別.

看他轉韻不用承合, 自然浹洽處, 豈非歌行獨步?

【해설】

늦봄에 친구를 만나 함께 웃고 이야기하고 술을 마시는 즐거움을 노
래했다. 경물 묘사는 그리 중시하지 않고, 시원스럽고 친밀한 정감을
직서하는 방식으로 호매한 흉금과 낙관적인 정서를 나타내었다. 녹봉
으로 술을 사고 쓰러지도록 취한다고 하지만 전혀 퇴폐적이지 않고 정
신적인 충일감을 드러냈다. 구어체에 가까운 언어를 사용하여 자연스
럽게 전개한 소탈하고 자연스러운 풍격은 내용과 어울린다.

---

252 好是(호시) : 정말로. 진시(眞是)와 같다.
　　閑(한) : 등한히 하다. 평범하게 여기다.

왕부지는 읽기 쉬우면서도 깊은 맛이 있음을 지적하였다. 또 압운의 운용이 제대로 되어있지 않지만 그것이 전혀 방해가 되지 않고 전체적으로 자연스레 융합되어 있는 점이 독보적이라고 하였다. 칠언율시보다 칠언고시를 중시한 왕부지의 미학에서는 엄격한 율격보다는 자연스러운 압운을 선호하였다.

白雪歌送武判官歸京[253]

백설의 노래─장안으로 돌아가는 무 판관을 보내며

北風卷地白草折,[254]	북풍에 땅이 뒤집히고 백초가 부러지니
胡天八月卽飛雪.	북방은 팔월에도 눈발이 휘날린다.
忽如一夜春風來,	갑자기 하룻밤에 봄바람이 불어와
千樹萬樹梨花開.	천 그루 만 그루 배꽃이 피었어라.
散入珠簾濕羅幕,	주렴에 흩어져 들어와 비단 휘장을 적시니
狐裘不暖錦衾薄.	여우 가죽옷이 차갑고 이불마저 얇구나.
將軍角弓不得控,	장군의 각궁은 당길래야 당겨지지 않고
都護鐵衣冷難著.[255]	도호의 철갑은 차가워 걸치기 어려워라.
瀚海闌干百丈冰,[256]	드넓은 사막에 백 길 얼음이 어지럽고

---

253 武判官(무판관) : 미상. 당시 봉상청(封常淸) 막부의 판관으로 보인다.

254 白草(백초) : 서역에 나는 풀. 모래 위나 황무지에 자라는데 봄에는 푸르다가 가을과 겨울에는 하얀색이 된다.

255 都護(도호) : 변방을 지키는 수장. 당대에는 6도호부를 설치하고 대도호를 1명씩 두었다. 당시에는 고선지(高仙芝)가 도호였다.

256 瀚海(한해) : 사막. 여기서는 윤대 부근의 준갈 분지 사막.

愁雲慘淡萬里凝.	수심 어린 구름은 만리에 얼어붙었네.
中軍置酒飮歸客,[257]	중군에선 술을 차려 사람을 보내는데
胡琴琵琶與羌笛.[258]	호금과 비파에 강적羌笛이 울리어라.
紛紛暮雪下轅門,[259]	분분한 저녁 눈발 원문轅門에 쏟아지고
風掣紅旗凍不翻.	바람에 끌린 붉은 깃발 얼은 채 굳었구나.
輪臺東門送君去,	윤대의 동문에서 그대를 보내나니
去時雪滿天山路.[260]	천산으로 가는 길엔 눈발이 가득하리.
山廻路轉不見君,	산은 꺾이고 길은 돌아 그대 보이지 않는데
雪上空留馬行處.[261]	눈 위에 남은 건 다만 말발굽 흔적뿐.

【왕평】

계절이 전도된 경물로 '정'을 전하니 정신이 상쾌하여 절로 집중된다. 원진과 백거이에게 방법을 물을 필요가 없다.

"호금과 비파에 강적羌笛이 울리어라" 한 구는 '백량체'를 썼을 뿐인데 풍채가 휘날린다.

顚倒傳情, 神爽自一, 不容元白問花源津渡.

闌干(난간) : 종횡으로 교차하다. 가득 차다.

257　中軍(중군) : 주장(主將)이 직접 통솔하는 부대. 여기서는 주장이 거처하는 병영.

258　胡琴(호금) : 오늘날의 호금이 아니라 당시 서역의 악기를 말한다.

259　轅門(원문) : 행군하던 군대가 주둔할 때, 수레의 끌채를 마주 세워 문처럼 만든 것으로, 병영을 지칭한다.

260　天山(천산) : 지금의 신강(新疆)에 소재한 설산. 윤대에서 장안 가는 길에 거쳐야 한다.

261　空(공) : 다만.

"胡琴琵琶與羌笛", 但用「柏梁」一句, 神采驚飛.

【해설】

　서역에서 눈발 속 장안으로 가는 사람을 송별하며 쓴 시이다. 755년 잠삼이 윤대輪臺, 천산남록에 있을 때 썼다. 전반부에선 변새의 장려한 설경과 혹한을 묘사하고, 후반부에선 술을 차리고 헤어지는 정을 노래했다. 전편에 걸쳐 백설이 내리는 풍광을 떠나지 않으면서 이별의 정서도 놓치지 않고 있다. 이별의 노래는 일반적으로 부드럽고 처연한데 비해, 잠삼의 시들은 격앙되고 강건하여 새로운 경계를 열었다고 할 수 있다.

　왕부지는 여름이지만 겨울이나 봄으로 착각되는 모습으로 변한 서역의 경물을 묘사한 점이 놀랍고 새로워 정신을 맑게 하는 효과를 지적하였다. 이러한 과장과 나열은 원진元稹과 백거이白居易의 장기이지만 잠삼이 먼저 충분히 구현하였다. 또 제12구인 '胡琴琵琶與羌笛'는 술어가 없이 이루어졌는데, 한대의 「백량시」 제1구에 나오는 '日月星辰和四時'일월성신이 사시의 운행을 고르게 하도다도 술어가 없으면서도 전후 맥락 속에 선명하고 강렬한 효과를 가져왔기에 비슷하다고 하였다.

靑門歌送東臺張判官[262]　　청문의 노래―동대 장 판관을 보내며

　靑門金鎖平旦開,　　　청문의 문고리가 새벽에 열리고

　城頭日出使車回.　　　성 머리에 해 떠올라 사신의 수레 돌아가네.

　靑門柳枝正堪折,[263]　청문의 버들가지 마침 꺾을 만한데

　路傍一日幾人別.　　　길가에선 매일같이 많은 사람 헤어지네.

　東出靑門路不窮,　　　동으로 청문을 나서면 길은 끝없는데

　驛樓官樹灞陵東.[264]　역참의 나무들 파릉의 동으로 이어졌네.

　花撲征衣看似繡,[265]　꽃은 옷에 묻어 마치 수놓은 듯 보이고

　雲隨去馬色疑驄.[266]　구름은 말을 따라가 털색이 총마와 같구나.

262　靑門(청문) : 한대 장안성의 동남문. 원래 패성문(霸城門)이었는데 문의 색이 청색이어서 청성문(靑城門) 또는 청문(靑門)이라 하였다. 여기서는 장안성의 동문을 가리킨다.

　　東臺(동대) : 동도 유대(東都留臺). 즉 낙양에 설치된 어사대. 규모는 장안보다 작지만 어사중승, 시어사, 전중시어사, 감찰어사 등이 편제되어 있었다.

　　張判官(장판관) : 미상. 판관은 절도사, 관찰사, 방어사 등의 속관.

263　靑門(청문) 2구 : 고대에는 버들가지를 꺾어주는 풍습이 있었다. 버들을 뜻하는 '류(柳)'자의 발음이 가지 말고 머물러 있으라는 뜻의 '류'(留)자 발음을 연상시키거니와, 버들가지를 둥글게 고리(環)처럼 말아 빨리 돌아오라는 '환(還)'의 뜻도 나타내었다. 『삼보황도(三輔黃圖)』에 "파교는 장안 동편에 있는데 강을 가로질러 다리를 놓았다. 한나라 사람들은 이 다리에서 나그네를 보내며 버들가지를 꺾어 증별하였다(霸橋在長安東, 跨水作橋, 漢人送客至此橋, 折柳贈別)"고 하였다.

264　驛樓(역루) : 역참.

　　官樹(관수) : 관도(官道)에 세워진 나무.

　　灞陵(파릉) : 원래 한 문제의 능묘. 근처 파교(灞橋)는 이별의 장소로 유명하다.

265　看似繡(간사수) : 수놓은 듯하다. 여기서는 어사대 관원의 신분을 중의적으로 나타낸다. 한대에는 시어사를 '직지사(直指使)'라 하여 각지에 파견하여 주요한 사건을 처리하게 하였다. 그 신분을 존중한다는 뜻에서 수놓인 옷을 입게 했기에 '수의직지(繡衣直指)'라 하였다.

胡姬酒壚日未午,[267]　　　호희가 있는 주점에 정오 아직 안 됐는데

絲繩玉缸酒如乳.[268]　　　실끈 매인 옥 항아리에 술은 젖과 같아라.

灞頭落花沒馬蹄,　　　파수 강가에 꽃 떨어져 말발굽이 묻히고

昨夜微雨花成泥.　　　어젯밤 가는 비에 꽃은 진흙이 되었네.

黃鸝翅濕飛轉低,　　　날개 젖은 꾀꼬리는 낮게 돌아 나는데

關東尺書醉懶題.[269]　　　관동으로 보낼 편지 술에 취해 쓸 수 없구나.

須臾望君不可見,　　　잠시 후면 바라보아도 그대 보이지 않을 터

揚鞭飛鞚疾如箭.　　　채찍을 휘두르며 화살처럼 빨리 달려가리.

借問使乎何時來,　　　묻노니 사신이여 언제 오려나

莫作東飛伯勞西飛燕.[270]　　　때까치와 제비처럼 영영 헤어지지 마세나.

266　驄(총) : 총마(驄馬). 총이말. 청색과 흰색의 털이 뒤섞인 말. 여기서는 어사(御史)가 타는 말을 중의적으로 나타낸다. 동한의 시어사 환전(桓典)이 법을 엄격하게 집행하여 환관들마저 두려워했는데, 환전이 총마를 타고 다녔기에 '시어총마(侍御驄馬)'라 하였다.

267　胡姬(호희) : 중국의 서북방에 사는 비한족(非漢族)의 여인. 당대에는 장안 서시(西市), 동문, 곡강 일대에 호인들이 연 주점이 많았고, 호희들이 술을 팔았다. 壚(로) : 술청. 술항아리를 높이 두기 위해 흙이나 벽돌을 돋우어 만든 대.

268　絲繩(사승) : 실로 꼬아 만든 술병의 손잡이. 동한 신연년(辛延年)의 「우림랑(羽林郎)」에 "서북 이족(異族) 아가씨 나이는 열 다섯, 따뜻한 봄날에 혼자 술청을 지키고 있었으니 (…중략…) 나에게 다가와 술 달라고 말하길래, 실끈 매인 옥 술병에 가득 담아 주었소(胡姬年十五, 春日獨當壚. (…중략…) 就我求淸酒, 絲繩提玉壺)"라는 구절에서 나왔다. 玉缸(옥항) : 옥항아리.

269　關東(관동) : 동관(潼關)의 동쪽. 여기서는 낙양을 가리킨다. 尺書(척서) : 편지.

270　伯勞(백로) : 때까치과에 속하는 새. 참새와 비슷하나 육식을 하는 맹조이다. 악부시 「동비백로가(東飛伯勞歌)」에 나오는 "동으로 때까치 날고 서쪽으로 제비 나는데, 견우와 직녀는 때가 되면 만난다네(東飛伯勞西飛燕, 黃姑織女時相見)"란

【왕평】

정情과 경景과 일事이 하나로 어우러져 세상에 다시없이 기려奇麗한 작품이 되었다. 잠삼이 칠언악부 형식에서 성취를 내었으니 비록 이백이라도 응당 자리 하나를 양보해야 할 것이다. 이백은 자유롭게 기세를 펼치지만, 잠삼은 기운을 단련시켜 정신을 모은다.

情景事合成一片, 無不奇麗絶世. 嘉州于此體中, 卽供奉亦當讓一席地. 供奉不無仗氣, 嘉州練氣歸神矣.

【해설】

봄날 아침 장안성 동문 밖에 술을 차려 놓고 떠나는 친구를 보내며 석별의 정을 나타내고 빨리 돌아오기를 바랐다. 첫머리에서 헤어지는 시간과 장소를 나타내고, 이어서 주로 연도의 풍광과 청문 밖의 주점에서 술을 마시며 보내기 주저하는 상황을 그렸다. 이미지가 지극히 아름답고 언어가 유창하고 정감이 완곡하다.

왕부지는 자신의 시학에서 강조하는 '정'과 '경'의 교융情景交融에 더하여 이별의 '일事'까지 완미하게 어우러졌다고 높이 평가하였다. 게다가 이백이 발산형이라면 잠삼은 수렴형으로 그 미적 효과가 응집되었다고 보았다.

구절을 이용하였다. 작자와 장 판관은 때까치와 제비처럼 동서로 각자 날지 말고 자주 만나자는 뜻을 나타냈다.

涼州館中與諸判官夜集[271] 양주 객관에서 밤에 판관들과 모여

彎彎月出挂城頭, 　구부러진 달이 돋아 성 머리에 걸리면

城頭月出照涼州. 　성 머리에 돋은 달이 양주涼州를 비추네.

涼州七里十萬家,[272] 　양주 칠 리에 십만 가호

胡人半解彈琵琶. 　호인胡人의 반은 비파 탈 줄 안다네.

琵琶一曲腸堪斷, 　비파 한 곡조에 애간장 끊어지니

風蕭蕭兮夜漫漫. 　바람 소소히 부는 밤이 길고 길어라.

河西幕中多故人,[273] 　하서河西 막부에는 친구가 많은데

故人別來三五春. 　친구들과 헤어진 지 사오 년이 되었지.

花樓門前見秋草, 　호화로운 누각의 문 앞에는 가을 풀 보이는데

豈能貧賤相看老! 　어찌 가난한 채 늙어갈 수 있으랴!

一生大笑能幾回? 　인생에서 크게 웃을 때가 몇 번이더냐?

斗酒相逢須醉倒. 　말술 두고 만났으니 응당 취해 쓰러져야 하리.

---

271 涼州(양주) : 무위군(武威郡).
　判官(판관) : 절도사의 속관. 『구당서』 「직관지」에는 절도사 막부에 '판관 2인'이 편제되어 있다.
272 七里(칠리) : 성의 남북 거리. 『원화군현도지』 권40에 "양주성은 본래 흉노가 세 웠는데 한대에 현을 설치하였다. 성은 네모꼴이 아니라 머리, 꼬리, 두 날개가 있는 형국이어서 조성(鳥城)이라 부르며, 남북 칠 리, 동서 삼 리이다(州城本匈奴 新築, 漢置爲縣, 城不方, 有頭, 尾, 兩翅, 名爲鳥城, 南北七里, 東西三里)"고 기록하 였다. 『신당서』 「지리지」에서는 양주의 인구가 이만 이천여 호라고 하였다.
273 河西(하서) : 하서절도. 710년 처음 설치되었다. 양주(涼州), 숙주(肅州), 과주 (瓜州), 사주(沙州), 회주(會州) 등 5주를 관할하며 치소는 양주이다.

글자의 배치에 있어 한 글자도 헛되이 쓴 글자가 없다.

出落無一字虛設.

【해설】

754년 봉상청의 판관으로 북정北庭에 갈 때 무위를 지나며 지었다. 잠삼은 그전에 749~751년 안서에 부임하러 오가면서 무위에 머물렀기 때문에 그곳에 지인들이 더러 있었다. 위 시는 양주의 변방 풍광, 한족과 비한족이 모여 사는 정황, 객사에서의 야연의 정경을 그렸다. 그 속에는 이별 후 다시 만난 즐거움과 함께 세월의 흐름 속에 공명을 이루지 못한 아쉬움도 그려졌다. "일생대소능기회一生大笑能幾回", 참으로 그러하다.

왕부지는 "한 글자도 허투로 놓지 않았다"고 함으로써 시인의 언어에 대한 균형 감각을 높이 평가하였다. 제1구의 끝에 나오는 '城頭'가 제2구의 처음에 다시 나오고, 제7구의 끝에 나오는 '故人'이 제8구의 처음에 다시 나오는 형식은 노래 형식인 악부에서 흔한데, 이는 왕부지가 중요시한 시의 형식이다.

輪臺歌奉送封大夫出師西征[274]

윤대의 노래―서쪽으로 출정하는 봉 대부를 삼가 보내며

輪臺城頭夜吹角,	윤대성 성 위에서 밤 호각이 울리면
輪臺城北旄頭落.[275]	윤대성 북쪽에서 모두旄頭 별이 떨어진다.
羽書昨夜過渠黎,[276]	어젯밤 우서羽書가 거려渠黎에서 날아들어
單于已在金山西.[277]	선우單于가 이미 금산의 서쪽에 왔다 하네.
戍樓西望煙塵黑,	수루에서 서쪽 보니 봉화 연기 검게 솟아
漢兵屯在輪臺北.	한나라 병사는 윤대의 북쪽에 주둔하네.
上將擁旄西出征,[278]	장수가 모절 들고 서쪽으로 출정하니
平明吹笛大軍行.	새벽에 피리 불고 대군이 행진한다.
四邊伐鼓雪海湧,[279]	사방에서 북을 치자 평원 위의 눈이 뒤채고

---

274 輪臺(윤대) : 앞의 시 참조.
　　封大夫(봉대부) : 봉상청. 앞의 시 참조.
275 旄頭(모두) : 별 이름. 묘성(昴星). 이십팔 수 가운데 하나. '호성(胡星)'이라 하
　　여 호인을 상징한다. 旄頭落(모두락)은 모두 별이 떨어진다는 말로, 호병이 곧
　　패배할 징조라는 뜻이다.
276 渠黎(거려) : 거리(渠犁). 한대 서역의 36국 가운데 하나. 지금의 신강 윤대현 동
　　남에 소재했다.
277 單于(선우) : 흉노의 왕. 여기서는 서역의 비한족의 수령.
　　金山(금산) : 금령(金嶺), 금사령(金娑嶺), 금사산(金娑山) 등으로도 불린다. 지
　　금의 신강 북부 보거다산(博格達山).
278 上將(상장) : 봉상청을 가리킨다.
　　擁旄(옹모) : 모절(旄節, 소 꼬리 또는 깃털 달린 신물)을 들다. 군대를 통솔하다.
　　절도사가 출행할 때는 두 사람이 부절을 들고 길을 이끈다.
279 伐鼓(벌고) : 북을 치다.
　　雪海(설해) : 윤대 부근의 준갈 분지의 설원.

三軍大呼陰山動.[280]   삼군이 크게 소리 지르자 음산이 들썩인다.

虜塞兵氣連雲屯,[281]   오랑캐 성채의 살기는 구름까지 잇닿아 응
                      결되고

戰場白骨纏草根.   전장의 백골들이 풀뿌리에 얽혀있다.

劍河風急雲片闊,[282]   검하劍河 강가에 바람 드세고 구름이 광
                      활한데

沙口石凍馬蹄脫.[283]   사구에 돌이 얼어붙어 말발굽이 미끄러진다.

亞相勤王甘苦辛,[284]   아상亞相께서 왕업을 도우느라 고생도
                      달게 여기시니

誓將報主靜邊塵.[285]   반드시 변방의 전란을 평정하여 군주께 보
                      답하리.

古來青史誰不見,   예부터 청사青史에는 공을 세운 이 많지만

今見功名勝古人.   지금의 공명이 옛사람보다 뛰어남을 보겠네.

---

280 陰山(음산) : 신강(新疆)에 있는 산. 내몽골에 있는 음산과 다른 것으로 보이며,
   위치는 명확하지 않다. 북정도호부 관할 아래 음산주도독부(陰山州都督府)가 있
   었다. 그밖에 잠삼의 「열해의 노래(熱海行)」에서와 같이 천산(天山)을 가리키는
   것으로 보기도 한다.
281 虜塞(노새) : 적의 성채.
   兵氣(병기) : 전쟁의 조짐.
282 劍河(검하) : 북정(北庭) 근처의 강. 구체적인 지역에 대해서는 명확하지 않다.
   혹자는 예니사이(葉尼塞) 강 상류를 가리킨다고 한다.
283 沙口(사구) : 북정 근처의 강. 구체적인 지역에 대해서는 명확하지 않다.
284 亞相(아상) : 어사대부를 가리킨다. 한대 어사대부는 삼공의 하나로 승상 바로
   아래 등급이었으므로 아상이라 하였다. 봉상청을 가리킨다.
   勤王(근왕) : 왕의 일에 힘을 다하다.
285 報主(보주) : 군주에 보답하다.

【왕평】

운간 사람 당진이唐陳彝가 말하기를 "이 시는 운이 여덟 번 바뀌지만, 마치 적기마가 구절판을 오르면서도 한 번도 다리를 헛디디지 않고 험준한 산길을 평지같이 걷는 것과 같다"고 하였다. 식견이 있는 말이라 할 수 있다.

雲間唐陳彝稱"此詩韻凡八轉, 如赤驥過九折坂[286], 履險若平, 足不一蹶." 可謂知言.

【해설】

출정하는 장병들의 드높은 사기를 노래하였다. 4단락으로 이루어져 각각 개전 전의 긴장된 분위기, 출병하는 군사의 군기와 위세, 혹한 속의 험난한 전투, 승리에 대한 기원으로 이루어졌다. 변새의 엄혹한 환경과 어려움을 두려워 않는 기상을 썼다. 이때의 출정은 전투 없이 적의 항복을 받고 돌아왔다.

왕부지는 당진이의 말을 인용하여 여덟 번 환운換韻하며 힘차게 전개되는 운율에 주목하였다. 격구隔句 압운에 두 구마다 환운하면서, 18구 9개의 압운이 측-평-측-평-측-평-측-평-평으로 이루어졌다, 측운

286　赤驥(적기) : 적기마. 주 목왕(周穆王)이 탔던 여덟 필의 준마인 팔준(八駿) 가운데 하나.
　　九折坂(구절판) : 공래판(邛崍坂)이라고도 한다. 지금의 사천성 형경현(滎經縣) 서남에 위치한 대상령(大相嶺) 산맥의 남향 산록에 있는 산길로 74굽이로 이루어져 있다. 험준하고 굽이도는 길을 가리킨다.

과 평운이 뒤섞이다가 마지막 네 구가 한 운으로 마감하였다. 운이 바
뀔 때마다 의미도 전환되어 서역의 거친 환경 속을 진군하는 병사들의
기세가 힘찬 운율 속에 꿈틀거리는 듯하다.

이기李頎 1수

送陳章甫[287]　　　진장보를 보내며

四月南風大麥黃,　　사월이라 남풍 불어 보리가 누런 때

棗花未落桐葉長.　　대추꽃 아직 지지 않았는데 벽오동 잎 길다.

靑山朝別暮還見,[288]　아침에 떠난 청산을 저녁에 다시 보니

嘶馬出門思舊鄕.　　문을 나서 말 울음 들으며 고향을 생각하네.

陳侯立身何坦蕩,[289]　그대는 입신양명에 어찌 그리 허심탄회한지

287　陳章甫(진장보) : 강릉(지금의 호북성 강릉현) 사람. 일찍이 숭산에서 오랫동안
　　은거했다. 개원 연간에 진사에 급제했으며 벼슬이 태상박사에 이르렀다. 이후에
　　도 벼슬에 뜻이 없어 산수 속에 은거했다. 현재 산문이 3편 남아 있다.
288　靑山(청산) 구 : 두 가지 해석이 가능하다. 하나는 아침에 고향의 청산을 떠났다
　　가 저녁에 다시 본다는 것으로, 빨리 고향으로 돌아가려는 간절함을 표현하였다.
　　다른 하나는 아침에도 청산을 보고 저녁에도 청산을 보면서 고향을 그리워한다
　　고 볼 수 있다.
289　陳侯(진후) : 진장보. 성씨 뒤에 후(侯)자를 붙여 존중의 뜻을 나타냈다.
　　立身(입신) : 사회에 나가 자신의 삶을 도모하다. 진장보는 과거에 급제했으나
　　호적에 등기가 되어 있지 않아 이부(吏部)에서 인정해주지 않았다. 진장보가 상
　　서를 올려 힘써 주장하니 이부에서 상례를 깨고 인정해주었다. 이 일은 당시 사
　　람들의 칭찬을 받았으며 동시에 진장보의 이름도 널리 알려졌다. 그러나 벼슬길

虯鬚虎眉仍大顙.[290]　　규룡 수염과 호랑이 눈썹에 이마도 넓구나.

腹中貯書一萬卷,　　뱃속에는 책 만 권을 담고 있으니

不肯低頭在草莽.　　어찌 머리 숙이고 초야에 묻혀있으랴.

東門酤酒飮我曹,　　동문 밖에서 술을 사 우리더러 마시게 하는데

心輕萬事如鴻毛.　　마음이 넓어 만사를 새 깃털처럼 여겼지.

醉臥不知白日暮,　　취해 누우면 해가 지는 것도 모르고

有時空望孤雲高.　　때때로 떠가는 조각구름 하릴없이 바라보네.

長河浪頭連天黑,　　황하의 물결이 하늘과 잇닿으며 함께 어두워

津吏停舟渡不得.[291]　　나루터 사공은 배를 멈추고 건널 수 없다 하네.

鄭國遊人未及家,[292]　　그대 정나라 나그네가 집에 가지 못할까봐

洛陽行子空歎息.[293]　　나 낙양의 나그네가 부질없이 걱정하네.

聞道故林相識多,[294]　　듣자 하니 고향에는 친구들도 많다는데

罷官昨日今如何?　　벼슬 버리고 가는 지금 옛 모습은 어찌 바뀌

었을까?

은 순탄하지 않았다.

290　虯鬚(규수) : 규룡의 수염 모양으로 원호를 그리며 난 수염.
　　大顙(대상); 넓은 이마.

291　津吏(진리) : 나루터를 관리하는 관리. 당대 규정으로 나루터에는 진령(津令) 1
　　인을 두며, 그 아래 진리(津吏)가 있다.

292　鄭國遊人(정국유인) : 정나라의 나그네. 진장보를 가리킨다. 진장보가 살고 있는
　　하남 지역은 춘추 시대 정나라의 강역이므로 이렇게 말하였다.

293　洛陽行子(낙양행자) : 낙양의 나그네. 이기 자신을 가리킨다. 이기는 신향현(新
　　鄕縣)에서 현위(縣尉)로 있었는데 낙양에서 가깝기에 이렇게 말하였다.

294　故林(고림) : 고향의 숲. 고향.

【왕평】

이기 시집 중의 가장 뛰어난 기예로, 골격과 혈맥이 서로 균형을 잡
고 있다.

顧集絶技, 骨脈自相均適.

【해설】

친구 진장보를 보내며 석별의 정을 나타내었다. 전체 시는 네 단락
으로 나눌 수 있는데, 처음 4구는 진장보가 떠나는 모습을 그렸고, 다
음의 8구는 진장보의 활달한 마음과 드높은 정신을 나타냈고, 이어지
는 4구는 황하의 거친 물결로 벼슬길의 험난함을 비유하였고, 말미의
2구에서 귀향을 위로하며 마무리를 지었다. 한 편의 시 속에 친구 진
장보의 처지와 성품이 호방한 격조 속에 담겨졌다. 특히 "취해 누우면"
2구는 그중에서도 더욱 뛰어나다.

골격과 혈맥은 왕부지가 다른 데서도 사용한 개념으로, 골격은 뼈대
인 구성을 의미하고 혈맥은 뼈대 사이를 흐르는 사상과 정서로 보인
다. 생리적인 개념으로 문학 예술의 특징을 서술함으로써, 시를 하나
의 생명체에 비유하여 평하였다.

이백李白 16수

烏夜啼[295]   오야제

黃雲城邊烏欲棲,   저녁 구름 낀 성벽 옆에 까마귀 깃드는지

歸飛啞啞枝上啼.[296]   가지 위에 날아와 까악까악 우짖는다.

機中織錦秦川女,[297]   베틀에서 회문시回文詩 짜는 진천秦川

                        의 여인에게

碧紗如煙隔窓語.[298]   벽사 창문 너머로 무어라 말하는 듯하구나.

停梭悵然憶遠人,[299]   베틀 북을 멈추고 처연히 멀리 나간 사람 생

                        각하곤

---

295 烏夜啼(오야제) : 악부의 제목으로 '청상곡'에 속한다. 이 곡의 기원은 유송(劉宋) 시기에 임천왕 유의경(劉義慶)의 첩들이 지은 것으로 알려졌다. 유의경이 송문제(宋文帝)의 의심을 사 화가 미칠까 두려워하였는데, 첩들이 밤에 까마귀가 우는 소리를 듣고 그가 풀려날 것을 예상하였다. 과연 유의경은 남연주 자사로 임명되었기에 이 곡을 지었다. 그밖에 동한 때 하연(何宴)의 딸이 까마귀 우는 소리를 듣고, 이를 옥에 갇힌 부친이 석방되는 길조로 여기고 곡을 지었다는 설도 있다. 남조 때는 이 악부제로 주로 남녀의 이별과 그리움을 노래하였다.

296 啞啞(아아) : 까악까악. 까마귀가 우는 소리.

297 機中織錦(기중직면) : 베틀 위의 비단으로 짠 시구.
     秦川女(진천녀) : 진 지방의 여인. 진 지방은 지금의 서안을 중심으로 하는 섬서성 일대. 원래 소혜(蘇蕙)를 가리킨다. 자가 약란(若蘭)이어서 소약란으로 불리는 경우가 많다. 북조 전진(前秦)의 진주 자사(秦州刺史) 두도(竇滔)가 유사(流沙)로 임지가 옮겨졌을 때, 그의 처 소혜(蘇蕙)가 남편을 그리워하며 비단으로 짜 만들어 보낸 회문시(廻文詩), 즉 선기도(璇璣圖)를 만들어 보냈다. 모두 840자로 이루어졌으며, 돌려가며 여러 방향에서 읽을 수 있도록 되어있는데 표현이 지극히 처연하고 완곡하였다. 『진서』「열녀전」 참조.

298 碧紗如煙(벽사여연) : 창에 걸쳐진 비췻빛의 얇은 비단이 안개처럼 흐릿하다.

299 梭(사) : 북. 베틀에서 실을 풀어 엮을 때 쓰는 도구.

獨宿空房淚如雨.　　　　빈방에서 홀로 자며 눈물을 빗물처럼 흘린다.

【왕평】

다만 까마귀 우는 것에서 '정情'을 일으켰을 뿐으로, '정情'에서 더 나아가 '경'을 펼치진 않았다. '흥興'과 '부賦'가 어지럽지 않다.

직접적인 서술 속에서도 절로 생동감이 가득하다. 단련과 세공을 거치지 않았음에도 보석의 빛깔이 찬란하다.

只于鳥啼上生情, 更不復于情上布景, 興賦乃以不亂.

直敍中自生色有餘. 不資爐冶, 寶光爛然.

【해설】

변방에 나간 남편을 그리워한 시이다. 첫머리는 저물녘에 특히 심해지는 까마귀 울음소리로 감흥을 일으켰다. 까마귀 울음소리는 길조를 나타낸다. 까마귀 울음에서 여인은 혹여나 남편이 돌아오려나 기대하지만, 밤이 늦도록 돌아오는 소식이 없으니 그 마음이 더욱 슬프다. 제3구는 전진前秦 때 비단으로 회문시回文詩를 짜 보낸 소혜蘇蕙를 가리키지만, 여기서는 그녀를 통해 관중 지방의 여인을 일반화시켰다. 전통적인 제재와 역사적 전고를 결합하여 쉬운 언어로 시를 만들었다. 청대 건륭제 칙선집 『당송시순唐宋詩醇』에서는 "말은 쉬우나 뜻이 깊으니 악부의 본래의 면모이다語淺意深, 樂府本色"라고 평하였다. 맹계孟棨의 『본사시本事詩』에 따르면, 이백이 장안에 처음 들어갔을 때730년, 하지장이 이백의 이름을 듣고 찾아가 지은 시를 보여달라고 하였을 때, 이백이 「촉도난」과 함께 이 「오야제」 등을 내놓았다. 하지장은 이들 시편을 읽고는 이백을 "하늘에서 인간 세계에 귀양 온 신선謫仙人"이라고 높이 평가하고는 현종에게 추천하였다.

왕부지는 이 시의 뛰어남을 '정情'의 자연스러운 발로로 보았다. 우짖는 까마귀로부터 연상을 일으키는 것은 '흥'의 기법이고, 여인이 객지에 나간 사람을 생각하고 독수공방하며 눈물 흘리는 것은 '부'의 기법이다. '부'는 직접적인 서술이다. 사람의 진정을 직서하는 것이야말로 어떠한 수식보다도 아름답다.

烏棲曲[300]	오서곡
姑蘇臺上烏棲時,[301]	고소대에 까마귀 깃들 때
吳王宮裏醉西施.[302]	오왕은 궁전에서 서시西施에 취했지.

---

300 烏棲曲(오서곡) : 악부의 제목으로 '청상곡사(淸商曲辭)' 중의 서곡가(西曲歌)에 속한다. 원래 양대 간문제 소강(蕭綱)이 지은 신곡으로 가사는 칠언 4구 형식이다. 양 원제, 소자현, 서릉 등이 같은 제목의 시를 지었다.

301 姑蘇臺(고소대) : 춘추시대 오나라 왕 합려가 세운 궁전. 지금의 강소성 소주시 서남 고소산 위에 소재.『술이기(述異記)』에 의하면 합려는 방대한 인력과 재물을 소모하여 삼 년에 걸쳐 완성했으며, 오리(五里)에 걸친 누각 가운데 제일 위에는 춘소궁(春宵宮)을 세웠다. 오왕 부차는 호수를 만들어 청룡주(靑龍舟)를 띄워 배 안에서 가무를 즐기며 서시와 놀았다고 한다.

302 吳王(오왕) : 춘추시대 오왕 부차(夫差)를 가리킨다.
  西施(서시) : 춘추시대 월나라 미녀. 월왕 구천(句踐)이 오왕 부차(夫差)에게 패한 뒤, 부차가 미색을 좋아한다는 사실을 알고 서시에게 3년 동안 가무를 가르쳐 오나라에 바쳤다. 부차는 결국 미색에 빠져 국정에 소홀하게 되었고 구천에게

吳歌楚舞歡未畢, 오나라 노래와 초나라 춤에 환락이 끝나지 않았는데

靑山猶銜半邊日. 지는 해가 청산에 반이나 가려졌더라.

銀箭金壺漏水多,[303] 은 바늘 청동 물시계에 물이 다 비워져

起看秋月墜江波, 일어나 바라보니 가을 달이 강물에 빠져 있구나.

東方漸高奈樂何![304] 동방이 점점 밝아 오니 이 즐거움을 어이 할거나!

【왕평】

전갈 꼬리와 은 갈고리같이 힘차며, 구성이 특히 빼어나다.

이 몇 마디 말을 두고 사람들이 억지로 헤아리게 내버려두었으니, 후인들의 오해를 일으키는 데서 비로소 그 구성의 거대함이 드러났다.

'청산' 구는 하늘이 내린 것이지 사람의 힘으로 얻은 것이 아니다.

蠆尾銀鉤[305], 結構特妙.

總此數語, 由人卜度, 正使後人誤解, 方見圈績之大.

패하였다.

303 銀箭金壺(은전금호) : 은 바늘과 청동 항아리. 고대의 물시계. 동호에 물을 채우고 아래에 구멍을 내어 물을 떨어뜨리면, 물이 내려가면서 눈금이 새겨진 바늘이 드러나면서 시각을 측정하였다.

304 高(고) : 밝다. 皜(호)의 가차자. 한대 악부 「그리운 사람(有所思)」에 '東方須臾高知之'(동방이 밝아오면 내 마음도 분명해지리)에서 그 용례가 보인다.

305 蠆尾銀鉤(채미은구) : 전갈 꼬리와 은 갈고리. 남조의 삭정(索靖)이 자신의 글씨를 명명한 말로, 후세에는 서예의 글자가 힘차고 굳셈을 가리킨다.

‘靑山’句天授, 非人力.

【해설】

춘추시대 오왕 부차夫差의 황음을 노래하였다. 전편이 시간의 순서에 따라 구성되었다. 낮을 이어 밤 내내 가무에 취하다가 새벽이 오는 걸 아쉬워하는 장면을 그렸다. 비판적인 글자가 하나도 없지만, 그 함축하는 의미는 망국을 부르는 군주의 주색을 경계하는 것으로, 이를 드러내지 않고 완곡하게 처리하였다. 「오서곡」은 남조 시기에는 화려한 언어로 남녀의 즐거운 만남과 시간의 빠름을 아쉬워하는 내용이 많은데 이백은 이러한 전통을 끌어와 새롭게 이용하였다. 특히 말구는 항우項羽의 「해하의 노래垓下歌」의 말미에 나오는 “우희여, 우희여, 너를 어찌 할거나虞兮虞兮奈若何!”라는 구절과 한 무제의 「추풍사秋風辭」에 나오는 “청춘이 다 갔으니 늙음을 어이 할까少壯幾時兮奈老何!”라는 어조를 연상시켜 환락이 오래 가지 않음을 환기한다. 하지장賀知章은 “이 시는 귀신도 울게 할 수 있다此詩加以泣鬼神矣!”고 말했다.

왕부지는 이 시의 특징으로 필획이 힘차고 구성이 뛰어나다고 하였다. 후대 평론가들은 이 시가 현종의 황음을 경계한 것이라 보았는데, 왕부지가 보기에 현종의 황음을 비유한 것은 아니라고 보는 듯하다. 왕부지는 『강재시화』에서 “이백의 「오서곡」 등의 시편은 또 우의寓意가 고원高遠한데, 특히나 전아한 악곡이다至如太白烏棲曲諸篇, 則又寓意高遠, 尤爲雅奏”고 하였다. 지는 해, 물시계, 새벽달로 이어지는 시간의 추이마다 환락과 아쉬움을 함께 새김으로써, 인간의 끝없는 욕망을 형상화하였다.

遠別離³⁰⁶	원별리
遠別離,	아득히 오랜 이별이어라
古有皇英之二女.³⁰⁷	예전에 아황과 여영 두 여인이
乃在洞庭之南,	동정호의 남쪽
瀟湘之浦.³⁰⁸	소수와 상수의 포구에 있었더라.
海水直下萬里深,³⁰⁹	동정호 바로 아래가 만리 깊다 하여도
誰人不言此離苦?	이 이별의 고통과 비교할 수 있으리오?
日慘慘兮雲冥冥,	햇빛은 흐려지고 구름은 어두워
猩猩啼煙兮鬼嘯雨.³¹⁰	성성이가 울고 귀신이 울부짓네.

---

306 遠別離(원별리) : 악부의 제목으로 '별리(別離)' 19곡 가운데 하나이다. '잡곡가
사'에 속한다.

307 皇英(황영) : 요 임금의 두 딸인 아황(娥皇)과 여영(女英). 전설에 의하면 함께
순 임금에 시집갔으며, 순 임금이 창오에서 죽자 상수(湘水)에 투신하여 죽었다
고 한다.

308 瀟湘(소상) : 소수와 상수. 호남성 경내를 흐르는 두 줄기 주요 강이다. 소수는
호남성 남부의 구의산(九嶷山)에서 발원하여 북쪽으로 흐르다가 영주시(永州
市) 동쪽에서 상수(湘水)로 들어간다. 『수경주』「상수(湘水)」에 "순 임금이 간 곳
에 두 비(妃)가 따라갔다가 상수에 빠져 죽으니, 그 신령이 동정호에 떠돌고 소수
와 상수의 포구를 드나들더라(大舜之陟方也, 二妃從征, 溺於湘江, 神游洞庭之淵,
出入瀟湘之浦)"는 말이 있다.

309 海水(해수) : 동정호를 가리킨다. 고대에는 호수라 하더라도 물이 넓고 깊으면
'해(海)'라고 하였다.

310 猩猩(성성) : 원숭이. 원숭이 가운데서도 몸집이 큰 원숭이를 말한다. 원대 소사
빈(蕭士贇)은 이 구는 현종 때의 어두운 정국을 비유한다고 했다.

我縱言之將何補?[311] 　내가 지금 말한다고 한들 무슨 보탬 있으리오?

皇穹竊恐不照余之忠誠,[312] 　하늘도 나의 충성을 비추지 못할까 싶어

雷憑憑兮欲吼怒.[313] 　우레 소리 우르릉거리며 울부짖으려 하네.

堯舜當之亦禪禹: 　요순도 이를 당하면 임금 자리 선양해야 하리.

君失臣兮龍爲魚,[314] 　임금이 신하에게 권력을 빼앗기면 용이 물
고기가 되고

權歸臣兮鼠變虎.[315] 　신하가 권력을 얻으면 쥐가 호랑이가 된다오.

或言堯幽囚,[316] 　어떤 이는 요 임금은 순 임금에 의해 유폐되
었다 하고

舜野死.[317] 　순 임금도 들에서 죽었다고 말하네.

九疑聯綿皆相似,[318] 　늘어선 구의산 봉우리들 모두가 비슷하니

311　縱言(종언) : 여러 가지 일에 대해 말하다.

312　皇穹(황궁) : 하늘. 조정을 비유한다.

313　憑憑(빙빙) : 의성어. 천둥소리.

314　龍爲魚(용위어) : 용이 물고기가 되다. 『설원』「정간(正諫)」에 관련된 이야기가
있다. “오왕이 백성들과 술을 마시려 하니 오자서가 간언하였다. ‘아니 되옵니다.
옛날 백룡이 청령의 연못에 들어가니 물고기로 변했는데 어부 예저가 그 눈을
쏘아 맞추었습니다.’(吳王欲從民飮酒, 子胥諫曰 : ‘不可, 昔日白龍下淸泠之淵, 化
爲魚, 漁者豫且射中其目.’)”

315　鼠變虎(서변호) : 쥐가 호랑이로 변하다. 동방삭의 「답객난(答客難)」에 “쓰면 호
랑이가 되고, 안 쓰면 쥐가 된다(用之則爲虎, 不用則爲鼠)”는 말이 있다.

316　堯幽囚(요유수) : 요 임금이 갇히다. 『죽서기년(竹書紀年)』에 “옛날에 요 임금의
덕이 쇠미해지자 순 임금에 의해 유폐되었다(昔堯德衰, 爲舜所囚也)”는 말이 있
다. 요 임금이 순 임금에게 왕위를 선양한 것이 아니라, 요가 순에 의해 무력으로
제압되었다는 설이다.

317　舜野死(순야사) : 순 임금이 들에서 죽다. 『국어』「노어(魯語)」에 “순 임금이 백
성의 일에 부지런하다가 들에서 죽었다(舜勤民事而野死)”란 말이 있다.

重瞳孤墳竟何是?[319]	순 임금의 무덤을 어디에서 찾을 수 있나?
帝子泣兮綠雲間,[320]	요 임금의 두 딸은 푸른 대숲에서 울다가
隨風波兮去無還.	풍파 따라 가서는 돌아오지 않는다지.
慟哭兮遠望,	통곡하며 멀리 바라보니
見蒼梧之深山.[321]	창오의 깊은 산만 보일 뿐이었다지.
蒼梧山崩湘水絶,	창오산이 무너지고 상수가 마를 때에야
竹上之淚乃可滅.	비로소 대나무에 번진 눈물 없어지리.

【왕평】

전편이 악부이지만 고시에서 나온 말이 한 글자도 없다. 마치 한 필의 촉 지방 비단 중간에 오 지방 비단을 한 척도 허용하지 않는 것과 같다.

두보는 시대를 비판하는 말을 입만 열면 드러내지만 이백은 그렇지 않다. '반복해 읽고 해석을 들어도 자신의 잘못을 깨닫지 못한다.' 두

---

318 九疑(구의) : 구의산. 산봉우리가 아홉이면서 그 형상이 비슷하여 구의산(九疑山)이라 하였다. 전설에 순 임금이 이곳에 묻혔다고 한다. 호남성 남부 영주시 영원(寧遠)현 경내에 소재.
319 重瞳(중동) : 하나의 눈알에 눈동자가 두 개라는 뜻이다. 순 임금을 가리킨다. 중화(重華)라고도 한다. 『사기』「항우본기」 참조.
320 帝子(제자) : 아황과 여영을 가리킨다. 순 임금의 딸이기 때문에 제왕의 자식이라는 말을 썼다.
　綠雲(녹운) : 대숲을 가리킨다. 아황과 여영이 흘린 눈물이 대나무에 흔적을 남겨 반죽(斑竹)이 되었다는 전설을 환기한다.
321 蒼梧(창오) : 창오산. 구의산을 말한다.

보는 느리고, 이백은 깊다.

通篇樂府, 一字不入古詩. 如一匹蜀錦, 中間固不容一尺吳練.

工部譏時語開口便見, 供奉不然. 習其讀而問其傳[322], 則未知已之有罪也.
工部緩, 供奉深.

【해설】

아황과 여영이 순 임금과 영원히 이별한 일을 빌려 군주가 권력을
잃을까 염려하였다. 천보 연간에 현종은 향락에 빠져 국정을 소홀히
하였고, 국가의 대사를 이림보와 양국충에게 맡기고 병권은 안록산과
가서한에 맡기려 하였다. 이백은 비정상적인 정국의 운영에 대해 깊은
우려를 나타내며, 권력의 이양에 따라 쥐가 호랑이가 되고 용이 물고
기가 되는 위험을 경계하였다. "임금이 신하에게 권력을 빼앗기면 용
이 물고기가 되고, 신하가 권력을 얻으면 쥐가 호랑이가 된다오君失臣兮
龍爲魚, 權歸臣兮鼠變虎"는 이러한 권력 이양에서 오는 극적인 변화를 선명
한 비유로 각화하였다. 시의 앞뒤로 나오는 아황과 여영이 순 임금의
죽음에 슬퍼하는 전설은 음험하고 처참한 분위기를 고조시키며, 이백
자신의 어찌할 수 없는 충정을 비유하였다. 역대로 많은 학자들이 숙
종에 의한 현종의 흥경궁 유폐를 비유한다고 보았으나, 본 작품은 『하

---

322 習其讀(습기독) 2구 : 『춘추공양전』 '정공 원년' 조에 나오는 말이다. "주인이 경
전을 반복해서 낭송하고 그 해석을 들어도 자신의 죄를 알지 못할 따름이다(主人
習其讀而問其傳. 則未知已之有罪焉爾)".

악영령집』에 실려 있는 것으로 보아 753년 이전에 지었기에 이와 관련없음을 알 수 있다.

왕부지는 '시의 체제[詩體]'는 각기 다른 특징과 미감을 가지고 있다고 보았기에 악부가 고시와 다르고, 오언고시가 오언율시와 다르며, 칠언율시가 오언율시의 연장이 아니라고 보았다. 이들 시체詩體 가운데 왕부지가 가장 숭고한 형식으로 본 것은 악부이다. '시의 가르침[詩敎]'에 더하여 '음악의 가르침[樂敎]'을 흡수하고 있기 때문이다. 때문에 악부시는 성률이 조화롭고 기상이 고원高遠해야 한다고 강조하였다. 여기서도 악부를 고시와 구별하면서, 이백의 「원별리」 전편이 하나의 기상으로 이루어진 '촉 지방에서 나는 비단[蜀錦]'이라고 높이 평가하였다. 또 이 작품이 현실을 비판하고 있지만 비유의 완곡함이 마치 『춘추』와 같이 은미隱微하여 직설적인 두보와 다르다고 하였다.

長相思[323]	장상사
長相思,	그리운 사람이여
在長安.	그대는 장안에 있구나.
絡緯秋啼金井欄,[324]	베짱이가 가을날 우물 난간에서 울어

---

323 長相思(장상사) : 악부의 제목으로 '잡곡가사'에 속한다. 한대 요가(鐃歌)의 악곡 이름으로도 나왔다. 육조 때 이를 제목으로 한 악부시를 많이 지었는데 소통(蕭統), 장솔(張率), 서릉(徐陵), 진숙보(陳叔寶) 등이 작품을 남기고 있다. 현존하는 가사는 대부분 아낙의 그리움을 내용으로 한다.
324 絡緯(낙위) : 베짱이. 날개로 베 짜는 소리를 낸다 하여 방직랑(紡織娘)으로도 불린다.

微霜淒淒簟色寒.　　　　서리가 내리고 대자리 차구나.

孤燈不明思欲絶,　　　　등불 어두운데 그리움에 숨이 끊어지려 해

卷帷望月空長歎.　　　　휘장 걷고 달을 보며 부질없이 탄식하여라.

美人如花隔雲端,[325]　　꽃과 같은 미인은 구름 끝에 있는데

上有靑冥之高天,[326]　　위로는 푸른 하늘이 높고

下有淥水之波瀾.　　　　아래로는 맑은 강물이 파도치는구나.

天長地遠魂飛苦,　　　　하늘 높고 길 멀어 혼백마저 날아가기 힘들어

夢魂不到關山難.[327]　　꿈에서도 관문과 산을 넘기 어려워라.

長相思,　　　　　　　　그리운 사람이여

摧心肝!　　　　　　　　심장과 간이 부서지는구나!

【왕평】

시에서 애써 드러내려고 하지 않았지만, '형상 밖의 형상象外之象'은
충분하고도 남는다. 풍도이기도 하고 통쾌하기도 하니, 아아! 더 이상

金井欄(금정란) : 황금으로 장식한 우물 난간. 고악부에는 옥상(玉床)이나 금정
(金井)과 같은 어휘가 곧잘 나온다.

325 美人(미인) : 한대 고시 「난초와 두약은 따뜻한 봄에 자라는데(蘭若生春陽)」에
"미인은 구름 밑에 있는데, 하늘길이 막혀 만날 기약이 없어라(美人在雲端, 天路
隔無期)"는 구절이 있다.

326 靑冥(청명) : 푸르고 어둡다. 아득히 먼 하늘을 가리킨다.

327 關山難(관산난) : 관새와 산을 넘기 어렵다. 고대인은 꿈에서 사람을 만나려면
혼이 그곳으로 가야한다고 생각하였다. 한대 채염(蔡琰)의 「호가십팔박(胡笳十
八拍)」에 "관새가 멀고 산이 막혀 길 가기 어려워라(關山阻修兮行路難)"는 구절
이 있다.

볼 것 없이 뛰어나다!

【해설】

오래도록 만나지 못한 사람을 여인의 간절한 어조로 그리워하였다. ‘장상사長相思’란 말은 한대 악부와 고시에도 자주 보이는 말로, 남조의 시인들도 모의작에서 곧잘 ‘장상사’로 시작하는 경우가 많다. 이백 역시 이러한 전통을 이어받아 가을 달빛 아래 애절한 마음에 잠 못 드는 심사를 형상화하였다.

역대 비평가들은 이백이 여인의 어조를 빌려 현종을 그리워한다고 보는 경우가 많았다. 청명靑冥과 녹수淥水, 천장지원天長地遠과 관산關山은 모두 간신의 폄훼와 방해를 비유한 것으로 본 것이다. 왕부지가 “시에서 애써 드러내려고 하지 않았지만, ‘형상 밖의 형상象外之象’은 충분하고도 남는다.”는 것은 이러한 해석을 동의하는 것으로 보인다. 사실 임금에 대한 신하의 충정을 남녀의 연정으로 비유하는 전통은 『시경』이래 동한 말기 장형張衡의 「네 가지 근심의 시四愁詩」 등으로 면면히 이어져왔다.

北風行[328]　　　　　　　　　　북풍의 노래

燭龍棲寒門,[329]　　　　　촉룡燭龍이 한문寒門에 살면서

光曜猶旦開.[330]　　　　　눈을 뜨면 낮이 된다는데

日月照之何不及此?　　　해와 달은 어찌하여 이곳을 비추지 않는가?

惟有北風號怒天上來!　　오로지 북풍만이 소리치며 하늘에서 내려오

　　　　　　　　　　　　누나!

燕山雪花大如席,[331]　　연산燕山의 눈송이는 돗자리만큼 커

片片吹落軒轅臺.[332]　　한 조각 한 조각 헌원대軒轅臺에 떨어지네.

幽州思婦十二月,[333]　　십이월 유주幽州에 사는 시름 깊은 아낙

停歌罷笑雙蛾摧.　　　　노래도 않고 웃음도 그쳐 두 눈썹이 처졌네.

倚門望行人,　　　　　　문에 기대어 행인을 바라보며

328　北風行(북풍행) : 악부의 제목으로 '잡곡가사'에 속한다. 현재는 포조의 동일 제
　　　목의 시가 있는데, 북풍과 눈보라 속에서 떠난 사람을 기다리는 내용이다. 이백
　　　은 이를 모의한 것으로 보인다.
329　燭龍(촉룡) : 신화에 나오는 밤과 낮, 겨울과 여름을 관장하는 신. 불을 물고 있으
　　　며, 태양이 비치지 않는 한문에서 산다. 눈을 뜨면 낮이고 눈을 감으면 밤이 되며,
　　　숨을 불면 겨울이고 숨을 들이쉬면 여름이 된다. 『회남자』에 "촉룡은 사람 몸에
　　　용 얼굴이고 다리가 없다. 팔굉 밖에 팔극이 있고 북극의 산을 한문이라 한다(觸
　　　龍人身龍面而無足. 八紘之外有八極, 北極之山曰寒門)"는 말이 있다.
330　旦(단) 낮.
331　燕山(연산) : 지금의 북경의 북쪽에 있는 산. 일명 군도산(軍都山) 또는 연산산맥
　　　이라 한다. 여기서는 북경 일대의 산악지대.
332　軒轅臺(헌원대) : 연산의 남쪽에 있는 누대. 지금의 하북성 회래현(懷來縣) 교산
　　　(喬山)에 유적지가 있다.
333　幽州(유주) : 유주군. 742년 범양군(范陽郡)으로 개명하였다. 치소는 지금의 북
　　　경시이며, 관할 지역은 북경시와 하북 북부 일대이다.

念君長城苦寒良可哀.　　추운 장성長城의 남편을 생각하니 참으
　　　　　　　　　　　　로 구슬퍼라.

別時提劍救邊去,　　　　떠날 때 검을 들고 변방으로 가면서

遺此虎紋金鞞靫.[334]　　호랑이 문양의 청동 활통을 남겨놓았지.

中有一雙白羽箭,　　　　안에는 한 쌍의 백우전白羽箭

蜘蛛結網生塵埃.　　　　거미가 줄을 치고 먼지가 앉았네.

箭空在,　　　　　　　　화살만 부질없이 남았는데

人今戰死不復回.　　　　사람은 전장에서 죽어 돌아오지 않네.

不忍見此物,　　　　　　이 물건을 차마 보기 어려워

焚之已成灰.　　　　　　불에 태워 이미 재가 되었다네.

黃河捧土尙可塞,[335]　　황하는 흙으로 막을 수 있다지만

北風雨雪恨難裁![336]　　북풍한설 같은 이 한은 막을 수 없구나.

【왕평】

앞에도 없고 뒤에도 호응이 없다가, 갑자기 여기에 이르러 규중의 여
인을 언급하니, 이때에서야 그녀가 자신의 감정을 말한 것임을 알겠다.

前無含, 後亦不應, 忽然及此, 則雖道閨人, 知其自道所感.

334　鞞靫(비채) : 전동. 화살 통.

335　黃河(황하) 2구 : 여기서는 『후한서』 「주부전(朱浮傳)」에 나오는 "강가의 사람들
　　이 흙으로 맹진을 막으려 하는데 이는 자신의 능력을 헤아리지 못한 것이다(此猶
　　河濱之人, 捧土以塞孟津, 多見其不自量也)"는 말을 반대로 사용하였다. 즉 황하는
　　막을 수 있지만 한은 메우기 어렵다는 뜻이다.

336　裁(재) : 막다. 억제하다.

【해설】

남편을 기다리는 아낙의 고통을 유주의 엄혹한 기후를 배경으로 그렸다. 청대 왕기王琦는 포조의 「북풍의 노래」가 북풍에 눈발이 치고 행인이 돌아오지 않음을 슬퍼한 것인데 이백이 이를 모의하였다고 보았다. 이백은 북풍이 불고 눈보라가 치는 추위 자체의 한랭한 감각을 남편 잃은 아낙의 고독에 연결시켜 강조하였다. 특히 전쟁의 죄악과 백성의 슬픔을 동정했다는 점에서 포조의 시를 넘어서고 있다. 제5, 6구와 말미의 2구는 역대로 인구에 회자하는 명구이다. 일반적으로 현대 학자들은 이백이 752년 유주에 갔을 때 지은 것으로 본다.

왕부지는 시의 어조가 처음에는 시인의 것인 줄 알았는데, 끝에 가서야 전편이 여인의 어조임을 알게 되었다고 하였다. 여인의 감정 속에서 북풍한설의 고통을 말함으로써 지극한 정감을 그려낼 수 있었다.

采蓮曲[337]	채련곡
若耶溪傍采蓮女,[338]	약야계若耶溪 물가에서 연밥 따는 아가씨들
笑隔荷花共人語.	연꽃 사이로 웃으며 이야기하네.
日照新妝水底明,	햇빛에 비친 단장한 얼굴은 수면 위에 환

---

337 採蓮曲(채련곡) : 악부의 곡 이름. 처음 지은 것은 남조의 양 무제로 그가 지은 「강남농(江南弄)」 7곡 가운데 하나였다. 『악부시집』에서는 청상곡사(淸商曲辭)에 분류되어 있다.

338 若耶溪(약야계) : 지금의 절강성 소흥시 동남 지방에 소재한 시내. 서시가 빨래하던 곳이라고 전해져 완사계(浣紗溪)라고도 한다.

	하고
風飄香袖空中擧.	바람에 나부끼는 향그런 옷소매는 공중에 너울거리네.
岸上誰家遊冶郎,[339]	강가에는 누구인가, 놀러 나온 젊은이들
三三五五映垂楊.	수양버들 사이로 삼삼오오 도드라져 보이네.
紫騮嘶入落花去,[340]	날리는 꽃 속으로 자류마紫騮馬가 울며 떠나니
見此踟躕空斷腸.[341]	이들을 바라보고 머뭇거리며 부질없이 속만 태우네.

【왕평】

한 걸음 물러나서 보면, '정情'을 가지고 '경景'을 만들었다. 시문이 이러한 경지에 이르면 단지 신광神光, 마음만 남고 형체는 흔적이 없다.

卸開一步, 取情爲景. 詩文至此, 只存一片神光, 更無形跡矣.

---

339 誰家(수가) : 어떤 것. 어떤 물건. ○ 遊冶郎(유야랑) : 풍류를 즐기며 노니는 젊은이.
340 紫騮(자류) : 자류마. 털빛이 붉고 갈기가 검은 귀한 말. ○ 嘶(시) : 의성어. 말이 히히잉 우는 소리를 형용하였다.
341 踟躕(지주) : 주저하다. 머뭇거리다.

【해설】

　물가에서 연밥 따는 아가씨들을 노래하였다. 「채련곡」은 중국 남방의 물가에서 연밥을 채취하는 아가씨들을 중심으로, 때로 밝고 화사한 풍광을 묘사하고 때로 남녀 사이의 연정도 그려 넣는, 명랑하고 낙천적인 어조의 작품이다. 이 시 역시 그러한 전통을 이어받아 여인들을 바라보는 청년들의 마음도 함께 그렸다. 이들은 자류마를 타고 있으니 분명 대갓집 자제일 것이다. 그런데도 말을 건네지 못하고 아쉽게 돌아가니 그 정감이 무한하다. 말미의 7, 8구는 일종의 도치로 여인들의 아름다운 모습을 바라보는 청년들의 아쉽고 애타는 심정을 묘사하였다.

　왕부지는 이 시의 핵심을 여인들이 아니라 삼삼오오 놀러 나온 청년들遊冶郞의 애타는 마음을 그려낸 것으로 보았다. 때문에 상반의 네 구에서 묘사하는 정경도 청년들의 눈으로 바라본 것이 된다. 그녀들의 물에 비친 화사한 얼굴도 공중에 휘날리는 옷소매도 오직 청년들의 마음에서 한없는 아름다움이 된다. 왕부지는 이를 '신광神光'이라 하였다. '신묘한 빛'이란 뜻이지만 또 불교 용어로 '마음'이란 뜻도 있다. 애타는 마음과 어우러진 아름다운 인상이 곧 '신광'이라 할 수 있고, 이는 물가 여인들의 얼굴과 소매라는 형체로 나타난다. 왕부지는 이를 '정情'을 가지고 '경景'을 묘사하였다고 하였다. 풍경을 대하고도 정감을 나타내고 실實을 통해 허虛를 드러내었다.

夷則格上白鳩拂舞辭[342]

이칙의 격식으로 올린 '백구' 불무사

鏗鳴鐘,[343]	종을 치고
考朗鼓.[344]	북을 두드려라.
歌白鳩,	'백구'를 노래하고
引拂舞.	불자拂子를 끌며 춤을 추어라.
白鳩之白誰與隣?	백구의 하얀 색을 누가 짝할 수 있나?
霜衣雪襟誠可珍.	서리 같은 옷에 눈 같은 옷깃이 진실로 진귀한데
含哺七子能平均.[345]	일곱 새끼를 먹이며 고르게 기른다네.
食不噎,[346]	목이 마른 적이 없고

---

342 夷則格(이칙격) : 이칙의 격식. 이칙은 십이율(十二律) 가운데 하나.

白鳩拂舞(백구불무) : 궁정 악무의 일종. 진(晉)의 '불무가(拂舞歌)' 가운데 「백구편(白鳩篇)」이 있다. 불무(拂舞)는 강남에서 나온 오무(吳舞)의 하나로, 불자(拂子)를 들고 춤을 춘다.

白鳩(백구) : 비둘기 종류의 하나로, 그중 백구는 드물어 상서의 징조로 알려졌다. 『서응도(瑞應圖)』에 "백구는 탕 임금 시대에 나타났다. 왕이 노인을 봉양하고, 도덕을 숭상하고, 새것 때문에 옛것을 버리지 않으면 이러한 징조가 이르게 된다(白鳩, 成湯時至. 王者養耆老, 尊道德, 不以新失舊則至)"고 하였다.

343 鏗(갱) : 때리다.

344 考(고) : 拷(고)와 같다. 치다.

345 含哺(함포) 구 : 『시경』 「시구(鳲鳩)」에 "뻐꾸기가 뽕나무에 있으니, 그 새끼가 일곱이라(鳲鳩在桑, 其子七兮)"는 구절이 있고, 이에 대해 『모시서(毛詩序)』에서는 "뻐꾸기가 그 새끼를 기르는데 아침에는 위에서 아래로 내려오면서 먹이고, 저녁에는 아래에서 위로 올라가면서 먹이니, 새끼들을 하나같이 고르게 키웠다(鳲鳩之養其子, 朝從上而下, 暮從下而上, 平均如一)"고 하였다.

346 噎(일) : 목이 메이다. 이 구는 『후한서』 「예의지」(禮儀志)에 나오는 "비둘기는

性安馴.　　　　　성질은 온순해라.

首農政,[347]　　　　울음으로 파종을 알리니

鳴陽春.　　　　　봄을 노래하누나.

天子刻玉杖,[348]　천자께서 옥 지팡이에 깎아

鏤形賜耆人.[349]　그 모습을 조각해 노인에게 하사한다네.

白鷺亦白非純眞,[350]　백로도 희나 순수하지 않아

外潔其色心匪仁.　겉은 깨끗하나 속은 인자하지 않으니

闕五德,[351]　　　다섯 가지 덕성도 없고

목이 메지 않는 새로 노인이 목이 막히지 않기를 바라는 뜻이 있다(鳩者, 不噎之鳥也, 欲老人不噎)”는 말을 이용하였다.

347　農政(농정) : 농사. 뻐꾸기가 울면 봄갈이를 시작하는 시기로 본다. 장화(張華)의 『금경주(禽經注)』 참조.

348　天子(천자) 2구 : 『후한서』「예의지」(禮儀志)에 관련 내용이 있다. “중추의 달에 현의 길에서는 호적과 인구에 따라 칠십이 된 사람에게는 옥 지팡이를 주고 죽을 먹인다. 팔십과 구십은 예에 따라 옥장을 추가로 하사하는데 길이가 아홉 척에 위에는 비둘기 머리가 장식되어 있다. 비둘기는 목이 메지 않는 새로 노인이 목이 막히지 않기를 바라는 뜻이 있다(仲秋之月, 縣道皆按戶比民, 年始七十者, 授之以玉杖, 哺之糜粥. 八十九十, 禮有加賜, 玉杖長九尺, 端以鳩鳥爲飾. 鳩者, 不噎之鳥也, 欲老人不噎).”

349　耆人(기인) : 노인. 고대에는 육십 살이 된 사람을 기(耆)라고 하였다.

350　白鷺(백로) : 백로는 물고기를 잘 잡아먹는다. 여기서는 조정의 간사한 사람을 비유한다.

351　五德(오덕) : 백로에게는 닭이 가진 다섯 가지 덕이 없음을 말하였다. “그대는 저 닭을 보지 못하는가? 머리에 관을 얹었으니 문(文)이요, 발에 발톱이 있으니 무(武)요, 적이 앞에 나서면 감히 싸우니 용(勇)이요, 음식을 얻으면 서로 알리니 인(仁)이요, 잠을 지키고 시기를 잊지 않으니 신(信)이라. 닭에는 이 다섯 가지 덕이 있다(君不獨見夫鷄乎? 首戴冠者, 文也; 足搏距者, 武也; 敵在前敢鬪者, 勇也; 得食相告, 仁也; 守夜不失時, 信也. 鷄有此五德).”『한시외전(韓詩外傳)』 권2 참조.

無司晨,	새벽을 알리지도 못하면서
胡爲啄我葭下之紫鱗?	어찌하여 갈대 아래 내 물고기를 쪼아 먹나?
鷹鸇鵰鶚,[352]	매와 새매, 수리와 징경이도 마찬가지
貪而好殺.	탐욕스럽고 죽이기 좋아한다네.
鳳凰雖大聖,	봉황이 비록 새 중의 왕이라 해도
不願以爲臣.	신하로 삼고 싶어 하지 않는다네.

【왕평】

한가한 지점에 수식을 했으니 아주 기이하다.

고체를 가지고 신시를 만들었으니, 정신의 흡사함 덕분이다.

閑處點綴, 奇絶.

古體爲新詩, 賴此神肖.

【해설】

노래하고 춤출 때 사용하는 가사의 형식을 빌어, 백구와 백로의 대
비를 통해 탐욕스런 관리를 비판하였다. 상서로운 백구白鴝의 형상은
비둘기와 뻐꾸기 두 종류의 새가 지닌 긍정적인 요소를 가져와 만들었
다. 이러한 선명한 대비를 통한 비판은 이후 중당 때 백거이 시에서 특

---

352 鷹鸇鵰鶚(응전조악) : 네 가지 종류의 맹금. 크기순으로 보면 가장 작은 새매(鸇)
는 참새나 비둘기 종류를 치고, 다음이 매(鷹)로 토끼나 꿩을 잡고, 수리(鵰)가
그보다 커서 홍곡이나 큰 새를 잡고, 물수리(鶚)가 가장 커서 여우나 양을 채간다.

징적으로 보인다. 이백은 '백구'라는 악부의 전통 제재를 가져와서는 자기 나름대로 시화했다.

왕부지는 시의 구성에 있어 자연스런 전개를 중시했지만, 다른 한편으로 긴밀한 대구의 호응이나 수식도 주목했다. 이 시에 있어 백구와 백로에 대해 각각 수식함으로써 그 형상이 살아날 수 있었다. 미리 정해진 격식과 구성에 따라 언어를 채워 넣는 것을 '사법死法'이라 한다면, 필요한 곳에 적절히 수식하고 압운하는 것은 '활법活法'이다.

設辟邪伎鼓吹雉子班曲辭[353]

벽사 놀이에 쓰이는 고취곡 '치자반' 가사

辟邪伎作鼓吹驚,	벽사 분장하고 춤을 추니 북소리에 피리 소리 드높고
雉子班之曲奏成.	'치자반'의 곡이 울려퍼지니
喔咿振迅欲飛鳴.[354]	꿩꿩 울며 날개를 떨치고 날아가려고 하네.

---

[353] 設(설) : 분장하다. 배역을 맡다.
辟邪(벽사) : 상상 속 동물의 일종. 사슴과 비슷하며 뿔이 두 개 있고 꼬리가 길다. 도발(桃拔) 또는 부발(符拔)이라고도 하는데 뿔이 하나인 것을 천록(天鹿)이라 하고 두 개인 것을 벽사라 한다. 맹강(孟康)의 『한서주(漢書注)』 참조.
伎(기) : 기예. 여기서는 악공이 펼치는 기예.
設辟邪伎(설벽사기) : 벽사라는 동물의 분장을 하고 춤추는 사람.
鼓吹(고취) : 고취곡. 주로 타악기로 구성되며 군악(軍樂)의 하나이다.
雉子班(치자반) : 악부의 제목. 한대 요가(鐃歌) 22곡 가운데 하나에서 시작되었다. 요가는 고취곡에 속한다.
[354] 喔咿(악이) : 꿩꿩. 새 울음소리를 형용한 의성어.
振迅(진신) : 날개를 떨치는 모양.

扇錦翼,	비단 날개 퍼덕이니
雄風生.	세찬 바람 일어나네.
雙雌同飮啄,	까투리 두 마리를 거느리고 물 마시고 모이 쪼니
趫悍誰能爭?[355]	날래고 용맹함을 그 누가 다툴 수 있으랴!
乍向草中耿介死,[356]	차라리 풀 속에서 꼿꼿하게 살다 죽을지언정
不求黃金籠下生.	황금 새장에 살기를 구하지 않으리.
天地至廣大,	세상은 지극히 크고 넓으니
何惜遂物情?[357]	어찌 시류에 따르랴!
善卷讓天子,[358]	선권善卷은 천자 자리를 사양했고
務光亦逃名.[359]	무광務光도 명성을 피했네.

---

355 趫悍(교한) : 날래고 사납다.

356 乍(사) : 차라리.

耿介(경개) : 강직하다. 불굴의 정신을 가리킨다. 반악의 「사치부(射雉賦)」에 "맹렬하고 강직하며 마음이 한결같아(厲耿介之專心兮)"란 구절이 있다.

357 物情(물정) : 세상의 정세. 여기서 物(물)은 사람을 가리키기도 하고 사물을 가리키기도 한다. 이 구는 세상이 지극히 넓으니 어찌 자신의 개성을 버리고 시류에 따르겠느냐고 반문하고 있다.

358 善卷(선권) : 고대의 은자. 순 임금이 천하를 선권에게 선양하려 하자 사양하였다. 『장자』「양왕(讓王)」에 관련 고사가 있다. 선권은 겨울에는 털옷을 입고 여름에는 베옷을 입으며, 해가 뜨면 나가서 일하고 해가 지면 들어와 쉬니, "천지지간을 소요하며 마음이 절로 만족스럽다(逍遙於天地之間, 而心意自得)"고 하였다.

359 務光(무광) : 고대의 은자. 탕왕이 천하를 무광에게 선양하려 하자 사양하고 강물에 빠져 죽었다. 『장자』「양왕(讓王)」 참조. "의롭지 않은 자에게는 그의 녹봉도 받지 말고, 무도한 세상에선 그 흙도 밟지 말라(非其義者, 不受其祿. 無道之世, 不踐其土)"고 하며 돌을 지고 물에 빠졌다.

逃名(도명) : 명성을 피하다.

所貴曠士懷,[360]　　　　광달한 선비의 마음만이 귀한 것이니

朗然合太清.[361]　　　　하늘의 밝고 환한 도리와 합일된다네.

【왕평】

위의 두 수는 조조曹操 부자에게 길을 묻고, 마침내 서한西漢 악부의
경지에 이른 것이다. 후인들은 함부로 고대와 지금을 나누지만, 눈 밝
은 사람은 한 조각 대오리로 꿰어내듯 그 연속성을 꿰뚫는다. 이백은
악부가행에 있어서는 당대 다른 시인들에게 조금의 자리도 내주지 않
는 사실을 여기에서 잘 알 수 있다. 명대의 이반룡李攀龍과 왕세정王世貞
이 요가鐃歌를 흉내 내었으나 맛을 내본 적이 없다.

二首從曹孟德父子問津,[362]　逐抵西京岸次. 後人橫分今古, 明眼人自一篾
片[363]穿起. 太白于樂府歌行, 不許唐人分半席, 唯此處委悉耳. 曆下琅邪學鐃
歌, 更不曾湯著氣味在.

360　曠士(광사) : 광달(曠達)한 선비. 생각과 행동거지가 자질구레한 예절에 얽매이지
　　　않고 자유롭고 시원스러운 사람. 포조의 「방가행(放歌行)」에 "소인은 본디 옹졸하
　　　니, 어찌 광달한 선비의 마음을 알랴?(小人自齷齪, 安知曠士懷)"는 용례가 있다.
361　朗然(낭연) : 맑고 환한 모양.
　　　太淸(태청) : 하늘. 도교에서 말하는 세 가지 하늘 가운데 하나. 여기서는 자연의
　　　도리라 풀이할 수도 있다.
362　曹孟德父子(조맹덕부자) : 조조와 그의 두 아들 조식과 조비. 보통 '삼조(三曹)'
　　　라 하여 건안 문학을 연 인물로 친다.
363　一篾片(일멸편) : 대나무 껍질. 지극히 적은 정도를 가리킨다.

【해설】

　‘벽사’라는 동물로 분장한 예인藝人이 춤을 추고, 그 춤의 무곡에 쓰이는 가사로 지은 것이다. 전반부는 예인의 춤과 불굴의 정신을 가진 꿩에 대해 묘사하고, 후반부는 세상의 시류에 따르지 않는 드넓은 가슴을 가진 선비를 칭송하였다. 「치자반」은 한대 악부에서 시작되었지만, 이백의 작품으로 발전하는 데 있어 유송劉宋 시대 하승천何承天의 「꿩이 들에서 놀고雉子遊原澤」가 중요한 역할을 하였다. 그 작품에서 “마시고 쪼는 게 비록 수고스러워도, 남의 정원에 깃들어 살기를 바라지 않았지. 고대에 세상을 피한 선비가 있으니, 높은 뜻은 푸른 하늘의 봉우리와 같았지飮啄雖勤苦, 不願棲園林. 古有避世士, 抗志靑霄岑”라고 하여 들에서 사는 꿩으로 은둔하며 사는 고결한 선비를 비유하였다. 이백은 이러한 주제를 가져와 더 발전시켰다고 할 수 있다. 『악부해제』에서는 하승천의 작품이 “세상을 피한 선비가 하늘과 같이 높은 뜻을 가지고 벼슬아치들의 공명과는 빙탄불상용임을 말하였다言避世之士, 抗志淸霄, 視卿相功名猶冰炭之不相入也”고 하였다.

　왕부지는 두 편의 시, 즉 이 시와 바로 앞의 「이칙격으로 백구 불무사를 올림」이 서한의 악부 수준에 이르렀다고 보았다. 그리고 이러한 수준은 당대 시인 가운데 독보적이거니와, 또 명대의 대시인인 이반룡과 왕세정도 이백의 수준에 이르지 못했음을 지적하였다. 왕부지는 서한의 악부가 최고의 수준이라 보고, 이백의 작품은 그와 같은 뛰어난 시라고 보았다.

中山孺子妾歌.[364]

중산왕 유자첩 노래

中山孺子妾,	중산왕의 유자첩은
特以色见珍.	오직 미모로 사랑을 받았지.
雖然不如延年妹,[365]	비록 이연년의 여동생만 못해도
亦是當時絶世人.[366]	또한 당시의 절세가인이었지.
桃李出深井,[367]	복사꽃과 오얏꽃이 깊은 정원에서 피어나
花艶驚上春.[368]	화사한 꽃이 초봄에 사람들을 놀라게 하는

---

364 中山孺子妾歌(중산유자첩가) : 악부의 제목. 『악부시집』에선 잡곡가사로 분류되어 있으며 현재 남제(南齊)의 육궐(陸厥)과 당대의 이백 작품만이 실려 있다. 中山(중산) : 서한 중산국. 여기서는 중산국왕 유승(劉勝)을 가리킨다. 孺子妾(유자첩) : 유승의 여러 첩 가운데 명호가 유자(孺子)이고 이름이 빙(冰)인 첩. 유승은 주색을 좋아해 아들이 120명이나 되었다. 『한서』「예문지」에 저록된 작품 목록 가운데 '「조사중산정왕자쾌급유자첩빙미앙재인가시」 4편(詔賜中山靖王子噲及孺子妾冰未央才人歌詩四篇)'이 있다. 한 무제가 중산국왕 유승의 아들 유쾌(劉噲), 유자첩 빙, 미앙궁의 재인에게 노래 4편을 하사한 작품이 있었고, 나중에 육궐이 이로부터 「중산유자첩가(中山孺子妾歌)」를 만들었고, 이백이 이 제목을 따랐음을 알 수 있다.

365 延年妹(연년매) : 서한 한 무제 때의 협률도위 이연년(李延年)의 누이동생 이부인(李夫人).

366 絶世(절세) : 세상에서 비교할 대상이 없다. 이 말은 이연년이 한 무제 앞에서 부른 「노래(歌)」에서 나왔다. "북방에 사는 가인은, 세상에 다시 없이 오로지 한 사람뿐. 한 번 돌아보면 성이 무너지고, 두 번 돌아보면 나라가 무너진다네. 성이 무너지고 나라가 무너질지 어찌 모르랴만, 그래도 이런 미인은 다시 얻기 어렵다네(北方有佳人, 絶世而獨立. 一顧傾人城, 再顧傾人國. 寧不知傾城與傾國, 佳人難再得)." 여기서 가인은 이연년의 여동생을 가리킨다. 『한서』「외척전」 참조.

367 深井(심정) : 깊은 정원.

368 上春(상춘) : 초봄. 맹춘.

	거와 같았네.
一貴復一賤,	존귀해졌다가 다시 천해지는 것은
关天岂由身?	하늘에 달린 것이니 어찌 자신이 결정할 수 있으랴?
芙蓉老秋霜,	연꽃은 가을 찬 서리에 시들고
团扇羞網塵.[369]	둥근 부채는 서늘해지면 거미줄과 먼지를 뒤집어쓴다네.
戚姬髡舂入舂市,[370]	척부인이 머리를 깎이고 방아를 찧었으니
萬古共悲辛.	만고에 걸쳐 모든 사람이 슬퍼하네.

---

369 團扇(단선) : 둥근 부채. 서한 말기 한 성제(漢成帝) 때 반첩여(班婕妤)가 총애를 잃자 장신궁에 태후를 모시고 살면서 지은 「원가행(怨歌行)」의 전고를 가리킨다. 「원가행」에 "둥글기가 보름달 같은(團團似明月)" 부채가 여름에는 "님의 품과 소매에 드나들지만(出入君懷袖)", "언제나 두려운 건 가을이 되어(常恐秋節至)", "부채는 바구니에 버려지고, 은정도 중도에서 끊어지는 일(棄捐篋笥中, 恩情中道絶)"이라고 자신의 처지를 비유하여 노래하였다. 『옥대신영(玉臺新詠)』참조.

370 戚姬(척희) : 척부인(戚夫人). 서한 때 한 고조(漢高祖) 유방의 희첩(姬妾)으로, 고조의 총애를 받아 아들 유여의(劉如意)를 낳았다. 유방이 항우와 초한전을 치를 때 척부인은 자신의 아들을 태자로 세우려 하였고 유방도 이에 따르려 하였으나 대신들의 간언으로 뜻을 이루지 못하였다. 유방이 죽은 후 권력을 잡은 여태후(呂太后)는 척부인을 영항(永巷)에 가두고 머리를 자르고 하루 종일 곡식을 찧게 하였다. 또 여태후는 조왕 유여의를 장안에 불러와 독살하고, 척부인의 손발을 자르고 눈알을 빼고 귀를 그을렸다. 그런 후 '사람돼지(人彘)'라 부르며 굴속에 살게 하였다. 『한서』「외척전」참조.
髡(곤) : 머리를 깎다.
舂市(용시) : 고대에 여자 죄수가 곡식을 찧는 곳.

【왕평】

포조 「행로난」의 뜻을 염시艶詩 형식으로 지었다. 이백은 삼두육비의 힘을 가지고 고금을 주물러 구슬 하나로 만들어 가지고 놀면서, 바로 자신의 장기를 두루 꿰뚫은 데서 나아가 다른 체재로 미치기를 좋아했으니, 단 하나의 법식만을 고집하지 않았다.

以鮑照「行路難」意致作艶詩. 此公三頭六臂, 按姿今古, 作一丸弄, 直由本等圓徹, 好向異類中行,[371] 非但拗一張法也.

【해설】

중산왕의 첩이 미모로 총애를 받다가 버림을 받은 일을 애석해하였다. 이는 중산왕의 유자첩만이 아니라 반첩여와 척부인에 이르기까지 사회적으로 공통된 현상임을 나타냈다. 전반 여섯 구의 찬미와 후반 여섯 구의 쇄락 사이의 반차가 충격을 준다. 시의 함의는 여기에서 더 나아가 이백 자신이 능력이 있는 데도 인정을 받지 못하는 실의와 고민을 비유적으로 나타내었다.

명대 호진형胡震亨은 "육궐의 시는 다만 비첩이 미색으로 총애를 얻는 걸 노래했는데, 이백도 이를 따랐다厥詞只詠妃妾色寵, 白辭亦因"고 했지만, 이는 표면적인 해석에 불과하다. 오히려 왕부지야말로 이 시가 지닌 함의를 정확히 짚어 내었다. 포조는 격앙된 목소리로 울분과 불만을

---

371 異類中行(이류중행) : 불교 용어로 보살이 깨달음을 얻은 후 일체의 중생을 제도한다는 뜻. 여기서는 다른 시인의 스타일을 받아들여 자기화한다는 의미이다.

쏟아내었지만, 이백은 염시의 형식으로 울분과 불만을 토로하였다.

登高丘而望遠海[372]

높은 언덕에 올라 먼 바다를 바라보며

登高丘,	높은 언덕에 올라
望遠海.	먼바다를 바라보니
六鼇骨已霜,[373]	여섯 마리 자라는 백골이 되었건만
三山流安在?	남겨진 삼신산은 어디로 흘러갔나?
扶桑半摧折,[374]	부상 나무 반이 부러졌는지
白日沉光彩.	태양 빛이 침침하구나.

---

372 登高丘而望遠海(등고구이망원해) : 악부의 제목. 『악부시집』에서는 '상화가사'로 분류하였고, 조비(曹丕)의 「등산이망원(登山而望遠)」 다음에 배치한 것으로 보아 이를 모의한 것으로 보는 의견이 있지만 시의 제재는 관련이 없다. 이전에 이 제목의 악부가 없는 것으로 보아 이백이 새로 만든 것으로 보인다.

373 六鼇(육오) : 여섯 마리의 자라. 발해의 동쪽 수만리 밖의 바다에 대여(岱輿), 원교(員嶠), 방호(方壺), 영주(瀛洲), 봉래(蓬萊) 등 다섯 섬이 떠 있었는데, 천제가 자라 열다섯 마리에게 이고 있게 하였다. 용백국(龍伯國)의 거인이 낚시로 여섯 마리 자라를 낚아 구워서 그 뼈로 점을 치는데 사용했다. 이에 대여와 원교 두 섬은 북극으로 흘러가다가 바다에 가라앉았다. 『열자』 「탕문(湯問)」 참조. 『초사』 「천문(天問)」에도 "거대한 자라가 산을 이고 발을 저으니 어찌 안정될 수 있었나?(鼇戴山抃, 何以安之?)"는 구절이 있다.

374 扶桑(부상) : 신화 속의 나무로, 태양이 떠오르는 곳. 『십주기(十洲記)』에 "부상은 대해 중에 있으며 크기가 수천 장이 되고, 둘레가 일천여 위(圍)가 된다. 두 줄기가 같은 뿌리에서 나와 서로 의지하며 여기에서 해가 나온다(扶桑在大海中, 樹長數千丈, 一千餘圍. 兩幹同根, 更相依倚, 日所出處)"고 하였다. 굴원의 『초사』 「이소」에 "함지(咸池)에서 말에게 물 먹이고, 부상에 말고삐를 매어두네(飲余馬於咸池兮, 總余轡乎扶桑)"란 말이 있다.

銀臺金闕如夢中, [375]	은 누대 금 궁궐은 꿈속에만 나오니
秦皇漢武空相待. [376]	진시황과 한 무제는 부질없이 기다렸지.
精衛費木石, [377]	정위精衛가 나무와 돌로 바다를 메웠다 해도 그대로이고
黿鼉無所憑. [378]	자라와 악어가 다리를 놓았다는 말도 근거가 없다네.
君不見,	그대 보지 못 하는가
驪山茂陵盡灰滅, [379]	여산의 진시황과 무릉의 한 무제도 모두 재가 된 것을
牧羊之子來攀登.	양 치는 아이들이 와서 그 무덤 위를 올라다

---

375 銀臺金闕(은대금궐) : 금과 은으로 만든 누대와 궁궐. 신선이 사는 궁궐은 금과 은으로 만들어졌다고 한다. 『사기』 「봉선서」 참조.

376 秦皇(진황) : 진시황. 방사 서복(徐福)을 바다에 파견하여 불사약을 찾아오게 하였다.
漢武(한무) : 한 무제.

377 精衛(정위) : 신화 속에 나오는 새 이름. 본래 염제(炎帝)의 딸로 이름은 여와(女娃)였으나 동해에서 놀다가 물에 빠져 죽었다. 죽은 후 새가 되었는데 이름을 정위라 했다. 이 새는 서산의 나무와 돌을 물어다가 동해를 메우려 했다. 『산해경』 「북산경(北山經)」 참조.

378 黿鼉(원타) : 자라와 악어. 이 구는 『죽서기년』 '주 목왕(周穆王) 37년' 조에 나오는 "아홉 군대를 크게 일으켜 동으로 구강에 이르러 자라와 악어를 다리로 삼아 마침내 우(紆)를 정벌하였다(大起九師, 東至九江, 架黿鼉以爲梁, 遂伐於紆)"는 구절을 환기한다.

379 驪山(여산) : 진시황이 묻힌 곳. 진나라가 망한 후 항우가 함양을 불태우고 능묘를 파헤쳤다.
茂陵(무릉) : 한 무제가 묻힌 능묘. 서한 말기 적미군(赤眉軍)이 장안에 들어가 능묘를 발굴하였다.

님을.

盜賊劫寶玉,	도적들이 보물을 도굴해 가는데
精靈竟何能?	혼령은 결국 무엇을 할 수 있더냐?
窮兵黷武今如此[380]	제멋대로 무력을 남용하더니 지금 이와 같으니
鼎湖飛龍安可乘?[381]	어찌 황제처럼 정호에서 용을 타고 승천할 수 있으랴.

【왕평】

후인들이 두보를 '시사詩史'라 부르지만, 이 작품의 91자 속에 개원과 천보 연간의 당 현종 본기本紀가 있는 걸 모른다. 속인들은 삽화가 없으면 책을 보려하지 않으니, 마치 진수의 『삼국지』 책을 판 돈으로 이야기꾼을 불러 북을 두드리며 떠드는 적벽대전 이야기를 듣는 것과 같다.

슬프고도 우습지만 대부분이 이러하다.

---

380 窮兵(궁병) : 무력을 남용하다.
　　黷武(독무) : 제멋대로 무력을 쓰다.
381 鼎湖(정호) 구 : 황제(黃帝)가 승천한 일을 가리킨다. "황제가 수산(首山)에서 동을 캐어, 형산(荊山) 아래에서 정(鼎)을 주조하였다. 정을 완성하자 용이 수염을 늘어뜨리며 황제를 맞이하러 내려왔다. 황제가 용에 올라타니 군신과 후궁 등 70여 명이 뒤따라 올랐다. 이에 용이 승천하였다(黃帝採首山之銅, 鑄鼎于荊山下. 鼎旣成, 有龍垂鬍髥, 下迎黃帝. 黃帝上騎, 群臣後宮從上者七十餘人, 龍乃上去.)" 『사기』「봉선서(封禪書)」 참조.

後人稱杜陵爲詩史, 乃不知此九十一字中有一部開元天寶本紀在內.[382] 俗子非出像則不省, 几欲賣陳壽『三國志』以雇說書人打匾鼓夸赤壁鏖兵. 可悲可笑, 大都如此.

【해설】

　바다를 보며 삼신산의 존재를 회의하면서 진시황과 한 무제의 신선술 추구와 병력 남용을 비판하였다. 시의 많은 편폭은 신선술 추구에 할애하고 말미에서 병력 남용을 언급하였다. 이 시는 일차적으로 진시황과 한 무제와 같은 대제국의 황제가 미신에 빠지고 영토 확장에 몰입한 어리석음과 이로 연유하는 제국의 위기감을 긴장감있게 나타내고 있다. 그래서 고금의 학자들은 자연스럽게 현종을 비판하는 비유로 본다. 이백의 작품 가운데는 이와 유사한 「고풍」 제3수 등이 있지만 현종과의 연관은 언외에 있다.

　왕부지는 두보에게 붙이는 '시사詩史'라는 말을 가지고 이와 대비하여 이백의 시를 평가하였다. '시사詩史'라는 말은 맹계孟棨의 『본사시本事詩』에 처음 보인다. "두보는 안록산의 난을 만나 곤궁에 처해 농산과 촉 땅 사이를 떠돌았다. 이를 모두 시에 기록했는데 자신이 본 표면적 현상과 내재적 원인까지 빠뜨린 일이 거의 없이 묘사했다. 그러므로 당시 사람들이 그의 시를 '시사詩史'라 했다杜逢祿山之難, 流離隴蜀, 畢陳于詩, 推

382　本紀(본기) : 정사에서 황제와 조정의 대사를 기록한 편장. 사마정(司馬貞)은 이를 '제왕서(帝王書)'라 하였다. 사마천의 『사기』에서 확립되었다.

見至隱, 殆無遺事. 故當時號爲‘詩史’.” 또 『신당서』「두보전杜甫傳」에도 비슷한 내용이 있다. “두보는 시대의 사건을 잘 기록하고, 격률과 압운도 정밀하고 깊어, 비록 천 글자를 써내려 가도 기세가 쇠락하지 않아, 세상 사람들이 ‘시사’라 불렀다甫又善陳時事, 律切精深, 至千言不少衰, 世號‘詩史’.” 요컨대 ‘시사’는 두보의 시적 특징 가운데 하나로, ‘시대의 면모를 반영한 시’, 즉 ‘역사의 의미가 있는 시’, 쉽게 말하면 ‘역사를 기록한 시’라는 뜻이다. 그러나 명대 양신楊愼이 이를 본격적으로 비판하였고, 왕부지는 이를 이어받아 시와 역사 기록이 장르별로 각기 다른 전달 내용과 표현 기능이 있고, 시의 기능은 다른 문체가 대신할 수 없다고 하면서 두보를 비판하였다. 그는 두보를 ‘시사’라고 붙이는 명명을 속인俗子의 낮은 식견이라 비판하면서, 마치 역사책을 팔아 그 돈으로 이야기꾼의 이야기를 듣는 것과 같다고 하였다. 반대로 이백이야말로 현종본기玄宗本紀에 해당하는 역사를 시의 방식으로 표현하였다고 보았다. 이는 일반적인 통념과 크게 다른 것으로 ‘시사’에 대해 다시 한번 생각하게 만든다. 사실 두보가 안사의 난 때 쓴 시들은 이전에 없던 구체적인 묘사이어서 시의 영역을 확대한 것으로 볼 수도 있지만 왕부지는 이를 이백처럼 시적 처리를 해야 한다고 하였다. 시적 처리는 역사나 현실을 제재로 하는 것을 반대하지는 않으나 어디까지나 은미하고 비유적인 방식으로 처리해야 한다고 주장하였다.

梁甫吟[383]

양보음

長嘯梁甫吟,

「양보음」을 길게 읊나니

何時見陽春?[384]

따뜻한 봄날은 언제 볼 수 있나?

君不見,

그대 보지 못하는가

朝歌屠叟辭棘津,[385]

조가의 백정 강태공이 자진棘津을 떠나

八十西來釣渭濱.

여든 살에 서쪽 위수渭水 강가로 가 낚시
했음을.

寧羞白髮照淥水,

백발이 맑은 강에 비치는 걸 부끄러워 않고

逢時壯氣思經綸.[386]

때를 만나면 힘찬 기운으로 경륜을 펼치려
했지.

廣張三千六百鈞,[387]

십 년 동안 낚싯대를 펼쳤으니

---

383 梁甫吟(양보음) : 梁父吟(양보음)이라고도 쓴다. 『악부시집』에서는 '상화가사'
로 분류하였다.

384 陽春(양춘) : 햇살 비추는 봄날. 송옥 「구변(九辯)」에 "추위를 막아낼 옷도 없어,
갑자기 죽어 따뜻한 봄을 보지 못할까 두려워라(無衣裳以禦冬兮, 恐溘死而不得見
乎陽春)"라는 말이 있다. 이 구에서 이백은 자신의 처지를 참훼를 받아 나라를
떠난 굴원에 비하면서, 양춘(陽春)을 밝은 군주를 만나 자신의 뜻을 펴는 날로
비유하였다.

385 朝歌(조가) : 은나라 도성. 지금의 하남성 기현(淇縣).
屠叟(도수) : 백정 노인. 주나라 초기 재상을 지냈던 여상(呂尚, 강태공)을 가리
킨다. 그는 나이 오십에 자진에서 음식을 팔고, 칠십에 조가에서 백정으로 살다
가, 팔십에 위수 강가에서 낚시하고, 구십에 주 문왕을 보좌하였다고 한다. 『한시
외전』 권7 참조.
棘津(자진) : 지금의 하남성 활현(滑縣) 서남의 옛 황하 강가.

386 經綸(경륜) : 나라를 경영하고 다스림.

387 三千六百鈞(삼천육백균) : 鈞(균)은 釣(조)라 써야 옳다. 삼천육백 일 동안의 낚
시. 강태공은 여든에 낚시를 시작하여 아흔에 문왕을 만났으므로 십 년 동안 낚

風期暗與文王親.[388]	사람의 풍도는 저절로 문왕과 맞았어라.
大賢虎變愚不測,[389]	대현大賢은 호랑이처럼 변한다는 걸 어리석은 자는 몰라
當年頗似尋常人.	평소에는 아주 평범한 사람 같았지.
君不見	그대 보지 못하는가
高陽酒徒起草中,[390]	고양의 술꾼 역이기가 초야에서 일어나
長揖山東隆準公![391]	산동의 콧대 높은 유방에게 읍례만 하고
入門不拜騁雄辯,	문에 들어가 절도 않고 웅변을 늘어놓았음을.
兩女輟洗來趨風.[392]	두 시녀가 발 씻기를 멈출 때 바람처럼 나아갔음을.

시한 셈이다.

388 風期(풍기) : 풍도. 품격과 뜻.

389 虎變(호변) : 호랑이 털이 갑자기 변하듯, 대인은 갑자기 뜻을 얻으며 그 행동이 변화막측하다는 뜻. 『주역』「혁(革)」괘에 "대인은 호랑이처럼 변하고, 군자는 표범처럼 변하고, 소인은 얼굴만 바뀐다(大人虎變, 君子豹變, 小人革面)"는 말이 있다.

390 高陽酒徒(고양주도) : 고양(하남성 杞縣)의 술꾼. 서한 초기 유방이 군사를 이끌고 진류(陳留)에 가서 머물게 되었을 때, 진류의 고양 사람 역이기(酈食其)가 알현하기를 청하였다. 유방이 자신은 천자를 쟁탈하는 때라서 유생(儒生)과 만날 시간이 없다고 알렸다. 이에 역이기가 자신은 유생이 아니라 '고양주도'라고 한 데서 유래하였다.

391 長揖(장읍) : 두 손을 모두어 높이 들었다가 내리며 고개를 가볍게 숙이는 상견례. 원래 궤배를 해야 하나 역이기는 연장자(당시 육십여 세)이기에 하지 않았다.
隆準公(융준공) : 코가 높은 사람. 한 고조 유방을 가리킨다. 『한서』「고조기」 참조.

392 兩女(양녀) 구 : 역이기가 알현을 청하여 들어갔을 때, 유방은 마침 두 여자에게 발을 씻게 하고 있었다. 역이기가 의병을 모아 진나라를 이기려면 자기와 같은 연장자를 대우해야 한다고 하자 유방이 발 씻기를 중지시키고 역이기를 상좌로 모셨다.

東下齊城七十二,[393]	동쪽으로 제나라 일흔두 개의 성을 거두어
指麾楚漢如旋蓬.[394]	초한전을 마치 쑥대머리 뒤집듯 지휘하였지.
狂客落拓尙如此,[395]	가난한 '미친놈'도 이같이 공을 이루었는데
何況壯士當群雄!	하물며 영웅들을 상대하는 장사인 나임에랴!
吾欲攀龍見明主,[396]	나도 용을 타고 올라 밝은 군주를 만나려 하지만
雷公砰訇震天鼓.[397]	뇌신이 우르릉 하늘의 북을 치는구나.
帝傍投壺多玉女,[398]	상제 주위에는 투호하는 옥녀들이 많아
三時大笑開電光,[399]	시시로 웃으니 하늘에서 번개가 치고

393 東下(동하) 구 : 역이기는 제왕(齊王) 전광(田廣)을 설득하여 72개의 성을 한나라에 내주게 하였다.

394 旋蓬(선봉) : 쑥대머리가 바람에 선회하다. 여기서는 지극히 빠르고 쉬움을 나타냈다.

395 狂客(광객) : 미친 놈. 역이기를 가리킨다.
落拓(낙척) : 낙백(落魄) 또는 낙박(落泊)과 같다. 배를 대지 못해 정처 없어 떠돌며 생활에 의지처가 없다는 뜻. 『사기』「역생육가열전」에 역이기는 "집안이 가난하고 의지처가 없어도 옷과 밥을 위해 하는 일이 없었다. (…중략…) 현에서는 모두 그를 '미친 놈'이라고 하였다(家貧落魄, 無以爲衣食業, (…중략…) 縣中皆謂之狂生)"는 말이 있다.

396 攀龍(반룡) : 용을 타고 오르다. 군주를 쫓아 공업을 세우다.

397 雷公(뇌공) : 천둥의 신.
砰訇(팽굉) : 거대한 소리.
天鼓(천고) : 천둥.『포박자』에 "천둥은 하늘의 북이다(雷, 天之鼓也)"는 말이 있다.

398 玉女(옥녀) : 천궁의 선녀.『신이경(神異經)』「동황경(東荒經)」에 동왕공(東王公)이 옥녀와 자주 투호 놀이를 하였는데, 맞추면 하늘이 소리치고 맞추지 못하면 하늘이 크게 웃는다고 한다. 장화(張華)는 비가 오지 않고 번개만 치는 것을 하늘이 웃는 것이라 주석하였다. 여기서는 옥녀로 황제의 총애를 받는 권신들을 비유하였다.

399 三時(삼시) : 아침, 점심, 저녁 세 때. 또는 봄, 여름, 가을을 가리킨다는 설도 있

倏爍晦冥起風雨.[400]　어둠 속에 번쩍이며 풍우가 일어나네.

閶闔九門不可通,[401]　천궁의 구중궁궐 문이 열리지 않아

以額扣關閽者怒.[402]　이마로 문을 디미니 수문장이 노하는구나.

白日不照我精誠,　태양도 나의 정성을 비추지 못하니

杞國無事憂天傾.[403]　기杞나라 사람처럼 하늘이 무너질까 걱정하네.

猰㺄磨牙競人肉,[404]　알유猰㺄는 이를 갈며 사람을 다투어 잡아먹고

騶虞不折生草莖.[405]　추우騶虞는 풀 대롱도 꺾지 않네.

다. 여기서는 전자를 따른다.

400　倏爍(숙삭) : 번개가 번쩍이는 모습.
　　晦冥(회명) : 어둠.

401　閶闔(창합) : 천궁의 문. 굴원의 「이소(離騷)」에 "나는 천제(天帝)의 수문장에게 문을 열라 명하나, 그는 천궁의 문에 기대어 나를 바라보기만 하네(吾令帝閽開關兮, 倚閶闔而望予)"라는 말이 있다.
　　九門(구문) : 구천의 문.

402　閽者(혼자) : 수문장. 문지기.

403　杞國(기국) : '기우(杞憂)' 고사를 환기한다. 기나라의 어떤 사람이 하늘이 무너질까 걱정하여 침식을 하지 않았다는 이야기를 말한다. 『열자』「천서(天瑞)」 참조.

404　猰㺄(알유) : 猰貐 또는 窫窳라고도 쓴다. 전설에 나오는 사람을 잡아먹는 괴수. 『술이기(述異記)』에서는 동물 가운데 가장 크며 용의 머리, 말의 꼬리, 호랑이의 발톱을 하였으며, 크기가 사백 척이며, 잘 달리고 사람을 잡아먹는다고 하였다. 또 도덕이 있는 군주가 나타나면 숨고, 무도한 군주가 나타나면 나와서 사람을 먹는다고 하였다. 일반적으로 폭정을 상징한다.

405　騶虞(추우) : 전설에 나오는 인자한 동물. 『시경』「추우(騶虞)」에 대한 『모시서』에 "인자하기가 추우와 같다면 곧 왕도가 이루어진다(仁如騶虞, 則王道成也)"고 하였다. 흰 호랑이 몸에 검은 문양이 있고 산 것은 먹지 않으며 풀을 밟지 않는다고 한다. 일반적으로 인정(仁政)을 상징한다. 알유와 추우 두 동물을 든 것에 대해, 청대 심덕잠은 군자와 소인이 나란히 서 있어도 군주가 알아보지 못한다고

手接飛猱搏彫虎,[406]   손으로 날쌘 원숭이를 잡고 얼룩 호랑이를 치며

側足焦原未言苦.[407]   백 길 높은 '초원焦原'에 올라서도 힘들지 않다 하리.

智者可卷愚者豪,[408]   지혜로운 자는 숨고 어리석은 자는 호기를 부리니

世人見我輕鴻毛.   세상 사람들이 나를 새털보다 가볍게 여기는구나.

力排南山三壯士,   힘으로 남산을 밀어낼 수 있는 세 용사를

齊相殺之費二桃.[409]   제나라 재상 안영晏嬰은 복숭아 두 개로

풀이하였다.

406 接飛猱(접비노) : 날쌘 원숭이를 쏘다.
 彫虎(조호) : 몸에 얼룩덜룩한 무늬가 있는 호랑이. 『시자(尸子)』에 용사 황백(黃伯)은 왼손으로 날쌘 원숭이를 쏘고 오른손으로 얼룩 호랑이를 쳤다는 말이 있다.

407 焦原(초원) : 춘추시대 거(莒)나라의 거대한 바위 이름. 너비가 오십 보에 백 길의 계곡 옆에 있어 용감한 사람만이 그 위에 오를 수 있다고 한다. 『시자(尸子)』 권하(卷下) 참조.

408 智者(지자) 구 : 『논어』 「위령공」에 "군자로다 거백옥은! 나라에 정치 질서가 있으면 벼슬을 하고, 나라에 정치 질서가 없으면 거두어 감출 줄 알았다(君子哉! 蘧伯玉. 邦有道則仕, 邦無道則可卷而懷之)"는 말이 있다.

409 力排(역배) 2구 : 『안자춘추(晏子春秋)』 권2에 나오는 유명한 '복숭아 두 개에 죽은 세 용사(二桃殺三士)' 이야기를 말한다. 춘추시대 제나라에 공손접(公孫接), 전개강(田開疆), 고야자(古冶子) 등 장사 세 사람이 있었는데 재상 안영(晏嬰)에게 죄를 지었다. 안영은 제 경공(齊景公)을 설득하여 세 사람을 죽이기로 하고, 복숭아 두 개를 보내 세 사람 가운데 공이 큰 두 사람이 먹도록 하였다. 세 사람은 서로 공이 높다고 다투게 되었다. 먼저 공손접과 전개강이 각각 공로가 있다면서 복숭아를 하나씩 가져갔다. 나중에 보니 고야자의 공이 가장 높은 걸

	죽였지.
吳楚弄兵無劇孟,[410]	오초칠국의 난 때 극맹劇孟을 초빙하지 않자
亞夫咍爾爲徒勞.	주아부周亞夫는 그들이 헛수고 한다고 비웃었지.
梁甫吟,	「양보음」이여
聲正悲.	그 소리 지금 마침 비장해라.
張公兩龍劍,[411]	장화張華의 두 자루 용검龍劍도

알고 공손접과 전개강은 부끄러워 자결하였다. 이를 본 고야자는 혼자만 사는 것은 어질지 못하고, 남에게 수치를 준 것은 의롭지 못하다며 역시 자결하였다. 동한 말기 때 지어진 것으로 보이는 「양보음」에 "세 용사의 힘은 남산을 밀어내고, 땅줄기를 잘라낼 정도라는데, 하루아침에 참언을 받아, 복숭아 두 개가 세 용사를 죽였네. 누가 이 기이한 계략을 내었는가? 바로 제나라의 재상 안영이라네(力能排南山, 文能絶地紀. 一朝被讒言, 二桃殺三士. 誰能爲此謀? 國相齊晏子)"라는 구절이 있다.

410 吳楚(오초) 2구 : 기원전 145년에 일어난 '오초칠국(吳楚七國)의 난' 때 경제(景帝)는 두영(竇嬰)과 주아부(周亞夫)를 파견하여 토벌하게 하였다. 주아부가 군사를 이끌고 하남을 지날 때 극맹(劇孟)을 얻고는 기뻐하며 오초칠국이 극맹과 같은 인재를 기용하지 않은 일을 비웃었다.
咍(해) : 비웃다. 이는 이백이 자신을 극맹에 비하면서 현종이 자신과 같은 인재를 써줄 것을 말하였다.

411 張公(장공) : 장화(張華)를 가리킨다. 서진 때 하늘의 두성과 우성 사이에 자줏빛 기운이 자주 비치자, 장화가 뇌환(雷煥)을 강서 지방 풍성(豐城, 지금의 강서성 풍성현)에 보내 두 자루 보검 용천(龍泉)과 태아(太阿)를 찾게 하였다. 뇌환은 한 자루는 자신이 가지고 다른 한 자루를 장화에게 보냈다. 이에 장화가 편지를 보내 "검의 문양을 자세히 보니 간장이다. 막야는 어째서 없는가? 하늘이 신물을 내었으니 결국에는 합쳐질 것이다(詳觀劍文, 乃干將也. 莫邪何復不至? 天生神物, 終當合耳)"고 하였다. 장화가 죽은 후 가지고 있는 보검을 잃어버렸다. 나중에 뇌환이 죽은 후 그 아들 뇌화(雷華)가 보검을 가지고 연평진(延平津)을 지나는데

神物合有時.　　　　　　신물神物이라 합쳐질 때 있어라.

風雲感會起屠釣,[412]　　풍운이 움직일 때 백정 강태공이 일어났으니

大人峴屼當安之.[413]　　대인은 역경을 당해도 편안히 기다린다네.

【왕평】

장편임에도 고의古意를 잃지 않았는데, 이러한 작품을 얻기가 지극히 어렵다.

제갈량의 「양보음」에 있는 '복숭아 두 개에 죽은 세 용사'를 끼워 넣어 구성이 지극히 기이하게 되었다. 소식蘇軾이 이 작법을 취하여 「영우락」에서 "연자루燕子樓는 비었으니" 3구를 지어, 자신의 시를 자부하였다.

長篇不失古意, 得此極難.

將諸葛舊詞'二桃三士'攛入夾點, 局陣奇絶. 蘇子瞻取此法作'燕子樓空'三句,[414] 便自托獨得.

검이 저절로 허리에서 강물 속으로 들어갔다. 뇌화가 사람을 시켜 검을 찾게 하였더니 물속에는 다만 길이가 수 장이 되는 용 두 마리만 보이고 검은 없다고 했다. 『진서』「장화전(張華傳)」 참조. 이 구는 일시적으로는 소인들 때문에 막혀 있지만 결국에는 밝은 군주를 만나리라는 비유이다.

412 風雲感會(풍운감회) : 바람과 구름이 모임. 뜻이 맞는 군신의 만남을 비유한다. 屠釣(도조) : 백정과 낚시꾼. 여상을 가리킨다.

413 峴屼(얼올) : 울퉁불퉁한 모양. 불안한 모양.

414 蘇子瞻(소자첨) 구 : 소식의 「영우락(永遇樂)」 중간에 있는 "연자루는 비었으니, 가인은 어디에 있는가, 공연히 누각 안 제비만 가두었구나(燕子樓空, 佳人何在, 空鎖樓中燕.)"를 가리킨다. 「영우락」은 소식이 서주 자사로 있을 때 연자루에서 잠을 자다가 당대 상서 장건봉(張建封)이 사랑한 가기 반반(盼盼)의 꿈을 꾸고

【해설】

　역사 인물들의 조우를 통하여 자신의 회재불우를 아쉬워하고, 조정의 음험한 정치 풍토 속에서도 언젠가는 능력을 펼칠 기회가 올 것을 확신하였다. 첫 부분에서는 강태공이 문왕을 만나고 역이기가 유방을 만나 출세한 일을 들어 자신을 격려하였고, 이어서는 소인의 제지로 밝은 군주를 만나지 못했음에 격분하였으며, 말미에서는 용검이 합쳐지고 풍운이 어울릴 때가 있음을 들어 자신을 위로하였다. 이 시의 제목으로 되어 있는 「양보음」의 현존하는 가장 이른 작품에 대해서, 비록 송대 곽무천은 『악부시집』에서 산동 지방의 장송곡으로 보았지만, 역대로 많은 사람들이 『삼국지』에 "제갈량은 몸소 농사를 지으면서 「양보음」을 잘 하였다."는 구절을 근거로 제갈량이 출사하기 전에 지은 작품으로 간주하였다. 또 한대 장형의 「네 가지 근심의 시四愁詩」에 "내 사모하는 임은 저 태산에 있어, 찾아가 따르려 하나 양보산이 험하구나我所思兮在太山, 欲往從之梁甫艱"란 구절이 있고, 이에 대해 이선李善이 주석을 하기를 "태산으로 군주를 비유하고, 양보로 소인을 비유하였다太山以喩時君, 梁甫以喩小人也"라 하였고, 유량劉良이 주석하기를 "태산은 동악이다. 군왕을 보좌하여 유덕한 군주가 되도록 하고자 하나 소인의 참언과 간사함에 가로막혔다太山, 東嶽也. 願輔佐君王致於有德而爲小人讒邪之所阻難也"고 하였다. 이백은 이러한 뜻을 취해 밝은 군주를 만나려 했으나 소인

─────────────

지었다. 밤의 누각에서 적막한 야경을 묘사하고 객지에 있는 처지를 탄식하는 가운데, 홀연 이전 왕조의 여인의 고사를 가져와 구성에 파란을 일으켰다.

에 의해 가로막힌 것을 비유한 것으로 보인다. 시의 후반은 특히 인간의 일을 하늘의 일로 비유한 「이소」離騷의 기법으로 파란을 일으키고, 다양한 전고와 이미지를 동원하여 정치 현실을 비유하였다. 청대 심덕잠은 "후반부에서 전고를 잡다하게 쓰면서도 그 흔적을 보이지 않은 것은 기세가 우세하기 때문이다. 만약 이백의 능력이 아니라면 쉽게 따를 수 없을 것이다後半拉雜使事而不見其跡, 以氣勝也. 若無太白本領, 不易追逐"고 평했다. 733년 장안에 들어갔을 때 장게張垍의 저지로 현종을 만나지 못한 울분에 쓴 것으로 보인다.

宣州謝朓樓餞別校書叔雲[415]

선주 사조루에서 사촌인 교서랑 이운을 전별하며

棄我去者,　　　　　　나를 버리고 가는

415　宣州(선주) : 지금의 안휘성 선성시(宣城市).

謝朓樓(사조루) : 안휘성 선성시 시내의 능양산(陵陽山)에 있는 누대. 남조의 제나라 시인 사조(謝朓)가 선성태수로 있을 때 지은 누각으로, 사공루(謝公樓), 북루(北樓) 등으로도 불린다.

餞別(전별) : 헤어질 때 주연을 베풀고 보내다.

校書(교서) : 교서랑. 도서를 정리하고 교감하는 직책. 문하성(門下省)의 홍문관(弘文館)과 비서성(秘書省)의 저작국(著作局)에 편제되었다. 품계는 종9품 또는 정9품.

叔雲(숙운) : 숙부 이운(李雲). 자세한 기록이 없다. 다른 판본에서는 시 제목이 「사촌인 시어 이화를 모시고 누대에 오른 노래(陪侍御叔華登樓歌)」라 되어 있으며, 사촌이 저명한 산문가 이화(李華)라 되어 있다. 이화는 감찰어사에 시어사가 된 적이 있으며, 이백의 묘지명을 남기기도 했으므로 현대 학자들은 대체로 이화가 옳은 것으로 본다.

昨日之日不可留.[416]	어제라는 날은 잡아둘 수 없고
亂我心者,	내 마음을 어지럽히는
今日之日多煩憂.	오늘이라는 날은 근심뿐이로다.
長風萬里送秋雁,[417]	만리 멀리 불어가는 바람이 기러기 보내니
對此可以酣高樓.	이를 마주하며 높은 누각에서 술 마실 수 있 겠네.
蓬萊文章建安骨,[418]	그대는 한대 문장에 건안建安의 풍골이요
中間小謝又淸發.[419]	나는 사조謝朓 같이 청신하고 수려한 시풍.
俱懷逸興壯思飛,[420]	우리 모두 일흥逸興에 시정신詩精神이

---

416 棄我(기아) 구 : 이 구는 시간을 의인화시켜 표현하였으며, 감정을 그대로 드러
내는 산문적인 구법을 사용하였다. 또 글자가 대부분 측성(仄聲)이어서 격정이
잘 드러났다.

417 秋雁(추안) : 가을에 남으로 날아가는 기러기. 이운을 비유한다.

418 蓬萊文章(봉래문장) : 봉래는 한대 궁중의 노장(老莊) 관련 장서각인 동관(東觀)
을 가리킨다. 당대에는 대명궁을 봉래궁이라 하기도 했으며 도서를 보관한 비서
성이 이곳에 있었다. 여기서는 궁중에서 교서랑을 지내고 있는 이운의 문학을
가리킨다. 일부 학자들은 한대의 문학을 가리킨다고 풀이하였다. 여기서는 두
의견을 채용하였다.

建安(건안) : 동한 말기 헌제의 연호(196~220). 당시 조조, 조비, 조식 등 삼부
자와 건안칠자가 활동하여 강건한 시풍을 이루었다. 후세에 이를 '건안 풍골'이
라 하였다.

419 中間(중간) : 동한 말 건안 연간부터 당대까지의 사이.

小謝(소사) : 사조(謝朓). 사령운을 대사(大謝)라 한데 반해 사조를 소사라 하였
다. 여기서 이백은 이운의 문장을 찬미함과 동시에 사조를 빌려 자신의 시도 자
부하였다.

淸發(청발) : 청신하고 빼어나다(淸新秀發). 사조의 시풍을 가리킨다.

420 俱(구) : 이운과 이백의 문학.

逸興(일흥) : 자유분방하고 뛰어난 감흥. 이백은 높은 미학적인 표준을 나타내는

드높아

欲上靑天覽日月.[421]	푸른 하늘에 올라가 해와 달을 따려고 했지.
抽刀斷水水更流,[422]	칼을 뽑아 물 베어도 물은 더욱 흐르고
擧杯消愁愁更愁.	술잔 들어 시름 씻어도 시름 더욱 깊어지네.
人生在世不稱意,	사람이 세상에 살면서 제 맘 편히 못 산다면
明朝散髮弄扁舟![423]	차라리 내일 아침 머리 풀고 배 타고 떠나리라.

【왕평】

비흥이 탈속적이고 뛰어나다.

興比超忽.

【해설】

선주에서 친척 이운또는이화을 보내면서 쓴 시이다. 이별에 대해서는

말로 일흥이란 말을 자주 사용하였다.

壯思(장사) : 건장한 시 정신.

421 覽(람) : 攬(람)과 같다. 잡다. '명월을 잡는다'는 말은 분방한 시 정신을 잘 운용
한다는 뜻이다. 이백의 시 「술잔을 들고 달에게 묻다(把酒問月)」에 '사람이 명월
에 오르려 하나 오를 수 없어(人攀明月不可得)'란 구절이 있다.

422 抽刀(추도) 구 : 이백은 '유수(流水)'의 이미지를 많이 사용하였다. 공자가 "밤낮
으로 흐르는 것은 물뿐이로다"고 탄식한 이래 시냇물은 세월을 의미하는 경우가
많았다. 여기서도 이별을 두고 시간이 시시로 흐르는 안타까움을 표현하였다.

423 散髮(산발) : 관을 벗고 머리를 풀다. 속세의 생활을 청산하고 유교적인 가치세
계를 벗어나 자유롭게 살아간다는 의미이자 은거하겠다는 뜻이다.

扁舟(편주) : 조각배. 이 구는 『사기』「화식열전」의 "범려가 회계의 수치를 씻은
후 편주(扁舟)를 타고 강호를 떠돌았다"는 말을 환기한다.

정작 말하지 않고, 두 사람의 재능에 대해 높이 평가하고 자부하면서, 포부를 이룰 길 없는 격앙된 감정과 세월을 헛되이 보내는 울분을 토로하였다. 천마가 허공을 마음껏 내달리듯 충일한 감정이 무시로 터져 나오고 필세가 종횡으로 펼쳐졌다. 중간에 한대의 문장, 건안 풍골, 사조의 시를 높이 평가한 점이 눈에 뜨인다. 이상과 현실의 갈등에서 오는 과도한 정염은 이백의 시에 자주 등장하는 것으로, 이 시는 선주에서 지었다. 그 시기는 753년 가을로 본다.

왕부지는 ‘비흥’이 탈속적이고 뛰어나다고 평하였다. ‘비흥’이란 『시경』의 ‘여섯 가지 요소’인 ‘육의六義’ 가운데 ‘비比’와 ‘흥興’으로, 중국 고전시의 중요한 미학 요소이다. ‘비’는 비유를 말하고 ‘흥’은 주희朱熹의 정의에 따르면 “먼저 다른 사물에 대해 말함으로써 읊고자 하는 어휘를 끌어내는 것先言他物以引起所詠之詞也”이다. ‘흥’이 ‘비’와 다른 점은 보조관념과 원관념이 무의식적인 관계라는 점이다. 먼저 눈에 보이는 사물을 직관적으로 말하는 것, 때문에 관련성이 그만큼 풍부할 수 있고, 또 다른 한편으로 보조관념과 원관념 사이의 연관이 모호하여 추측하기 어려운 경우도 있다. 이백의 시에서는 ‘가을 기러기秋雁’와 ‘칼을 뽑아 물 베기抽刀斷水’, 그리고 ‘해와 달을 따기攬日月’ 등이 비흥에 해당한다. 이들 이미지 자체가 높고 아득하며 표일한데 이것이 곧 이백시 미학의 중심이기도 하다.

灞陵行送別[424]　　　　　파릉의 노래 —송별

　灞陵亭,　　　　　그대를 파릉의 정자에서 보내니

　灞水流浩浩.[425]　　　파수는 넘실넘실 흘러가네.

　上有無花之古樹,　　위에는 꽃이 없는 고목이 그대를 보내고

　下有傷心之春草.　　아래에는 마음이 아픈 봄 풀이 있어

　我向秦人問路歧,　　내가 진秦 땅 사람에게 길이 어디로 통하

　　　　　　　　　　는지 물으니

　云是王粲南登之古道.[426]　말하길 왕찬이 남으로 내려갈 때 지나간 길

　　　　　　　　　　이라네.

　古道連綿走西京,[427]　이 길은 구불구불 장안성으로 이어졌으나

　紫闕落日浮雲生.[428]　궁궐에는 해가 지고 뜬구름이 덮였구나.

　正當今夕斷腸處,　　바로 오늘 저녁 애간장이 끊어지는 곳

---

424 灞陵(파릉) : 패릉(霸陵)이라고도 한다. 장안 동남 교외 백록원(白鹿原)에 한 문제(漢文帝)의 능묘가 있는 곳. 부근에 있는 파교(灞橋)는 떠나는 사람에게 버들을 꺾어 주는 이별의 장소로 유명했다.

425 灞水(파수) : 장안성 동쪽을 돌아가는 강. 발원지는 진령으로 장안 동쪽을 거쳐 위수로 들어간다. 원래 霸水(패수)였으나, 나중에 삼수변을 붙여 灞水(파수)라 하였다. 지금의 파하(灞河).

426 王粲(왕찬) : 동한 말기의 시인. 황건적의 난 이후 장안이 변란으로 어지러워지자 형주로 내려가 유표에 의탁하였으며, 나중에는 조조에 귀속되었다. 장안을 떠나 형주로 갈 때 쓴 「칠애시(七哀詩)」에 "남으로 파릉의 언덕에 올라, 고개 돌려 장안을 바라본다(南登灞陵岸, 廻首望長安)"는 구절이 있다.

427 西京(서경) : 장안.

428 紫闕(자궐) : 제왕이 거주하는 궁성.
　浮雲(부운) : 뜬 구름. 궁중의 간신과 아부꾼들을 비유한다. 이백의 시에서 구름은 종종 소인들을 비유한다.

驪歌愁絶不忍聽.[429]　　　이별가 시름에 겨워 차마 듣기 어려워라.

【왕평】

악부를 가행에 끼워 넣었으니 그 업적이 백대百代에 빛난다.

夾樂府入歌行, 掩映百代.

【해설】

장안의 파릉에서 친구를 보내며 쓴 시이다. 이별의 아쉬움 속에 왕찬의 전고로 떠나가는 사람의 처지를 환기하였고, 장안의 구름으로 자신의 현실을 환기하였다. 장안에서 활동할 때인 743년 경에 쓴 것으로 보인다.

왕부지는 시 형식의 자유로움에 주목하였다. '위에는[上有]'과 '아래에는[下有]'이 호응하고 '말하길[云是]'의 악부체가 수시로 끼어들어 가행체를 만들었기에, 어느 고정된 형식을 의식하지 않는 자유로움이 넘실거린다. 이러한 수의성隨意性과 음악성이 왕부지가 이상으로 하는 시적 음악이다.

---

429 驪歌(여가) : 고대 이별의 노래. 고대의 일시(逸詩)에 나그네가 떠날 때 부르는 「여구」(驪駒)가 있는데, 그 가사는 "검은 망아지 문 앞에 있으니, 마부가 채비를 갖추었네. 검은 망아지 길에 있으니, 마부가 출발을 준비하네(驪駒在門, 僕夫具存; 驪駒在路, 僕夫整駕)"라 되어 있다.

侍從宜春苑奉詔賦龍池柳色初靑聽新鶯百囀歌[430]

의춘원에 시종하며, 어명을 받들어 지은 '용지에 버들 빛 새로울 때 듣는 꾀꼬리 노래'

東風已綠瀛洲草,[431]	동풍이 벌써 영주瀛洲의 풀을 푸르게 하였으니
紫殿紅樓覺春好.	자주 전각과 붉은 누각이 봄빛 속에 좋아라.
池南柳色半靑靑,	연못 남쪽 버들 빛은 반쯤 푸르러져
縈煙裊娜拂綺城.[432]	하늘거리는 가지가 안개처럼 성벽을 스치네.
垂絲百尺挂雕楹,	백 척으로 늘어진 가지는 조각한 기둥에 걸리고
上有好鳥相和鳴,	위에는 어여쁜 새가 서로 화답하며 노래하는데
間關早得春風情.[433]	꾀꼴꾀꼴 봄바람의 소식을 먼저 아는 듯해라.
春風卷入碧雲去,	봄바람이 말려서 구름 위로 들어가면

---

430 宜春苑(의춘원) : 의춘북원(宜春北苑)이라고도 한다. 장안성의 동궁 의춘원의 북쪽에 있는 정원.
龍池(용지) : 흥경궁 안에 있는 연못. 원래 흥경궁은 현종이 동궁이었을 때 거주했던 곳이다.
431 瀛洲(영주) : 흥경궁 내에 있는 영주문(瀛洲門). 『장안지(長安志)』에 "흥경전 앞에는 영주문이 있고 안에는 남훈전이 있으며 북에는 용지가 있다(興慶殿 : 前有瀛洲門, 內有南薰殿, 北有龍池)"고 하였다.
432 裊娜(요나) : 가지가 길고 부드럽게 끌리는 모습.
綺城(기성) : 아름다운 성벽. 흥경궁은 장안성의 동측에 위치한다.
433 間關(간관) : 의성어. 새가 구성지게 우는 소리.

千門萬戶皆春聲.   천문만호 모두가 봄 소리로다.

是時君王在鎬京,[434]   이때 군왕께서 호경鎬京에 계시니

五雲垂暉耀紫淸.[435]   오색구름이 펼쳐지고 하늘이 빛난다네.

仗出金宮隨日轉,   금빛 궁궐에서 나온 의장대가 해를 따라 돌고

天廻玉輦繞花行.   옥 가마를 두른 노부가 꽃밭을 돌아가네.

始向蓬萊看舞鶴,[436]   먼저 봉래섬에 가서 춤추는 학을 보고

還過茝若聽新鶯.[437]   다시 채약전에 들러 꾀꼬리 울음을 듣는다네.

新鶯飛繞上林苑,[438]   꾀꼬리가 상림원을 휘돌며 우짖으니

願入簫韶雜鳳笙.[439]   원컨대 생황에 섞이어 순 임금의 음악이 되기 바라네.

【왕평】

두 갈래로 서술하였으니, 이백은 이로 인해 유행에 맞추었다. 그러

---

434 鎬京(호경) : 서주(西周)의 도성. 지금의 서안시 장안구 서북에 소재했다.

435 五雲(오운) : 오색 빛깔의 상서로운 구름. 태평시대의 징조로 친다.
　　紫淸(자청) : 신선이 거주하는 곳. 천상을 가리킨다.

436 蓬萊(봉래) : 대명궁 안에 있으며, 봉래궁의 북쪽에 위치한 태액지 안의 봉래산.

437 茝若(채약) : 한대 궁전 이름. 미앙궁 안에 소재했다. 반고(班固)의 「서도부」에 "후궁으로는 액정(掖庭), 초방(椒房)이 있고, 후비의 거처로는 합환(合歡), 증성(增城), 안처(安處), 상녕(常寧), 채약(茝若), 초풍(椒風), 피향(披香), 발월(發越), 난림(蘭林), 혜초(蕙草), 원앙(鴛鴦), 비상(飛翔)이 벌려 있다"고 하였다.

438 上林苑(상림원) : 한대 궁정 원림. 지금의 서안시 서쪽 교외와 주지현 일대에 소재했다.

439 簫韶(소소) : 순 임금 때의 음악. 『상서』「익직(益稷)」에 "소소(簫韶)를 아홉 번 연주하니, 봉황이 와 춤추고 위용을 드러내었다(簫韶九成, 鳳皇來儀)"라는 말이 있다. 순 임금이 이 음악을 지었다 함은 곧 교화를 완성하였음을 비유한다.

나 그는 이것을 빛과 울림을 하나로 합쳐 결국 시인의 '본래의 면모[本色]'를 드러냈다. 천재가 아니라면 마땅히 본받아서는 안 될 것이다.

兩層重敍, 供奉于是亦且入時, 虧他以光響合成一片, 到頭本色. 自非天才, 固不當效此.

【해설】

봄이 온 궁전의 새로 푸르러진 버들 빛과 따뜻한 기운에 촉발되어 울기 시작한 꾀꼬리 울음소리를 노래했다. 특히 꾀꼬리 울음과 관련된 이미지는 지극히 신선하여 응제시의 상투적인 틀을 넘어선다. 부려富麗하고 전아한 배경 속에 봄이 온 제도帝都의 기상이 청신하다. 743년 봄 장안성에서 현종을 시종하며 지은 응제시이다. 이백의 재능이 충분히 드러난 작품이며, 그가 궁중의 생활에 만족하며 지냈음을 알 수 있다.

왕부지는 구성에 주의하였다. 즉 전반부에서 궁중의 전각과 버들과 그 위에서 노래하는 새의 울음을 묘사하다가, '시시군왕是時君王'부터 인사事로 전환하였고, 말미에서 군왕이 그 울음을 다시 들으며 태평 시대의 음악이 되기를 바랐다. 그러므로 서경과 인사 두 가닥으로 전개되다가 말미에서 앞의 서경으로 이어졌다. 그러면서도 응제시에 어울리는 상서로움과 태평을 노래했으니 응제시 중에서도 상승지작上乘之作에 속한다.

金陵酒肆留別[440]　　　　금릉 술집에서 두고 떠나며

白門柳花滿店香,　　　　백문白門의 버들개지 향기가 술집에 가

득한데

吳姬壓酒喚客嘗.[441]　　　오 지방 아가씨 술을 짜내 손님을 부르네.

金陵子弟來相送,[442]　　　금릉의 자제들 나를 송별하러 나와

欲行不行各盡觴.[443]　　　가는 사람 남는 사람 모두가 술잔을 비우네.

請君問取東流水,　　　　그대들 동으로 흐르는 강에게 물어보게

別意與之誰短長?　　　　헤어지는 정과 강물이 어느 것이 더 긴지.

【왕평】

이백의 '본래의 면모[本色]'가 드러났다. 시가 이와 같기에 가행체에

있어서는 진정으로 대종사大宗師라 할 만하다.

供奉一味本色, 詩則如此, 在歌行誠爲大宗.

440　金陵(금릉) : 지금의 남경시.

　　酒肆(주사) : 술집. 주점.

441　吳姬(오희) : 오 지방 미녀. 금릉은 춘추전국시대 오나라 강역이었다. 여기서는

　　주점의 여자 점원.

　　壓酒(압주) : 술이 익을 때 술을 거르는 일.

442　子弟(자제) : 젊은 사람.

443　欲行(욕행) : 떠나가려고 하는 사람. 시인 자신을 가리킨다.

　　不行(불행) : 가지 않는 사람. 남아있는 사람들을 가리킨다.

　　盡觴(진상) : 술잔을 다 비우다. 상(觴)은 술잔.

【해설】

　친구들과 헤어지며 쓴 시이다. 아마도 726년 처음 금릉에 갔을 때 지은 것으로 보인다. 버들개지 날리고 아가씨가 술을 짜내고 청년들이 술잔을 나누는 봄날의 주점 안 풍경이 손에 잡힐 듯 그려졌다. 비록 아쉬운 이별의 장면이지만 봄날 청년들의 즐거운 감정이 넘쳐난다. 말미의 비유는 추상적인 이별의 감정을 구상적인 강물에 비유한 것으로, 비록 이백이 시작한 것은 아니지만 생동적이어서 후대에 많은 영향을 주었다.

把酒問月[444]

　青天有月來幾時?
　我今停杯一問之.
　人攀明月不可得,
　月行却與人相隨.
　皎如飛鏡臨丹闕,
　綠煙滅盡清輝發.[445]

　但見宵從海上來,
　寧知曉向雲間沒?

술잔을 들고 달에게 묻다

푸른 하늘의 달이여, 너는 언제부터 있었는가?
내 지금 술잔을 멈추고 너에게 묻노라.
사람이 달에 오르려 해도 오를 수 없는데
달은 오히려 사람 가까이 따라다니는구나.
희디흰 '나르는 거울'이 붉은 대궐에 와
푸르스름한 안개를 거두고 맑은 빛을 발하는구나.

다만 밤이면 바다 위로 떠오르는 것만 보이니
새벽이 되어 구름 속으로 사라지는 걸 어찌

---

444 [원주] "친구 가순이 나에게 물어보라고 시켰다.(故人賈淳令予問之.)"
445 綠煙(녹연) : 저녁 무렵의 푸르스름한 안개.

알리오?

白兎擣藥秋復春,	가을 가고 또 봄이 가도록 옥토끼는 약을 찧는다는데
嫦娥孤棲誰與隣?	이웃도 없이 항아는 어찌 홀로 사는가?
今人不見古時月,	지금 사람은 옛날의 달을 볼 수 없는데
今月曾經照古人.	지금 달은 일찍이 옛사람을 비추었으리.
古人今人若流水,	옛사람 지금 사람 모두 강물처럼 흘러가며
共看明月皆如此.	함께 본 밝은 달이 지금과 같았으리.
唯願當歌對酒時,	다만 바라는 건 술을 마주하고 노래할 때
月光長照金樽裏.	달빛이 오래도록 황금 술잔 위를 비추는 것이라네.

【왕평】

고금에 있어 새로운 가락의 창조는 반드시 가행체를 바탕으로 하여야 하고, 그래야 이 형식을 넓힐 수 있다. 이백이 특별히 내놓은 원고에 대해 오로지 자신의 고집이라고 느낀다면, 인삼탕이 여러 보약의 근본임을 모르는 것이다. 신기질辛棄疾과 당인唐寅은 이 뜻을 얻을 수 없었다.

于古今爲創調, 乃歌行必以此爲質, 然後得施其裁制. 供奉特地顯出稿本, 遂覺直爾孤行, 不知獨參湯原爲諸補中方藥之本也. 辛幼安唐子畏未許得與此旨.

【해설】

달을 노래한 서정시이다. 술을 마시다가 달에 물음을 던지는 데서 시작하여 다시 달을 불러 술을 마시며 마무리하는 구조로 이루어졌다. 시인은 여러 측면에서 달과 우주에 대한 상상을 자유롭게 펼치면서, 공간의 전환과 함께 시간의 추이까지 연관시켰다.

왕부지는 새로운 가락의 창조는 가행체에서 시작해야 한다고 했다. 시에 있어서 음악적인 요소에 대한 강조는 왕부지의 일관된 주장이다. 그는 어느 누구보다도 음악적 속성에 주목하였고 이를 시에 적용하는 일에 관심을 보였다. 송대 신기질은 「목란화만木蘭花慢」에서 굴원의 「천문天問」을 모의해 달에 대해 아홉 개의 질문을 제시하여 순진무구한 발상을 전개하였다. 여기에는 "항아는 시집도 안 갔는데 누가 붙잡아 두고 있니姮娥不嫁誰留?"와 같은 구절도 있다. 명대 당인도 「술잔을 들고 달에게 묻는 노래把酒對月歌」와 「화월음花月吟」에서도 달에 대해 노래했다. 그러나 이들은 이백의 시가 지닌 '새로운 가락'의 바탕이 없다는 점에서 이백의 작품보다 뛰어나지 못하다고 하였다.

두보杜甫 12수

短歌行贈王郎司直[446]	단가행 —왕랑 사직에게
王郎酒酣拔劍斫地歌莫哀,[447]	왕랑이여, 술 취해 칼 빼어 땅 찌르며 슬픈 노래하지 말게
我能拔爾抑塞磊落之奇才.[448]	내 능히 그대의 억눌린 불군의 재주를 알고 있다네.
豫章翻風白日動,[449]	녹나무가 바람에 뒤채며 빛나는 태양을 흔들고
鯨魚跋浪滄溟開.[450]	고래가 파도를 타고 가니 푸른 바다가 열리는구나.

---

446 短歌行(단가행) : 악부의 제목. 『악부시집』에는 '상화가사(相和歌辭)'로 분류되어 있다. 조조(曹操)의 「단가행」에서 "술을 마주하고 노래를 하나니, 인생이란 얼마나 짧은가?(對酒當歌, 人生幾何?)"라 하였고, 육기(陸機)의 「단가행」에서 "고당에 술동이를 놓고, 술잔을 마주하며 슬픈 노래 부르노라(置酒高堂, 悲歌臨觴)"라 한 것을 보면 대부분 인생에 향락의 때를 놓치지 마라(及時行樂)는 내용이다.

447 王郎(왕랑) : 왕씨 성을 가진 청년. 랑(郎)은 남성 청년에 대한 미칭.

　　酒酣(주감) : 술을 마셔 거나하게 취함.

　　斫地(작지) : 땅을 찌르다. 검무를 출 때의 동작.

448 抑塞(억새) : 억눌리다. 억눌려 능력을 펴지 못하다.

　　磊落(뇌락) : 가슴이 밝고 드넓은 모양.

449 豫章(예장) : 침나무와 녹나무. 두 나무는 어렸을 때는 구별되지 않다가 자란지 칠 년 후부터 구별된다. 모두 집을 지을 때 좋은 목재로 쓰인다. 이 구와 다음 구는 왕랑의 뛰어난 재능을 비유하였다.

450 跋浪(발랑) : 파도를 타다.

　　滄溟(창명) : 바다.

且脫佩劍休徘徊.　　　　　왕랑이여, 잠시 패검을 풀어놓고

배회하며 춤추지 말게.

西得諸侯棹錦水,[451]　　　서촉에서 지방관의 초빙을 받아

금수錦水를 유력하고

欲向何門躡珠履?[452]　　　어느 곳에서는 내려준 옥 신발을

신을지 모르지 않은가?

仲宣樓頭春色深,[453]　　　여기 왕찬王粲의 누각에 봄빛이

깊었는데

靑眼髙歌望吾子.[454]　　　내 청안靑眼으로 그대를 바라보

며 '단가행'을 노래하노라

眼中之人吾老矣!　　　　　내 눈 속의 사람이여, 나는 이미

늙었노라!

---

451 諸侯(제후) : 촉 지방의 지방관 또는 절도사.

　　錦水(금수) : 금강(錦江). 성도에 흐르는 강. 도금수(棹錦水)는 촉 지방을 유력하다는 뜻이다.

452 躡珠履(삽주리) : 보옥으로 장식한 신발을 신다. 상객으로 대접받다. 전국시대 춘신군(春申君)의 문객 삼천여 명 가운데 상객은 모두 옥으로 장식한 신발을 신었다. 『사기』「춘신군열전」 참조.

453 仲宣樓(중선루) : 동한 말기 왕찬(王粲, 자 仲宣)이 형주에 기거할 때 누대에 올라 「등루부(登樓賦)」를 쓴 곳. 형주의 치소는 양양에 있다가 나중에 강릉으로 옮겼으므로, 강릉에도 중선루 유적이 있다.

454 靑眼(청안) : 눈동자를 눈자위의 중앙에 오게 함. 청안은 백안(白眼)의 상대말로 상대를 존중하고 좋아함을 의미한다. 삼국시대 위나라 완적(阮籍)이 모친상 때 친구 혜강(嵇康)이 조문 오니 청안을 하고, 혜강의 형 혜희(嵇喜)가 오니 백안을 하였다고 한다. 『진서』「완적전」 참조.

　　吾子(오자) : 그대. 상대를 친밀하게 부르는 호칭.

【왕평】

요동치며 억지로 보내는 힘이 가득하니, 곧 가행의 변체變體가 여기에서 극단에 이르렀다. 여기서 더 나아가면 도깨비 소굴에 들어간다. 다만 말구 하나만이 「단가행」으로, 전편이 모두 이 구를 향해 달려간다. 당대 시인들이 악부제로 뜻을 쓴다는 것이 종종 이러하다.

推蕩饒有强送之力, 乃歌行之變, 至此止矣. 過此則入鬼陣.

只末一句是短歌行, 乃通篇總趨此句, 唐人以樂府題寫意, 往往如此.

【해설】

청년 왕랑을 칭송하고 격려하였다. 768년 봄 강릉에 이르렀을 때 청년 왕랑이 장차 간알干謁하러 성도로 떠나려고 하자 그를 보내며 써 준 시이다. 전편이 강개하고 격앙된 어조로 위로와 진작하는 말로 차 있으며, 노년에 후배에 대한 뜨거운 관심과 열망을 나타냈다.

왕부지가 추구하는 시는 '언어가 요동치지 않는[詞不蕩]' 것인데, 이 작품은 '요동치고[推蕩]' 있다. 고시가 지닌 완곡하고 완만한 리듬 대신 직설적인 말에 기세가 급하다. 구성으로 보아도 처음 2구에서 장구長句로 격정을 싣고, 제5구와 제10구는 대구 없는 단구單句로 리듬을 짧게 꺾어 변화를 꾀했다. '곡절이 있으나 흔적을 남기지 않는[曲折而無痕]' 왕부지의 미학과는 거리가 멀다. 그래서 변체의 극단이라고 했다. 왕부지의 불만이 선명히 드러났지만, 말구로 집중되는 구성의 통합성을 높이 샀다.

哀王孫　　　　　　　　왕손을 슬퍼함

長安城頭頭白烏,[455]　　장안성 성벽 위에 머리 하얀 까마귀

夜飛延秋門上呼.[456]　　밤중에 날아와 연추문에서 부르짖는구나.

又向人家啄大屋,　　다시 인가로 날아가 지붕을 쪼아대니

屋底達官走避胡.　　대갓집 고관들이 오랑캐 피해 달아나더라.

金鞭斷折九馬死,[457]　　아홉 필이 죽도록 황금 채찍 내리쳐도

骨肉不得同馳驅.　　종친들마저 현종을 따라 달아나지 못했더라.

腰下寶玦靑珊瑚,[458]　　허리에 패옥과 푸른 산호 차고 있는

可憐王孫泣路隅.　　가련한 왕손王孫이 길모퉁이에 울고 있어

問之不肯道姓名,　　이름을 물어도 말하지 않고

但道困苦乞爲奴.　　고되고 힘들어 노비가 되겠다고 말하네.

已經百日竄荊棘,[459]　　가시덤불 속에 숨은 지도 백일이 넘어

身上無有完肌膚.　　온몸에 성한 데가 하나도 없더라.

高帝子孫盡隆準,[460]　　한 고조의 자손은 유방劉邦을 닮아 콧날

455　頭白烏(두백오) : 머리가 하얀 까마귀. 귀작(鬼雀)이라고도 한다. 불길한 새로 알려졌으며, 이 새가 울면 큰 재난이 온다고 한다. 『금경(禽經)』 참조.

456　延秋門(연추문) : 장안성의 서문 중의 남쪽에 있는 문. 756년 6월 9일 동관이 함락되자, 12일 새벽 현종이 이 문을 빠져 촉 지방으로 달아났다.

457　九馬(구마) : 황제가 끄는 아홉 필의 말. 한 문제는 준마가 아홉 필 있었는데 그 이름이 부운(浮雲), 적전(赤電), 절군(絶群), 일표(逸驃), 자연류(紫燕騮), 녹이총(綠螭驄), 용자(龍子), 인구(麟駒), 절진(絶塵)이다. 『서경잡기』 권2 참조.

458　玦(결) : 몸에 차는 옥기. 원형에서 한 부분이 끊어져 C자 모양으로 되어 있다.

459　百日(백일) : 현종이 6월에 도주하여 백일이 지났으니 이 시를 지을 때는 9월임을 알 수 있다.

460　高帝(고제) : 한 고조 유방. 한나라의 시조. 여기서는 당나라의 시조를 비유한다.

이 높으니

| 龍種自與常人殊. | 용종龍種은 원래부터 범인들과 다르다네. |

豹狼在邑龍在野,[461]

이리와 늑대가 성안에 있고 용이 들판에 있으니

王孫善保千金軀.

왕손이여, 부디 천금의 몸을 잘 보존하기 바라오.

不敢長語臨交衢,

한길에서 너와 함께 긴 얘기 나눌 수 없으니

且爲王孫立斯須.[462]

왕손을 위하여 잠시 동안 위로한다네.

昨夜春風吹血腥,

어젯밤 봄바람에 피비린내 불더니

東來橐駝滿舊都.[463]

동쪽에서 온 낙타가 장안에 가득해라.

朔方健兒好身手,

가서한의 삭방군 건아들은 모두가 날렵한데

昔何勇銳今何愚?

예전의 용맹은 지금은 어디에 갔나?

竊聞天子已傳位,[464]

듣자니 천자께선 자리를 물려주어

隆準(융준) : 높은 콧날. 『사기』「고조본기」에서 한 고조 유방을 묘사하여 "고조의 모습은 콧날이 높고, 눈썹 뼈가 둥글게 솟아났으며, 수염이 아름답고, 왼쪽 다리에 72개의 검은 점이 있다(高祖爲人, 隆準而龍顔, 美鬚髯, 左股有七十二黑子)"고 하였다.

461 豹狼(시랑) : 이리와 늑대. 안사의 반군을 가리킨다.

邑(읍) : 장안성.

龍(용) : 현종을 가리킨다.

462 斯須(사수) : 잠시.

463 東來(동래) : 동쪽의 낙양에서 오다. 안록산은 황제라 참칭하고 낙양을 수도로 정하였다.

橐駝(탁타) : 낙타. 안록산이 낙양과 장안을 함락시킨 후 양경의 값진 보물을 낙타에 실어 범양으로 옮겼다. 『구당서』「사사명전」 참조.

舊都(구도) : 장안을 가리킨다.

聖德北服南單于.[465]　　숙종의 성덕이 이미 북방의 위구르를 복종
시켰다더라.

花門剺面請雪恥,[466]　　화문산의 회흘이 당의 치욕 갚겠다 맹세했
으니

愼勿出口他人狙![467]　　남들이 듣지 않게 이 말을 입 밖에 내지 마오.

哀哉王孫愼勿疏,　　슬퍼라 왕손이여, 부디 삼가고 자신을 소홀
히 마오

五陵佳氣無時無.[468]　　오릉五陵의 흥성하는 기운이 조만간 일
어나리다.

464　天子(천자) : 현종을 가리킨다.
　　傳位(전위) : 756년 7월 13일 이형(李亨)이 영무에서 즉위하자(숙종이 됨), 한
　　달 후인 8월에 현종이 정식으로 양위하였다.
465　聖德(성덕) 구 : 숙종은 즉위 후 9월에 위구르에 사신을 보내 화친하였다. 다음
　　해 2월에 그 왕이 입조하였다.
　　單于(선우) : 흉노의 왕. 여기서는 위구르의 왕.
466　花門(화문) : 화문산. 감주(甘州) 장액(張掖) 동북에 있는 산. 당대 초기에 보루
　　를 설치하여 북방 이민족을 막았으나, 천보 연간에 회흘이 점령하였다. 여기서는
　　회흘을 가리킨다.
　　剺面(이면) : 흉노족의 풍속으로, 선서할 때 얼굴을 그어 피를 흘려서 충성을 보
　　인다. 여기서는 회흘족의 굳은 의지를 말한다.
467　狙(저) : 엿보다. 노리다.
468　五陵(오릉) : 한대 다섯 군주의 능묘. 모두 장안성 북쪽에 있으며, 당대에는 귀족
　　들의 거주지였다.
　　佳氣(가기) : 흥성의 기운.
　　無時無(무시무) : 금방 있지 않겠는가. 뒤의 무(無)자는 부(否)의 뜻이다.

세상에서 '정情'과 '일[事]'을 쓰는 자들은 닮지 않음을 괴로워 하지만, 오직 두보만은 지나치게 닮아서 괴로워한다. 화가의 그림에 공필工筆과 사기士氣의 구별이 있는데, 정황을 닮게 쓰면 사기士氣는 크게 손상된다. 이 작품 또한 아주 사실적이긴 하지만 사기는 아직 손상되지 않았다. "피에 얼룩져 떠도는 혼백은 돌아오지 못해라"의 필법을 쓰는 일파와 비교하면 절로 격이 한 등급 높다.

世之爲寫情事語者, 苦于不肖, 唯杜苦于逼肖. 畫家有工筆士氣之別,[469] 肖處大損士氣. 此作亦肖甚, 而士氣未損, 較"血汚遊魂歸不得"[470]一派, 自高一格.

안사安史의 반군이 점령한 장안에서 숨어 지내는 왕손의 비참한 처지를 그렸다. 안록산은 장안을 함락한 후 756년 7월 곽국 장공주, 왕비, 부마 등 80명을 살해하고, 또 왕손 및 군현의 장 20여 명을 죽였다. 두보는 이로부터 2개월 후 이 시를 지었는데, 당시 장안의 상황을 구체적으로 묘사하였으며, 말미에서 수복의 신념을 나타내었다.

왕부지는 그림에서의 공필화工筆畵와 사의화寫意畵의 구별로 시에 있어서의 사실성을 논하였다. 공필화가 사실적이라면 사의화는 말 그대

---

469 工筆, 士氣之別(공필, 사기지별) : 공필화와 사의화의 구별. 사기(士氣)는 문인기 (文人氣)와 같은 말이다.
470 두보, 「강가에서 슬퍼하며(哀江頭)」의 제14구이다.

로 사의적이다. 공필화가 대상에 핍진하면 할수록 '사기士氣' 즉 '문인기文人氣'를 잃어버리는 것처럼, 시도 지나치게 사실적이면 대상의 구체성에 머물러 풍부한 함의를 잃어버린다. 그런데 두보의 이 작품은 핍진하면서도 '문인기'를 잃지 않았다고 하였다. 예시한 "피에 얼룩져 떠도는 혼백은 돌아오지 못해라"는 두보의 「강가에서 슬퍼하며哀江頭」에 나오는 양귀비의 죽음을 묘사한 것으로 구체적인 죽음의 장면이 아니라 사의적 방법으로 쓴 구이다. 두보는 사실성의 장점은 물론 사의성의 장점까지 겸하고 있어 사의성 묘사에만 치중하는 일파를 뛰어넘는다고 하였다.

乾元中寓居同谷縣作七首[471]

건원 연간에 동곡현에서 살며 짓다 **7수**

제**1**수

有客有客字子美,[472]	나그네여, 나그네여, 자字가 자미子美인 사람이여
白頭亂髮垂過耳.	어지러운 백발이 귀밑까지 내렸구나.
歲拾橡栗隨狙公,[473]	연말이면 저공狙公 따라 도토리 주으니

天寒日暮山谷裏.　　추운 날 해 저무는 계곡 안일세.

中原無書歸不得,　　중원에서 편지 없어 돌아갈 수 없는데

手脚凍皴皮肉死.[474]　손과 발은 얼어 트고 살갗엔 감각이 없네.

嗚乎一歌兮歌已哀,　아! 첫 번째 노래 부르니 노래가 벌써 서러워

悲風爲我從天來!　　슬픈 바람 하늘에서 불어와 내 노래를 더 섧
　　　　　　　　　　게 하네.

【왕평】

‘천한일모산곡리天寒日暮山谷裏’를 도치하여 압운했는데, 이를 음악에
실는다면 또한 통속적인 리듬에 가까울 것이다.

“天寒日暮山谷裏”倒一句用韻, 俾入管弦, 亦近俗節.

【해설】

전란에 객지를 떠돌며 겪는 기아와 이산의 고통을 노래하였다. 다가
오는 노년과 관직을 떠난 실의에서 오는 격렬한 분노와 통한이 깃들어
있다. 일곱 수가 같은 구성으로 되어있으며, 말미에 탄식조의 후렴을
넣고 있어 그 체제는 「호가십팔박」에서 가져왔음을 알 수 있다. 두보

橡栗(상률) : 도토리. 가난한 사람은 구황식으로 먹었다.

狙公(저공) : 원숭이를 기르는 사람. 『열자』「황제」의 ‘조삼모사(朝三暮四)’ 대목
에 그 이름이 나온다.

474　皴(준) : 피부가 터서 갈라지다.

死(사) : 감각이 죽다.

가 진주를 거쳐 동곡에 잠시 거주할 때인 759년건원2 11월에 지었다. 제1수는 추운 겨울에 도토리를 줍는 고달픔을 그렸다.

왕부지는 두보의 도운倒韻을 비판하였다. 제3구에 있어야 할 '천한일모산곡리天寒日暮山谷裏'를 제4구에 도치하여 '리裏'로 시에서 사용한 상성上聲 지운紙韻에 맞추어 압운하였다는 것이다. 이를 '통속적인 리듬[俗節]'이라 하였다. 일반적으로 역대 비평가들은 두보의 용운은 도운을 비롯하여 험운險韻 쓰기는 물론 요구拗救에도 뛰어난 점을 들어 변화가 많고 기굴奇崛하다고 평하였다. 예컨대 명대 이동양李東陽은 두보가 칠언고시 「옥화궁玉華宮」과 「강가에서 슬퍼하며哀江頭」 등에서 측성운을 많이 사용하여 기복과 변화를 부린 점에 대해 '교절矯絶'이란 말로 높이 평가했다. 그러나 왕부지는 시의 운율이란 귀에 듣기 좋은 중정화평中正和平의 풍격이 있어야 한다고 보았으며, 두보가 갖은 노력으로 합운시킨 점에 대해 반대하진 않았지만, 지나친 조탁과 험운險韻과 도운倒韻을 사용하여 과도하게 인위적으로 압운한 점에 대해선 비판하였다.

제**2**수

長鑱長鑱白木柄,[475]　　가래여, 가래여, 하얀 나무 자루여

我生託子以爲命.　　내 식구들 목숨이 너에게 달렸구나.

黃精無苗山雪盛,[476]　　산에 눈이 많아 둥굴레는 싹도 안 나고

475　長鑱(장참) : 긴 자루가 달린 가래.
476　黃精(황정) : 둥굴레. 죽대의 뿌리. 한약 재료로 쓰인다. 다른 판본에 나오는 황독

短衣數挽不掩脛.[477]	짧은 옷 자주 내려도 정강이도 못 덮네.
此時與子空歸來,	이제 너와 함께 빈손으로 돌아오니
男呻女吟四壁靜.[478]	사방은 벽뿐이고 굶주린 아이들 신음하고 있구나.
嗚乎二歌兮歌始放,	아! 두 번째 노래 부르니 이제 목 놓아 불러
隣里爲我色惆悵!	이웃 사람들이 나 때문에 걱정하는 얼굴이로다!

【해설】

가래로 농사지으며 가난을 견디는 어려움을 노래했다. 전체 7수 가운데 앞의 네 수는 사람을 부르며 시작하는데, 제2수에서 유독 무생물인 '가래'를 부르니 갑작스럽고 뜻밖이어서 그 효과가 독특하다. 처지가 얼마나 어려운지 잘 보여주며, 전체 구성에 있어서도 변화를 깊게 하는 효과를 준다.

제3수

| 有弟有弟在遠方,[479] | 아우여, 아우여, 먼 곳에 있구나 |

(黃獨)은 야생 토란.

477　數(삭) : 자주.

478　四壁(사벽) : 가난하여 벽밖에 없음을 말한다. 『사기』 「사마상여전」에 "집안에는 그저 사면의 벽만 서있다(家居徒四壁立)"는 말이 있다.

479　弟(제) : 동생. 두보에게는 동생이 두영(杜穎), 두관(杜觀), 두풍(杜豐), 두점(杜占) 등 4명 있는데, 그중 막내 두점만이 두보와 함께 다녔고, 나머지는 하남과

三人各瘦何人强?　우리 셋이 모두 말랐으니 누가 힘이 있겠나?

生別展轉不相見,　생이별에 전전하다 서로 만나지 못하니

胡塵暗天道路長.　전란의 먼지에 하늘도 막히고 길도 멀어라.

東飛駕鵝後鶖鶬,[480]　동쪽으로 기러기 날고 왜가리 뒤따르니

安得送我置汝傍?　어이하면 나를 동생들 곁에 데려갈 수 있을까?

嗚乎三歌兮歌三發,　아! 세 번째 노래를 세 번 반복하니

汝歸何處收兄骨?　아우들이 돌아오면 어디에서 나의 뼈를 거둘까?

【왕평】

'동비東飛' 구는 악부의 아어雅語이다.

'東飛'句, 樂府雅語.

【해설】

아우들에 대한 그리움을 노래했다. 생이별로 떨어져 있거니와 전란으로 오갈 수도 없는 처지를 탄식하였다. 특히 말구는 설사 내가 죽는다고 하더라도 자신이 지금 떠돌아 다니기에 형제들이 나의 무덤마저 찾기 어려울 것이라는 비극적인 상황을 제시하였다.

산동 등지에 흩어져 있었다.
480 駕鵝(가아) : 야생 거위. 기러기와 비슷하나 약간 더 크다.
　　鶖鶬(추창) : 왜가리.

제4수

有妹有妹在鍾離,[481]	누이여, 누이여, 종리鍾離에 시집가
良人早歿諸孤癡.[482]	남편은 일찍 죽고 아이들은 어리구나.
長淮浪高蛟龍怒,[483]	교룡이 노하여 회수의 파도가 드높으니
十年不見來何時?	십 년 동안 못 보았는데 언제나 만나려나?
扁舟欲往箭滿眼,	조각배로 가려 해도 화살이 눈에 가득하고
杳杳南國多旌旗.[484]	머나먼 남방에는 기치창검이 많구나.
嗚乎四歌兮歌四奏,	아! 네 번째 노래 부르며 네 번 반복하니
林猿爲我啼淸晝!	숲속의 원숭이도 나를 위해 대낮인데도 우는구나.

【왕평】

'묘묘杳杳' 구는 잘 멈추어 세웠으니, 급한 곳에서 일부러 느리게 하였다.

---

481 妹(매) : 누나. 두보에게는 위씨(韋氏)에게 시집 간 누나가 있다. 위씨가 일찍 죽어 혼자 산다. 두보 시집에 「원일에 위씨 누나에게 보냄(元日寄韋氏妹)」이라는 시가 있다.
　　鍾離(종리) : 호주(濠州)의 속현. 지금의 안휘성 봉양현(鳳陽縣) 동북. 근처에 임회관(臨淮關)이 있다.
482 癡(치) : 어리다. 철이 들지 않다.
483 長淮(장회) : 회수(淮水). 종리는 회수의 남안에 있다.
484 杳杳(묘묘) 구 : 당시 남방에 전란이 많음을 말한다. 759년 양주(襄州)에서 강초원(康楚元)과 장가연(張嘉延)이 난을 일으켜 자사 왕정(王政)이 형주로 달아나고, 강초원이 자칭 남초패왕이라 하였다. 또 장가연이 형주를 습격하자 형남 절도사 두홍점이 성을 버리고 달아났으며 주위의 관리들이 이를 듣고 달아났다. 『자치통감』 권 221 '건원 2년'조 참조.

‘杳杳’句住得好, 於急故緩.

【해설】

멀리 있는 누이에 대한 그리움을 노래했다. 거리가 멀고 강으로 막혀있기 때문이기도 하지만, 그보다도 화살과 기치창검이 많은 전란의 시기이기에 더욱 가기 어렵다고 하였다.

제5수

四山多風溪水急,	사방의 산에 바람 드세고 시냇물 급한데
寒雨颯颯枯樹濕.	추적추적 내리는 비에 마른 나무 젖는구나.
黃蒿古城雲不開,[485]	누런 개똥쑥 우거진 성엔 구름 걷히지 않고
白狐跳梁黃狐立.	흰 여우는 다리를 건너고 누런 여우는 서 있네.
我生何爲在窮谷?	내 어찌하여 이런 궁벽한 골짜기에 왔는가?
中夜起坐萬感集.	한밤에 일어나 앉으니 온갖 시름 몰려오네.
嗚乎五歌兮歌正長,	아! 다섯 번째 노래 부르니 가락이 길게 흘러
魂招不來歸故鄕![486]	고향으로 돌아간 혼은 불러도 돌아오지 않아라!

---

485 黃蒿(황호) : 누렇게 시든 개똥쑥. 개똥쑥은 국화과의 풀로 야생한다.
　　古城(고성) : 동곡현의 현성을 가리킨다. 「호가십팔박(胡笳十八拍)」에 “변경의 개똥쑥은 줄기와 잎이 시들고(塞上黃蒿兮枝枯葉乾)”란 말이 있다.
486 魂招(초혼) : 혼을 부르다. 『초사』「초혼」에 “혼이여 돌아오소서, 그대 살던 곳으로 돌아오소서(魂兮歸來, 反故居些)”라는 구절이 있다. 고대에 혼을 부르는 일은 죽은 자는 물론 산 자에게도 하였다. 여기서는 마음이 이미 고향으로 가서는 돌아오지 않는다는 뜻을 강조하였다.

첫머리부터 '흥興'을 사용하여 줄곧 써 내려가다가, 제6구에서 오히려 담담히 멈추었다.

迎頭用興, 只一直寫來, 第六句却淡淡住.

궁벽한 골짜기에 사는 처지를 노래했다. 처음 네 구는 풍광을 그렸지만 사실은 비흥의 방식으로 전란을 환기한다. "바람 드세고 시냇물 급하며", "비에 마른 나무 젖고", "개똥쑥 우거진 성엔 구름 걷히지 않는" 모습이 모두 그러하다. 특히 "흰 여우는 다리를 건너고 누런 여우는 서 있네."와 같은 구절은 전란 속에 소인배들이 날뛰는 상황을 비유적으로 말하였다. 이러한 묘사들이야말로 '흥'에 속한다.

제6수

南有龍兮在山湫,[487]	성남의 산속에는 못에 용이 사는데
古木籠嵸枝相樛.[488]	고목이 우거지고 가지가 얽혀 있다네.
木葉黃落龍正蟄,[489]	나뭇잎 누렇게 떨어지자 용은 숨어들고

---

487 山湫(산추) : 산속의 벼랑 아래 있는 못. 만장담(萬丈潭)을 가리킨다.
488 籠嵸(용종) : 들쭉날쭉한 모양.
 樛(규) : 얽히다. 구불구불하다.
489 龍正蟄(용정칩) : 용이 숨어 살다. 임금의 위세가 진작되지 못하는 상황을 비유한다고 보는 설도 있다.

蝮蛇東來水上遊.[490]　　　살모사가 동쪽에서 미끄러져 와 물 위에서
　　　　　　　　　　　　　노네.

我行怪此安敢出,　　　　기이하게도 이놈은 겨울인데도 나타나

拔劍欲斬且復休.　　　　칼 빼들어 베려다가 잠시 다시 그만두네.

嗚乎六歌兮歌思遲,　　　아! 여섯 번째 노래 부르니 정감이 길고 길어

溪壑爲我廻春姿!　　　　계곡은 나를 위해 봄기운을 돌려주리라!

【해설】

겨울을 견디며 봄을 기다리는 모습을 그렸다. 동곡현에 있는 만장담의 모습을 그리면서, 살모사가 차지하자 용이 숨어든 상황을 나타내었다. 이 역시 일종의 비흥으로 소인배의 득세를 환기하는 듯하다.

제7수

男兒生不成名身已老,　　남자로 태어나 이름을 세우지 못하고 몸은
　　　　　　　　　　　　벌써 늙어

三年饑走荒山道.[491]　　삼년을 굶주리며 황량한 산길을 달려 왔네.

長安卿相多少年,　　　　장안에선 왕후장상에 젊은 벼슬아치 많은데

富貴應須致身早.　　　　부귀영화는 모름지기 일찌감치 구해야 한다지.

490　蝮蛇(복사) : 살모사. 사사명의 반군이 노략질하는 형세를 비유한다는 설도 있
　　　다. 759년 사사명이 범양에서 군사를 이끌고 나와 하남 일대를 휘젓고 다녔다.
491　三年(삼년) : 삼년. 두보가 756년 가을 부주(鄜州)로 피난 간 때부터 759년 겨울
　　　동곡에 이르기까지 삼년이 된다.

山中儒生舊相識,[492]　　동곡의 산에서 예전에 알던 유생을 만나

但話宿昔傷懷抱.　　예전의 세운 뜻 말하니 가슴이 아파라.

嗚呼七歌兮悄終曲.　　아! 일곱 번째 노래 부르니 가락은 조용히
　　　　　　　　　　　잦아들고

仰視皇天白日速!　　고개 들어 하늘 보니 태양이 빠르게 저무는
　　　　　　　　　　구나.

【왕평】

이 「일곱 수의 노래」는 고대의 소리를 따르고 있지 않은 데도, 당대 시인 가운데 이 수준에 이른 자가 없다. 구성과 전개는 마치 사현謝玄이 인재를 배치하는 데 있어 신발을 담당하는 사람조차 적임자를 찾아 쓰듯 세부적인 부분까지 잘 안배하였다. 속인들은 두보 시가 '자잘한 정[近情]'을 노래했다고 좋아하며 모방하여 짓지만, 그들이 모방하여 쓴 시는 염증만 배로 일으킨다. 두보 시를 읽고 두보를 배우는 사람들 대부분 이러한 병폐가 있다. 그리하여 학자든 무인이든 책상 위와 가슴 속에 모두 『두보 시집』 한 부가 놓여 있다. 그러나 이는 마치 정사당政事堂에서 만두나 유밀과를 준비하는 것과 같다. 두보의 가행시는 산성散聖이나 암주庵主의 가풍으로 정통에 오르지 못한다. 그의 '본래 면모[本

色]'를 가장 잘 드러낸 작품을 찾아보면 바로 알 수 있다. 이백만이 오직 '본래의 면모'를 사용하여 「금릉 송별」과 같은 시를 지었는데 절로 법도에 맞다. 두보의 '본래 면모'가 가장 잘 드러난 것은 오직 이 「일곱 수의 노래」와 같은 부류뿐이다. 그밖에 기주에서 지은 시는 특히 속되고 추하다. 두보의 가행시는 고대의 동요, 무명씨의 「초중경의 아내焦仲卿妻」와 「목란사木蘭辭」, 속된 필치로 모방된 채염蔡琰의 「호가십팔박胡笳十八拍」 등을 종주로 하는데, 이는 잘못된 곳에 자리를 잡은 것이다. 높은 것은 산성散聖이고, 쓸쓸한 것은 암자의 스님이고, 비속한 것은 야호선野狐禪이다. 나는 예전에는 그의 시를 모두 한쪽으로 제쳐두고 바른 원칙에 드는 작품만 취하고자 하였다. 그런데 원래 그의 붓은 아주 안정되고, 손 움직임은 영활靈活하며, 또 비록 정통은 아니지만 유풍流風도 있어, 당시의 음률이 틀리고 불안정한 시인들과 크게 차이가 나기에 여기에 남겨두고자 한다. 만약 다른 빛나는 작품은 보지 않고 시류에 따르기만 한다면 이는 마치 갈참나무와 떡갈나무를 베어내고 산뽕나무와 들뽕나무를 무성히 자라게 하는 것과 같다. 나의 작고한 친구 상상上湘 사람 구양숙歐陽淑이 말하였다. "두보의 시구 중에 '늙은이가 이른 아침에 백발을 빗질하는데老夫淸晨梳白頭'와 같은 시구는 사람마다 쓸 수 있고, 사람마다 두보가 될 수 있게 하였으니, 그 결과 천하 사람들이 두보를 다투어 말하는 것도 당연하다." 두보를 다투어 말하게 되었으니 그 속에 진정한 두보는 더 이상 존재하지 않게 되었다.

七歌不紹古響, 然唐人亦無及此者. 其位置行往如謝玄使人, 屐履皆得其任.[493] 俗子或喜其近情, 便依仿爲之, 一倍惹厭. 大都讀杜詩學杜者, 皆有此病. 是以學究幕客, 案頭胸中, 皆有杜詩一部. 向政事堂上, 料理饅頭餬子也.

杜子歌行自是散聖庵主家風, 不登宗乘. 於他本色處揀別便知. 李獨用本色, 則爲「金陵送別」一流詩, 然自是合作. 杜本色極致唯此「七歌」一類而已. 此外如夔府詩則尤入俗醜.　杜歌行但以古童謠及無名字人所作「焦仲卿」「木蘭詩」與俗筆贗作蔡琰「胡笳詞」爲宗主, 此卽是置身失所處. 高者爲散聖, 孤者爲庵僧, 卑者爲野狐. 愚意舊欲槪置之, 以取正則. 原其下筆深穩, 出腕透脫, 且雖閏位, 固有流風, 與時筆杜撰骫骳者徑庭, 復爲存此. 若其他熳爛不理以趨時會者, 正當芟夷柞棫以昌椉柘. 亡友上湘歐陽淑云; "工部詩如'老夫淸晨梳白頭'[494]一派正令人人可詩, 人人可杜, 宜天下競言杜也." 競言杜, 不復有杜矣.

장안을 회상하며 노년을 슬퍼하는 처지를 그렸다. 특히 득세한 사람과 스스로 노력했으나 곤궁에 떨어진 자신을 비교하며 더욱 고통스러

---

493 謝玄使人屐履(사현사인극리): 남북조 시기 동진의 사현이 평소 인재를 쓰는 것이 비록 신발을 담당하는 사람이라 할지라도 적임자를 썼다. 전진의 부견(苻堅)이 백만 대군을 이끌고 동진을 공격해왔을 때 사안(謝安)이 조카 사현을 보내자 사현이 비수에서 적을 격파하였는데, 사람들이 모두 의아해 했지만 극초(郗超)만은 평소 사현과 사이가 좋지 않았음에도 불구하고 다음과 같이 높이 평가하여 말했다. "내가 일찍이 사현과 함께 환공(桓公)의 막부에서 근무했는데, 그가 인재를 쓰는 것을 보았더니, 비록 신발을 담당하는 사람이라 할지라도 적임자를 구해서 썼다(吾嘗與玄共在桓公府, 見其使才, 雖履屐間亦得其任)."『진서』「사현전」참조.
494 두보의 시「이 존사의 소나무 그림에 쓴 노래(題李尊師松樹障子歌)」에 나오는 구절이다.

운 영혼을 그렸다. 두보가 만난 유생 또한 시인의 분신이라 할 수 있다.

왕부지는 이 시와 관련하여 두보와 관련된 중요한 의견을 여럿 내놓았다. 먼저 일반적으로 사람들이 두보 시를 좋아하는 이유는 일상의 자잘한 경험을 써서 감정적인 친근함이 있기 때문이라 하였다. 이러한 일상의 자잘한 경험에서 오는 감정을 왕부지는 '자잘한 정[近情]'이라 하면서 부정적으로 보았다. '자잘한 정[近情]'이란 평어는 『고시평선』에도 볼 수 있다. 예컨대 사조謝朓가 쓴 「왕손유王孫遊」에 대하여 "이 작품 역시 아리따우나 화려하지 않고, 가볍지만 경박하지 않고, '자잘한 정'이지만 속되지 않다亦可謂艶而不靡, 輕而不佻, 近情而不俗"고 평한 것을 보면, '자잘한 정[近情]'은 원래 속된 정서로 본 사실을 알 수 있다. 또 양소楊素의 「설도형을 보내며送薛播州」에 대해서도 "멀리 가지만 어그러지지 않고, '자잘한 정'이지만 지나치지 않다遠而不乖, 近情不褻"고 하였다. '근정近情'은 원래 '정리情理에 맞다'는 뜻이나, 왕부지의 평어를 살펴보면 비록 '정'이긴 하지만 일상의 사소한 일과 연관된 정이므로 이를 구분하여 '근정'이란 한 것으로 보인다. 번역에 있어서는 왕부지의 비판적인 의미를 넣어서 '자잘한 정'이라고 하였다. 두보에 비한다면 이백은 진정眞情과 심정深情을 나타냈다고 하여 대조적으로 평하였다. 두보의 시를 좋아하는 것은 정작 중요한 점을 놓치고 있는 셈인데, 이는 마치 정령을 시행하는 관청에 음식을 올리는 것과 같고, 또 다른 비유로 떡갈나무와 같은 큰 나무를 자르고 산뽕나무와 같은 작은 나무를 심는 것과 같다고 하였다. 사실 관리가 되고 막부에서 일하는 것과 두보 시를 숙독하는 것은 서로 관련이 없는 데도 '두보 배우기'가 하나의 기풍이 된 사회 현상을 지적하였다. 또 가행은 '순수와 검소를 주종으로 하고[以純儉爲宗]', 다른 시체와 마찬가지로 "한 편의 시는 '일정한 때'의 '하나의 일'을 표현하는데 그쳐야 하며―詩止于一時一事" '하나의 뜻[一意]'만 나타내야 한다고 보았다. 이러한 전통은 포조와 이백이 잘 체현하였다. 이에 비해 두보는 「초중경의 아내」와 「목란사」와 같이 '여러 시간대'의 '여러 가지 일'을 다룬 가행시 전통을 계승하였다. 그 결과 두보의 고시는 이백보다 못하며, 그러기에 명산대찰의 고승이 아니라 암자의 주인과 같이 작은 일가를 이루는데 그쳤다고 평하였다.

麗人行	여인행
三月三日天氣新,[495]	삼월 삼짇 상사일에 날씨도 화창한데
長安水邊多麗人.[496]	장안의 곡강에는 미인도 많구나.
態濃意遠淑且眞,[497]	농염한 자태에 그윽한 표정 말쑥하고 천진해
肌理細膩骨肉勻.[498]	살결은 매끄럽고 몸매도 날씬하네.

---

495 三月三日(삼월삼일) : 상사절(上巳節). 물가에 나가 제사를 지내고 삿됨을 씻고 복을 기원하는 수계(修禊)의 날로, 당대에는 이미 봄놀이의 명절이 되었다. 당대 장안에서는 사람들이 주로 곡강으로 놀러 나갔다.
496 水邊(수변) : 물가. 곡강을 가리킨다.
497 態濃意遠(태농의원) : 자태가 농염하고 마음이 느긋하다.
　　淑且眞(숙차진) : 말쑥하고 단정하다.
498 肌理(기리) : 살결.
　　細膩(세니) : 부드럽고 매끈하다.
　　骨肉勻(골육균) : 살과 뼈가 적절하여 몸매가 알맞다.

繡羅衣裳照暮春,   봄의 경물을 환히 비추는 비단옷엔

蹙金孔雀銀麒麟.[499]   주름진 금실 공작과 은실 기린이 눈에 부셔라.

頭上何所有?   머리 위에 있는 것은 무엇인가?

翠爲㔠葉垂鬢脣.[500]   비취로 만든 꽃 머리개가 살쩍까지 드리웠네.

背後何所見?   등 뒤에 보이는 건 무엇인가?

珠壓腰衱穩稱身.[501]   구슬 엮인 허리띠가 몸에 착 달라붙었네.

就中雲幕椒房親,[502]   그중에 구름 휘장에는 양귀비의 자매들

賜名大國虢與秦.[503]   하사받은 봉호가 괵국 부인과 진국 부인이

라네.

紫駝之峰出翠釜,[504]   낙타 봉 요리가 담긴 비취 솥이 나오고

---

499 蹙金(축금) : 자수 방법의 하나. 금실을 당겨 수를 놓아 자수품의 문양이 주름이
잡히도록 한다.

500 㔠葉(압엽) : 여인의 머리에 꽂는 꽃잎 모양의 장식.

501 腰衱(요겁) : 치마의 허리끈. 겁(衱)은 옷 뒷자락.

502 就中(취중) : 그중.
雲幕(운막) : 구름이 그려진 휘장.
椒房(초방) : 한대 황후의 거처. 미앙궁에 초방전(椒房殿)이 있었다. 산초 가루를
진흙에 섞어 벽에 발라서 실내가 따뜻하면서도 향기가 나게 하였다. 초방친(椒房
親)은 황후의 친속. 여기서는 황후의 지위에 맞먹는 양귀비와 그 친척을 가리킨다.

503 賜名(사명) : 봉호를 내리다.
虢與秦(괵여진) : 괵국과 진국. 양귀비의 자매는 세 명으로 모두 재색을 겸비하
였는데, 현종이 첫째 언니에게는 한국 부인(韓國夫人)이란 봉호를 내리고, 셋째
언니에게는 괵국 부인, 여덟째 언니에게는 진국 부인을 내렸다. 『구당서』「양귀
비전」 참조.

504 峰(봉) : 낙타 등의 봉. 당대에는 이를 요리로 만든 타봉자(駝峰炙)를 진귀한 식
품으로 쳤다.
翠釜(취부) : 비취가 상감된 솥.

水精之盤行素鱗.　　　수정 소반에 흰 생선이 담겨 나와도

犀筯厭飫久未下,[505]　입맛에 물려 뿔 젓가락을 대지도 않으니

鑾刀縷切空紛綸.[506]　실같이 썬 주방장의 칼놀림이 헛되이 바빴
　　　　　　　　　　어라.

黃門飛鞚不動塵,[507]　환관이 먼지 하나 일지 않게 날듯이 말을 몰아

御廚絡繹送八珍.　　　수라간의 산해진미를 끊임없이 날아오누나.

簫鼓哀吟感鬼神,　　　피리와 북소리에 빼어난 음악이 연주되고

賓從雜遝實要津.[508]　붐비는 빈객들은 정말이지 모두가 고관들이라.

後來鞍馬何逡巡,[509]　나중에 도착한 말은 어찌 그리 한가로운지

當軒下馬入錦茵.　　　창 앞에서 말에 내려 비단 자리로 들어가네.

楊花雪落覆白蘋,[510]　버들개지 눈처럼 내려 흰 네가래 덮고

505　犀筯(서저) : 물소 뿔로 만든 젓가락.
　　厭飫(염어) : 물리다.
506　鑾刀(난도) : 손잡이에 방울이 달린 칼.
　　縷切(누절) : 실같이 썰다.
　　空紛綸(공분륜) : 쓸데없이 바쁘기만 했다.
507　黃門(황문) : 환관.
　　不動塵(부동진) : 먼지가 일어나지 않다. 말을 날 듯이 달려도 먼지가 일어나지
　　않는다. 기마술이 뛰어남을 형용하였다.
508　賓從(빈종) : 빈객과 시종.
　　雜遝(잡답) : 많으면서 무질서한 모양.
　　要津(요진) : 요직. 요직에 있는 사람.
509　逡巡(준순) : 머뭇거리다.
510　楊花(양화) : 버들개지.
　　蘋(빈) : 네가래. 양국충의 등장으로 버들개지가 날고 새들이 우는 모습을 묘사
　　하였다. 역대의 학자들은 양화(楊花)의 양(楊)자가 양국충과 양귀비의 양(楊)을
　　비유하며, 북위 호태후(胡太后)와 양백화(楊白花)가 사통한 일을 들어, 양국충

靑鳥飛去銜紅巾.[511]　　　청조靑鳥는 붉은 손수건 물고 날아가네.

炙手可熱勢絶倫,[512]　　　권세는 비할 데 없이 손을 데일 만큼 뜨거우니

愼莫近前丞相嗔![513]　　　가까이 가지 말게나, 승상이 노하지 않도록!

【왕평】

"들어설 때도 말 없고, 나갈 때도 말없이, 바람 타고 구름 깃발 날리며 떠나가네"라 할 만하구나. 두보 시집 가운데 첫째가는 악부이다. 양신楊愼은 말구가 너무 드러난다고 비판했으나, 그런 평가는 지나친 것이다.

可謂"入不言, 出不辭, 乘回風而載雲旗"[514]矣! 是杜集中第一首樂府. 楊用修猶嫌其末句之露, 則爲已甚.

【해설】

삼월삼일 장안 곡강에서의 화려한 봄놀이를 묘사하였다. 처음에는

과 괵국 부인 사이에 음란한 뜻을 전달하는 걸 비유한다고 풀이하였다. 그러나 이를 사실로 보기에는 여러 가지 근거 자료가 부족하며, 또 두보가 이를 시 속에 비유했다고 보기 어렵다. 게다가 양국충의 음란한 일을 언급한 『양태진외전(楊太眞外傳)』도 야사이어서 믿기 어려운 면이 많다.

511　靑鳥(청조) : 서왕모의 사신. 일반적으로 소식을 전하는 사람을 비유한다.
　　紅巾(홍건) : 붉은 손수건.
512　炙手可熱(자수가열) : 손을 데일만큼 뜨겁다.
　　絶倫(절륜) : 나란히 나설 자가 없을 정도로 뛰어남.
513　丞相(승상) : 양국충을 가리킨다. 양국충은 양귀비의 친척 오빠이다.
　　嗔(진) : 성내다.
514　入不言(입불언) 3구 : 전국시대 초나라의 굴원이 지은 「구가(九歌)」 중의 「소사명(少司命)」에 나오는 구절이다.

귀족 여인들의 모습을 보여주다가, 이어서 양귀비 자매의 사치스런 모습과 생활을 극력 묘사하였고, 말미에서 양국충의 거만한 모습을 그렸으며, 중간중간 풍자의 어조가 끼어든다. 미인과 부귀와 권력의 모습을 화려하게 그릴수록 음험한 정치의 폭력성이 강하게 드러난다. 양국충은 752년 11월 우승상이 되었으므로 이 시는 그 다음해인 753년 봄에 지은 것으로 본다.

왕부지는 시에서 묘사하는 여인들의 자태가 마치 굴원이 「구가」에서 묘사한 신의 모습처럼 한아閑雅하고 절제 있다고 평가하였다. 말미에서 양국충에 대한 비판을 드러낸 혐의가 있지만, 왕부지는 흠이 되지 않는다고 하였다.

閬水歌[515]	낭수의 노래
嘉陵江色何所似?	가릉강의 물색은 무엇과 같은가?
石黛碧玉相因依.[516]	석대石黛와 벽옥碧玉이 서로 어울려 있구나.
正憐日破浪花出,	하얀 물결을 가르며 떠오르는 해가 참으로 좋은데

---

515 閬水(낭수) : 가릉강. 장강 상류의 주요한 지류 가운데 하나. 섬서성 봉현(鳳縣) 가릉곡(嘉陵谷)에서 발원하여 사천성 낭중을 지나 중경(重慶)에서 장강으로 합류한다.
516 石黛(석대) : 석묵(石墨). 광물의 하나로, 고대에 여인들이 눈썹먹의 원료로 사용하였다.
相因依(상인의) : 서로 의지하다. 암청색과 비취색이 융화되어 있다는 뜻이다.

更復春從沙際歸.[517]　　　더구나 강가 푸른 모래언덕으로 봄이 돌아

오누나.

巴童蕩槳敧側過,[518]　　　노 젓는 파 땅 아이들 배를 기울이며 지나가고

水鷄銜魚來去飛.[519]　　　고기 문 수계水鷄가 이리저리 오간다.

閬中勝事可腸斷,[520]　　　낭중의 승경이 애끊도록 아름다워

閬州城南天下稀.[521]　　　낭주의 성남 풍광은 천하에도 드물어라.

【왕평】

평온하고 전아하다. 기주夔州 시기에 지은 작품 중에서 절로 다른 종류이다.

恬雅. 自不與夔州他作爲類.

---

517 沙際(사제) : 강가의 모래언덕. 강가에 풀이 먼저 푸르러지므로 봄이 강가 언덕으로 돌아오는 듯하다는 뜻이다.

518 巴童(파동) : 파 지방의 아이들. 낭중은 고대에 파국에 속했다.
　　 敧側(기측) : 기울다. 물길이 빠르므로 배도 곧바로 갈 수 없음을 말하였다.

519 水鷄(수계) : 물새의 일종. 수탉과 비슷하며 꼬리가 짧다.

520 勝事(승사) : 아름다운 경치.
　　 可腸斷(가장단) : 창자를 끊을 수 있다. 일반적으로 극도의 슬픔을 나타내나, 여기서는 지극히 사랑스러운 정도를 표현한다. 이백의 「고풍」에도 "아침에는 애끊도록 아름다운 꽃이었다가(朝爲斷腸花)"라는 말이 있다.

521 天下稀(천하희) : 천하에서 드물다. 낭주성 남쪽 삼 리에 금병산(錦屛山)이 있어 '천하제일'이라 칭해진다. 가릉강은 낭주의 서북에서 내려와 남쪽을 둘러 동북으로 빠져나가며 성의 삼면을 둘러싸고 있는 형국이며, 특히 성남의 강 건너 풍경이 빼어나다.

낭주의 수려한 강을 노래하였다. 풍광의 묘사와 더불어 아이들과 수계의 모습을 그려 봄이 온 강가를 생동적으로 나타내었다. 전편이 비교적 사실적인 묘사로 가릉강의 풍광과 낭중성 성남의 독특한 모습을 그렸다. 두보는 기주에 있는 중 763년에 방관房琯의 문상으로 낭중에 다녀온 후, 764년에 낭주 자사의 초청으로 초봄에서 늦봄까지 다시 낭중에 가서 지냈다. 이 시는 두 번째 낭주에 갔을 때 지었다. 어려운 시기인데도 산수의 즐거움을 잃지 않았다.

왕부지는 시의 풍격이 평온하고 전아하다고 평했다. 두보의 시 풍격 가운데 또 하나의 종류라 할 수 있는데, 언어가 산뜻하고 맥락이 안정되어 있다. 특히 봄이 온 강에 뛰노는 아이들로 시의 전체적인 예술적 효과는 청신하고 담백하다. 두보가 기주에 도착한 때는 766년 4월이므로, 왕부지는 두보가 입촉 이후 지은 시까지 모두 '기주 시기 작품'으로 명명하였다. 왕부지는 두보가 입촉 이전과 출협 이후의 시는 긍정적으로 평가하고, 촉 땅에서 지은 시는 부정적으로 평가했는데, 이 시는 예외적으로 높이 평가했다.

風雨看舟前落花, 戲爲新句

비바람 속 쪽배 앞에 떨어지는 꽃을 보며, 장난삼아 새 시를 짓다

　江上人家桃樹枝,　　　　강가에 어느 집에 핀 복사꽃 가지

　春風細雨出疏籬.　　　　봄바람에 가랑비 맞으며 성긴 울타리에

뻗어 있네.

影遭碧水潛勾引,　　꽃 그림자는 비췻빛 강물에 조용히 끌려가고

風妒紅花却倒吹.　　바람은 붉은 꽃을 시샘하여 거꾸로 부는구나.

吹花困懶傍舟楫,　　흩날리는 꽃이 지친 듯 배 옆에 내려앉으니

水光風力俱相怯.　　물빛과 바람이 모두 겁을 주는구나.

赤憎輕薄遮人懷,[522]　경박함을 싫어하여 사람 품을 피하고

珍重分明不來接.　　자신을 지키느라 분명 오려고 하지 않는구나.

濕久飛遲半欲高,　　오랫동안 젖어 있어 약간 높이 느리게 날다가

縈沙惹草細於毛.　　터럭보다도 가늘게 모래와 풀에 엉기는구나.

蜜蜂蝴蝶生情性,　　꿀벌과 나비는 그러한 꽃에 연민을 일으키고

偸眼蜻蜓避百勞.[523]　엿보고 있던 잠자리는 때까치를 피해 날아

가네.

【왕평】

경준輕俊, 경쾌하고 표일함한 가운데 절로 풍력風力이 있다. 오직 이 작품으로 『옥대신영』의 궁체를 쇠락에서 일으켰다고 말할 수 있으니, '힘줄을 뽑고 뼈를 쪼개는' 듯한 참담한 효과만을 일부러 추구하는 자들이 어찌 감히 이런 경지에 이를 수 있겠는가?

輕俊中自有風力,[524] 唯此可云起『玉臺』宮體之衰, 擢筋折骨人, 詎敢云爾?

522　赤憎(적증) : 미움이 일어나다. 싫증나다. 촉 지방 방언.
523　百勞(백로) : 때까치.

【해설】

　봄비 속 강가의 인가에서 떨어지는 복사꽃을 그렸다. 일종의 영물시라 할 수 있다. 사소한 대상에 주목하고 그 낙화를 섬세하게 그렸다는 점에서 이후 중당 시풍中唐詩風을 선도한 것으로 볼 수 있다.

　왕부지는 이 시를 궁체시와 연관시켜 논하였다. 궁체시는 제량齊梁 시기 궁중에서 유행한 시풍으로 염정艷情과 영물詠物이 주요한 대상이었고, 그 시풍은 경염輕艷함이었다. 왕부지는 영물의 각도에서 이 시에서 궁체시의 흔적을 본 듯하다. 일반적으로 두보는 궁체시와 전혀 관계없는 것으로 알고 있지만 왕부지는 오히려 두보의 시에서 궁체시의 그림자를 읽어내고 있다. 때문에 '경준輕俊'하고 감화력이 있다고 하였다.

이가우李嘉祐 1수

雜興	잡흥
花開昔日黃鸝囀,	예전에 꽃 피고 꾀꼬리 노래할 때
妾向靑樓已生怨.525	소첩은 기루妓樓를 바라보며 원망했었지.
花落黃鸝不復來,	꽃이 지자 꾀꼬리는 다시 날아오지 않고

524　輕俊(경준) : 풍격 용어로 경쾌하고 교묘한 가운데 표일하다는 뜻.
525　靑樓(청루) : 청색으로 칠한 호화롭고 정치로운 누각. 본래 대저택을 가리켰으나 나중에는 기루(妓樓)를 가리키는 경우가 많다.

妾老君心亦應變.　　소첩은 늙었으니 그대 마음도 응당 변했으리.

君心比妾心,　　　　그대 마음을 소첩의 마음과 비교하면

妾意舊來深.　　　　소첩의 마음은 예전부터 깊었지요.

一別十年無尺素,[526]　한번 헤어져 십년인데 편지 한 장 없으니

歸時莫贈路傍金.[527]　돌아올 때 길가의 여인에게 황금을 주지 마오.

【왕평】

'흥興'을 일으켜 '일事'에 비유했기에, 새로 만든 작품이 고아한 정취를 얻었다. 팔과 혀가 민첩하고 뛰어나 족히 전할 만하다.

起興使事, 翻新得其佳致. 腕舌靈警, 足以傳之.

【해설】

객지로 떠난 남편을 기다리는 여인의 원망을 그렸다. 같은 어휘를 반복하여 사용하는 가행체의 형식으로, 여인의 전일하고 순수한 심정을 그려냈다. 꽃이 피고 꽃이 지는 것으로 자신의 한창 때와 소원해진 때를 비유한 것도 비록 유형적이나 아직 새로움이 남아있다. 자신의

526　尺素(척소) : 편지.
527　歸時(귀시) 구 : 추호(秋胡)의 일을 가리킨다. 춘추시대 노나라 사람 추호는 혼인 후 5일만에 진(陳)나라로 벼슬살이 하러 갔다가 5년 후에 돌아온다. 길가에서 아름다운 아낙이 뽕잎을 따는 것을 보고 황금을 주며 희롱하였지만 아낙이 거절하였다. 집에 돌아와서 모친이 며느리를 불러서 보니 바로 길에서 만난 그 아낙이었다. 아낙은 추호의 경박함에 부끄럽고 분노하여 자결한다. 유향『열녀전』(列女傳) 참조.

마음과 남편의 마음을 비교하는 것도 악부시에서 종종 보이는 것으로 순박한 마음을 나타내는 방식이다.

이익李益 2수

野田行	들밭의 노래
日沒出古城,	해 저물어 성을 나오니
野田何茫茫!	들녘이 어찌 그리 망망한가!
寒狐嘯靑塚,	여우가 무덤 위에서 울고
鬼火燒白楊.[528]	도깨비불이 버드나무에 가득하구나.
昔人未爲泉下客,[529]	옛사람들도 황천의 객이 되기 전
行到此中曾斷腸.	이곳에 와선 애간장이 끊어졌으리.

【왕평】

평평平平하게 네 구를 일으키다가 원망의 가구를 내놓으니, 마치 흰 구름이 갑자기 갈라지더니 푸른 산봉우리가 보이는 것과 같다.

平平起四語, 怨送佳句, 如白雲乍開, 碧峰在目.

528　鬼火(귀화) : 인광(燐光). 도깨비불.
529　泉下客(천하객) : 황천 아래의 나그네. 곧 죽은 사람.

【해설】

성밖의 넓은 들녘의 황폐한 정경을 보고 삶과 죽음을 생각하였다. 무덤과 버드나무가 늘어선 곳에서 사자가 생자였을 때를 회상하며, 생자 역시 사자가 될 것을 암시하며, 인생에 대한 깊은 감개를 나타내었다. 『악부시집』에서는 '신악부사'로 분류하였다.

평평平平은 평범하다는 뜻이 아니라 정서가 치밀하고 구성이 통합되어 있다는 뜻이다. 왕부지의 미학에서 평平은 가장 높은 경지이다. 평평平平의 첫 번째 평平자는 자연스럽게 완성된 수준 높은 작품을 가리키고, 두 번째 평平자는 그 정서가 상당히 보편적이라는 의미가 깃들어 있다.

輕薄篇[530]	경박편
豪不必馳千騎,	호매함은 천 기騎를 이끌고 달리는 게 아니며
雄不在垂雙鞬.[531]	웅장함은 쌍동개를 늘어뜨리는 게 아니라네.
天生俊氣自相逐,	천생의 준걸은 기개가 절로 나오는 것이니

---

530 輕薄篇(경박편) : 악부의 제목. 『악부시집』에선 '잡곡가사'로 분류하였으며, 장화(張華), 하손(何遜), 장정견(張正見)의 시에 이어 위 시를 싣고 있다. 『악부해제』에선 좋은 옷을 입고 좋은 말을 타고 달리며 즐기는 내용으로 「소년의 노래(少年行)」와 같은 뜻이라고 하였다.
531 鞬(건) : 동개. 활과 화살을 꽂아 등에 지는 물건.

出與鵰鶚同飛翻.	나서면 독수리와 징경이와 함께 하늘을 오르내린다네.
朝行九衢不得意,[532]	아침에 대로를 다녀도 마음이 편치 않아
下鞭走馬城西原.	채찍 치고 말을 달려 성 서쪽 들판으로 나가네.
忽聞燕雁一聲去,	홀연 제비와 기러기가 울고 가니
回鞍挾彈平陵園.[533]	말을 돌려 탄환 끼고 평릉으로 나아가네.
歸來靑樓曲未卒,	기루에 돌아오면 가무가 아직 끝나지 않았는데
美人玉色當金尊.[534]	미인의 옥 같은 자태 술잔 앞에 마주하네.
淮陰少年不相下,[535]	회음淮陰의 청년들은 서로 지기를 싫어해
酒酣半笑倚市門.	술이 얼큰해지면 반쯤 웃으며 길가 대문에 기대있네.
安知我有不平色,	어찌 알랴, 나에게 불평의 기색이 있는 걸
白日欲落紅塵昏.	해가 떨어질 때라 홍진이 어둡기 때문이라.
死生容易如反掌,	죽고 사는 건 손바닥 뒤집는 것보다 쉽고
得意失意由一言.[536]	만족과 실의는 한 마디 말에서 나오는 것.

---

532 九衢(구구) : 사통 팔달의 큰 길. 종횡으로 교차된 도로. 번화한 성읍의 거리.

533 平陵(평릉) : 한 소제(漢昭帝) 유불릉(劉弗陵)의 능묘. 지금의 섬서성 함양시 진도구(秦都區)에 소재한다.

534 玉色(옥색) : 옥과 같은 자색.

535 淮陰(회음) : 지금의 강소성 회안(淮安). 고대 회화와 경운대운하가 교차되는 곳이다. 한대에 이미 회화 지역의 주요한 도시였다.

不相下(불상하) : 불상상하(不相上下) 또는 불상양(不相讓)과 같다. 서로 양보하지 않다.

少年但飮莫相問,　　청년은 마실 뿐 서로 묻지 않으니

此中報讎亦報恩.　　이중에 원수도 갚고 은혜도 갚는다네.

【왕평】

평직平直한 가운데 운도韻度가 있으니 악부의 '본래 면모'이다.

平直有韻度,[537] 樂府本色.

【해설】

호매한 기상을 가진 청년들의 기개를 노래했다. 그 내용은 많이 알려진 악부시 「소년의 노래少年行」와 비슷하다. 사냥에 나서고, 기루에서 술을 마시고, 생사를 초개와 같이 여기며, 의기의 투합에 인생을 거는 모습을 함축적으로 그렸다.

왕부지는 이 시가 평직하고 운도가 있다고 평하며, 이러한 특징이야말로 악부시의 본령이라고 하였다. 평직平直이란 말은 구성이 통합되어 있으면서 직설적이다는 뜻으로 왕부지는 긍정적인 뜻으로 사용하였다. 바로 앞의 시에 대한 평에서도 '평평하게 네 구를 일으키다가平平起四語'에서 '평평平平'도 좋은 뜻으로 사용하였다. 왕부지의 기험하고 과장된 표현을 비판하는 대신 온화하고 돈후한 '평미平美'의 미학을 가장 높이 쳤다.

536　得意(득의) : 만족하다.
537　韻度(운도) : 풍운(風韻)과 기도(氣度). 곧 풍도(風度)를 의미한다.

왕건王建 3수

<table>
<tr><td>寄遠曲[538]</td><td>멀리 있는 사람에게 부치는 노래</td></tr>
<tr><td>美人別來無處所,</td><td>아름다운 그대 떠난 뒤 어디에 있는지</td></tr>
<tr><td>巫山月明湘江雨.[539]</td><td>무산에 달이 밝고 상수에 비 내리리.</td></tr>
<tr><td>千回相見不分明,</td><td>천 번이나 만났어도 늘 또렷하지 않아</td></tr>
<tr><td>井底看星夢中語.[540]</td><td>우물에서 별을 보고 꿈속에서 대화하듯 하네.</td></tr>
<tr><td>兩心相對尙難知,</td><td>두 사람이 마주해도 그 마음 알기 어려운데</td></tr>
<tr><td>何況萬里不相疑.</td><td>하물며 만리 멀리 떨어졌으니 의심하지 않으랴.</td></tr>
</table>

---

538 寄遠曲(기원곡) : 악부 제목의 하나. 『악부시집』에서는 '신악부사(新樂府辭)'에 분류하였다.

539 巫山(무산) : 지금의 중경시 무산현 동쪽에 있는 산. 강물이 무산을 뚫고 지나가므로 강을 끼고 무협이 이루어져 있다. 무산은 초 회왕(懷王)이 꿈속에서 선녀를 만나 운우지정을 나눈 곳을 연상시킨다. 회왕을 만난 선녀가 말하기를 자신은 "아침에는 구름이 되고 저녁에는 비가 됩니다. 아침마다 저녁마다 양대의 아래에 있습니다(旦爲朝雲, 暮爲行雨. 朝朝暮暮, 陽臺之下)"고 하면서 침석을 함께하기를 청했다. 송옥(宋玉)의 「고당부(高唐賦)」 참조.
湘江(상강) : 상수(湘水). 호남성에 흐르는 강. 순 임금의 두 비(妃) 아황과 여영을 연상시킨다. 순 임금이 죽자 "순 임금이 간 곳에 두 비가 따라갔다가 상수에 빠져 죽으니, 그 신령이 동정호에 떠돌고 소수와 상수의 포구를 드나들더라(大舜之陟方也, 二妃從征, 溺於湘江, 神遊洞庭之淵, 出入瀟湘之浦)"는 말이 있다. 『수경주』「상수(湘水)」 참조.

540 井底看星(정저간성) : 우물 속에서 별을 보다. 식견이 좁음을 비유하였다. 『시자(尸子)』「광택(廣澤)」에 "우물 속에서 별을 보기에 보는 것이라곤 별 몇 개뿐이다(因井中視星, 所見不過數星)"란 말이 있다.

【왕평】

'하나의 뜻'이 말미에 가서 비로소 드러난다.

"우물 속에서 별을 보고 꿈속에서 말을 한다井底看星夢中語"는 아름다운 정을 나타낸 기이한 구이다.

같은 부류를 끌어내 말한다면, 『시경』「채갈」의 그리움이라 할 수 있다.

只是一意, 終篇乃見.

"井底看星夢中語", 麗情奇句.

引類言之, 亦可寄「采葛」之思.

【해설】

미인을 그리워하며, 미인의 행적이 일정하지 않음을 안타까와하였다. 비록 눈앞에 있어도 그 마음을 알기 어려운데, 만리 밖에 있어 더욱 알기 어려운 고통을 말하여, 미인에 대한 의심도 끼어넣었다.

왕부지는 말미에서 시인의 뜻이 드러내는 구성에 주의하였다. 『시경』「채갈采葛」에 "하루를 보지 못하면, 아홉 달을 못 본 듯하네一日不見, 如三秋兮"란 구절이 이 시의 뜻과 유사하다고 하였다.

短歌行[541]　　　　　단가행

人初生,　　　　　사람이 태어나면

---

[541] 短歌行(단가행) : 악부의 제목으로 '상화가사'에 속한다. 일반적으로 인생에서 향락의 때를 놓치지 마라(及時行樂)는 내용이다.

日初出.　　　해가 막 떠오른 것과 같아.

上山遲,　　　산을 오를 때는 느리지만

下山疾.　　　산을 내려갈 땐 빠르다네.

百年三萬六千朝,　　　백년은 삼만 육천 일

夜裏分將强半日.[542]　　　밤을 빼면 하루도 반이 조금 넘는 정도.

有歌有舞須早爲,　　　노래와 춤이 있으면 모름지기 일찍 즐겨야
하니

昨日健於今日時.　　　어제는 오늘보다 더 젊었다네.

人家見生男女好,　　　사람은 아이를 낳으면 좋아하지만

不知男女催人老.　　　아이 때문에 사람이 늙어가는 줄 모르더라.

短歌行,　　　「단가」를 노래하며 가노니

無樂聲.[543]　　　음악 소리도 없어라.

【왕평】

말은 직설적이나 뜻은 끝이 없으니, 본령本領이 절로 전아하다.

語直而意不盡, 本領自雅.

542　分將(분장) : 나누다.
　　　强(강) : 많다.
543　無樂聲(무악성) : 음악 소리가 없다. 즐거운 음악이 없이 살아간다. 또는 지음(知
　　　音)이 없다는 뜻으로 볼 수도 있다.

인생의 짧음을 말하면서 즐거움을 찾기를 당부하였다. 이 시는 정감으로 호소하기보다는 전편에 걸쳐 짧은 인생을 여러 측면에서 제시함으로써 직접적인 각성을 강조하였다.

왕부지는 직설적인 말에 무한한 뜻이 있다고 하였다. 악부시에 있어 이러한 직설적인 서술은 솔직하고 순수하며 자연스러운 감정의 표현으로 보았다.

當窓織[544]	창 앞에서 베를 짜며
歎息復歎息,	탄식하고 또 탄식하니
園中有棗行人食.	정원에 있는 대추를 행인이 먹었습니다.
貧家女爲富家織,	가난한 여자가 부잣집에서 베를 짜니
翁母隔牆不得力.[545]	시어머니가 벽 건너 계셔도 도와주지 못하네요.
水寒手澀絲脆斷,[546]	손이 차고 서툴러서 실이 자주 끊어져
續來續去心腸爛.[547]	이리저리 잇자니 심장과 애가 문드러지네요.

---

544 當窓織(당창직) : 악부의 제목으로 '신악부사'에 속한다. 『악부시집』에서는 제목이 양 횡취곡 「절양류(折楊柳)」에 나오는 "철거덕 철거덕, 여자가 창 앞에서 베를 짜니, 베틀 북 소리는 들리지 않고, 다만 여자의 탄식 소리만 들리네(唧唧復唧唧, 女子臨窓織. 不聞機杼聲, 只聞女歎息.)"에서 유래했다고 하였다.

545 翁母(옹모) : 시어머니.

　　不得力(부득력) : 힘을 쓸 수 없다. 도울 수 없다.

546 澀(삽) : 날씨가 추워 손이 서툴다.

547 心腸爛(심장란) : 심장과 창자가 문드러지다. 마음이 초조하다.

草蟲促促機下啼,[548]　귀뚜라미 귀뚤귀뚤 베틀 아래서 우는데

兩日催成一匹牛.　이틀 만에 한 필 반을 짜내라 하네요.

輸官上頭有零落,[549]　관리 앞에 납부하고 그래도 남았지만

姑未得衣身不著.　시어머니께 입힐 만큼 되진 않네요.

當窓却羨靑樓倡,[550]　창 앞에서 오히려 청루의 기녀를 부러워하니

十指不動衣盈箱.　손가락 까닥 안 해도 상자에 옷이 가득하다
네요.

【왕평】

전편의 '비比'가 또 하나의 '비'를 만들었다. 명대 고린顧璘이 "옛 가사의 유풍이 있다"고 하였다. 대력 연간 이래의 비속한 기풍은 이 시인이 모두 씻어내었다.

通首比起又生一比. 顧華玉云 : "有古詞遺風." 大曆以降, 椎野之風, 此公爲之浣盡.

【해설】

가난한 여인貧家女의 고생을 형상화하였다. 일하는 사람은 가지지 못

548　促促(촉촉) : 벌레 우는 소리. 귀뚜라미를 촉직(促織) 또는 추직(趨織)이라 부르는 것은 그 우는 소리가 베틀을 빨리 움직일 때 나는 소리가 연상되기 때문이다. 더불어 서둘러 베를 짜라는 뜻을 중의적으로 사용하였다.

549　上頭(상두) : 위.
　　零落(영락) : 잉여 물건.

550　靑樓倡(청루창) : 기녀. 청루는 기녀의 거처를 가리킨다.

하고, 가진 사람은 일하지 않는 불합리한 사회 현상을 들추어냈다. 어조와 표현이 악부의 예스러움을 가지고 있다. 첫머리 2구는 비흥의 방법으로 자신의 노력을 남이 가로챔을 환기하였다.

왕부지는 '비比'의 작법으로 이 시의 뛰어남을 말하였다. '비'는『시경』의 '여섯 가지 요소'인 '육의六義' 가운데 하나로, 일종의 비유법이다. 가난한 여인의 수고를 남이 가로채는 것을 '내 집안의 대추를 행인이 먹는' 것으로 비유했지만, 말미에서 다시 관리들이 백성을 살피지 않고 기녀를 우대하는 현상을 비유하였다. 비유 속의 비유가 있는 셈이다. 첫머리의 행인은 창기가 될 수 있는 것인데, 가난한 여인이 짠 옷이 모두 기녀의 옷 상자에 가득 들어있기 때문이다.

유종원柳宗元 1수

楊白花[551]	양백화
楊白花,	버들개지여
風吹渡江水.	바람에 불려 강을 건너는구나.

---

551 楊白花(양백화) : 악부의 제목으로 '잡곡가사'에 속한다. 양백화는 북위 양대안(楊大眼)의 아들이다. 태후 호충화(胡充華)가 핍박하여 관계를 맺으니 양백화가 화를 입을까 두려워 남쪽 양나라로 달아났다. 호 태후가「양백화」노래를 지어 궁인들에게 팔을 걸고 발을 구르며 노래 부르게 하였다. 이 시에서는 양백화는 사람 이름이자 버들개지의 뜻을 중의적으로 사용하였다.

坐令宮樹無顔色,[552]　　　이로 인해 궁중의 나무들이 빛을 잃고

搖蕩春光千萬里.　　　흔들리는 봄빛은 천리만리 퍼져가는구나.

茫茫曉日下長秋,[553]　　　아득한 새벽 햇살이 장추궁을 비추면

哀歌未斷城鴉起.　　　애절한 노래 끊어지기 전에 까마귀 날아오

르네.

【왕평】

명대 고린顧璘은 이 시가 또한 함축적이면서, 반대로 지극히 슬프다고 칭찬하였다. 이 시가 그럴 수 있는 것은 당연히 '경景'에서 '정情'을 품고 있기 때문이다.

顧華玉稱此詩更不淺露, 反極悲哀. 其能爾者, 當由卽景含情.

【해설】

북위의 명장 양대안楊大眼의 아들 양백화楊白花는 몸이 훤칠하고 용모가 아름다워 과부가 된 태후 호충화胡充華가 핍박하여 사통하였다. 양대안이 죽자 양백화는 화가 미칠까 두려워 부대를 이끌고 양나라로 귀순하였다. 이를 한없이 애석해한 호 태후는 「양백화 노래楊白花歌」를 지어 불렀다. 그 말미에 "가을 가고 봄이 와 제비 쌍쌍이 돌아오면, 원컨대

---

552 坐令(좌령) : 이 때문에 ～하게 하다.
　　無顔色(무안색) : 아리따운 자태나 용모가 없다. 나무에 광채가 없다.
553 長秋(장추) : 장추궁. 한대에 세운 궁으로 황후가 거주하였다. 여기서는 호 태후가 거처하는 궁.

버들개지 물어다가 둥지에 돌아오기를秋去春還雙燕子, 願銜楊花入窠裏" 바랐다. 유종원은 호 태후의 노래를 이어받아 그 처연하고 애절한 마음을 형상화하였다.

왕부지는 「양백화」의 처연한 아름다움을 '경'과 '정'의 관계로 해석하였다. 모든 풍경은 정감을 품고 있다고 생각했는데, 이를 자연스럽게 잘 드러내는 것이 좋은 시의 조건이라 보았다. 이는 왕부지의 주요한 미학 사상 중의 하나이다.

장적張籍 4수

牧童詞	목동사
遠牧牛,	멀리 가서 소를 방목하는 것은
繞村四面禾黍稠.	마을 주위 사방에 벼와 기장이 빽빽하기 때문.
陂中飢烏啄牛背,[554]	언덕 안의 주린 까마귀가 소 등을 쪼아
令我不得戲壠頭.[555]	내가 논두렁에서 놀고 있을 수 없게 하네.
入陂草多牛散行,	언덕 아래에는 풀이 많아 소들이 흩어져 걷고
白犢時向蘆中鳴.	흰 송아지가 때때로 갈대 사이에서 운다.

---

554 陂(피) : 소택지 둘레의 물을 막는 언덕.
　　啄牛背(탁우배) : 소 등에 이가 기생하기 때문에 새들이 날아와 쪼아 먹는다.
555 我(아) : 나. 목동이 자신을 가리킨다.

隔堤吹葉應同伴,　　　　저쪽 언덕에도 풀피리 소리 나니 목동이 있
　　　　　　　　　　　는지

還鼓長鞭三四聲.　　　　또 채찍 때리는 소리도 서너 번 들려온다.

牛群食草莫相觸,　　　　소들아, 풀을 서로 먹겠다고 부딪치지 말
　　　　　　　　　　　아라

官家截爾頭上角.[556]　　관리들이 머리 위 뿔 자르러 온단다.

【왕평】

정면의 '뜻'이 오히려 덧붙여 나온 듯하다. 앞 8구의 굳센 힘은 마치
사안謝安이 별장에서 내기 바둑을 둘 때와 같다.

正意翻似帶出. 前八句堅忍之力, 如謝傳賭墅時.[557]

【해설】

목동의 어투로 소 치며 부르는 노래이다. 앞 8구는 농촌의 야외 풍광
속에 한가한 소들과 목동들의 모습을 생동감 있게 그렸다. 말미의 2구

---

556 官家(관가) 구 : 소뿔의 기름은 수레의 윤활유로 충당되기에 관아에서 잘라간다
　　는 뜻. 북위 탁발휘(拓跋暉)는 수레에 쓰기 위해 자주 사람을 보내 길에서 소뿔을
　　잘라와 윤활유로 쓰도록 했다. 『위서』「탈발휘전」 참조.
557 謝傳賭墅(사부도서) : 사안(謝安)이 별장에서 내기 바둑을 두다. 383년 전진(前
　　秦)의 부견(苻堅)이 군사 80여만을 이끌고 비수에 주둔하자 동진의 도성은 비상에
　　들어갔고 사안에게 정토대도독이 제수되었다. 사현(謝玄)이 계책을 묻자 사안이
　　두려운 기색도 없이 "이미 별도의 방안이 있네"라고 하였다. 사안이 수레를 명하여
　　산의 별장에 가니 친구들이 모두 모였고, 사현과 별장을 걸고 내기 바둑을 두었다.
　　『진서』「사안전」 참조. 위기에서도 두려움이 없는 장수의 풍도를 가리킨다.

는 비록 천진한 목동의 말이지만, 조용하고 한가한 농촌의 풍경 속에 갑자기 관리의 핍박이 들이닥쳐 일시에 평정이 깨어지는 효과를 준다.

왕부지는 시인의 독특한 구성에 주목하였다. 앞 8구의 강인한 기세를 지적하고, 말미 2구의 어두운 정치적 폭력을 은연중에 드러냈다면, 앞 8구는 말미 2구를 위해 힘을 비축하며 한 구씩 나아갔다고 할 수 있다. 이는 마치 사안이 비수지전 때 동산에서 바둑을 두며 자중하는 것과 같다. 말미의 주제는 목동이 소를 어르는 말을 통해 무심코 드러났기에 정면의 '뜻'이 덧붙여져 나왔다고 하였다.

短歌行[558]	단가행
靑天蕩蕩高且虛,[559]	푸른 하늘 드넓은데 높고도 비어 있어
上有白日無根株.[560]	위로는 밝은 해가 뿌리 없이 움직이네.
流光暫出還入地,[561]	흐르는 빛 잠시 나와선 다시 땅속에 들어가니
使我年少不須臾.[562]	내 젊은 시절 한순간에 사라진다.
與君相逢勿寂寞,	그대와 만났으니 부디 쓸쓸해하지 말게
衰老不復如今樂.	늙어지면 다시는 지금 같은 즐거움 없으리.

---

558 短歌行(단가행) : 악부의 제목으로 『악부시집』에서는 '상화가사(相和歌辭)'로 분류하였다. 주로 향락의 때를 놓치지 마라(及時行樂)는 내용이다.
559 蕩蕩(탕탕) : 끝없이 광활한 모양.
560 根株(근주) : 뿌리가 있는 나무. 無根株(무근주)는 한 곳에 정해 있지 않고 뿌리 없이 움직이는 태양을 가리킨다.
561 流光(유광) : 흐르는 물 같이 움직이는 햇빛.
562 須臾(수유) : 머물다. 연장하다.

金卮盛酒置君前,[563]　　　　황금 잔에 술을 담아 그대 앞에 놓아두고

再拜勸君千萬年.　　　　다시 한번 절하며 천년만년 살기 기원하네.

【왕평】

진정한「단가행」이다.

眞短歌行.

【해설】

드넓은 공간과 시간 속에 힘써 노력하기를 축원하였다. 첫 2구에서 하늘을 묘사하는 부분은 기세가 거침없어 후반부의 인생의 의미를 더욱 호탕하게 이끈다. 전통적으로 급시행락及時行樂을 강조하던「단가행」을 분발과 노력이라는 긍정적인 뜻으로 바꾸어놓았다.

泗水行[564]　　　　　　사수의 노래

泗水流急石纂纂,[565]　　　사수 강물 빠르고 바위는 촘촘한데

563　金卮(금치) : 황금으로 만든 술잔.
564　泗水(사수) : 지금의 산동성 중부에 있는 강. 고대에는 산동성 사수현(泗水縣) 동몽산(東蒙山)에서 발원하여 곡부(曲阜), 연주(兗州), 제녕(濟寧), 남양진(南陽鎭), 패현(沛縣), 서주(徐州), 청강시(淸江市)를 거쳐 회수로 들어갔다. 지금은 사수현에서 발원하여 곡부, 연주, 제녕(濟寧)에서 운하로 들어가는 구간까지를 말한다.
565　纂纂(찬찬) : 攢攢(찬찬)과 같다. 모여 있는 모양. 한대 악부시「돌차가(唶唶歌)」에 "대추 아래에 사람이 얼마나 많았는가!(棗下何攢攢!)"라는 구절이 있다.

鯉魚上下紅尾短.　　　오르내리는 잉어는 붉은 꼬리 짧아라.

春冰消散日華滿,　　　봄 얼음이 녹고 나니 햇살이 가득해

行舟往來浮橋斷.[566]　　배들이 오가느라 부교가 열리네.

城邊魚市人早行,　　　성 옆의 어시魚市에선 사람들이 바쁘고

水煙漠漠多棹聲.　　　물안개 막막한데 노 젓는 소리 가득해라.

【왕평】

장적의 악부는 가요에서 나왔기에 특히 온화한 아름다움이 절로 드러난다. 그러므로 한유와 맹교가 주제를 드러내며 기험하게 써서 '시의 질서[詩理]'를 깎아 먹는 것보다 현명하다.

文昌樂府亦托胎歌謠, 特以溫茂自見. 故賢于退之, 東野以迫露蒼巉削剝詩理.

【해설】

사수 강가의 풍광과 사람들의 생활을 노래했다. 초봄의 활기가 고요한 가운데 일렁인다. 사실적인 묘사로 이미지를 나열시켜 의미가 질박하고 곡조가 예스럽다.

雀飛多[567]　　　　　참새가 높이 날다

雀飛多,　　　　　　참새가 높이 날다가

566　浮橋(부교) : 다리 중간 부분을 들어올려 배가 통행할 수 있게 한 교량.
567　雀飛多(작비다) : 참새가 높이 날다. 多(다)는 '높다'의 뜻.

觸網羅,	그물에 걸렸으니
網羅高樹巔.	그물이 나무 꼭대기보다 높이 있었네.
汝飛蓬蒿下,[568]	너는 망초와 향쑥 아래에서 날며
勿復投身網羅間.	다시는 그물 사이로 뛰어들지 말라.
粟積倉,	좁쌀이 창고에 쌓여있고
禾在田.	벼가 논에 있단다.
巢之雛,	둥지의 어린 새끼가
望其母來還.	그 어미가 돌아오길 기다린다네.

【왕평】

한 가지 색으로 잘 어울렸을 뿐, 일부러 험하고 어려운 데로 나가지 않았다.

기탁한 뜻이 심원하다.

一色和浹, 非故爲險短.

寄意遠.

【해설】

높이 날다가 액난을 당한 참새를 통해 처세의 뜻을 말했다. 자신의

---

568 蓬蒿(봉호) : 망초와 향쑥. 잡초를 가리킨다. 이 구는 『장자』「소요유」에 나오는 "나는 펄쩍 뛰어올라도 불과 몇 길을 넘지 못하고 내려와, 망초와 향쑥 사이를 날아다니지만, 이 또한 날아다님의 지극한 경지이다(我騰躍而上, 不過數仞而下, 翱翔蓬蒿之間, 此亦飛之至也)"는 말을 환기한다.

본분을 알고 지키라는 뜻으로 읽을 수 있다. 말이 실질적이고 비유가
구체적이어서 악부의 특징이 잘 드러났다.

왕부지는 작품의 통합성을 중요시하여, 여기서도 "한 가지 색으로
잘 어울렸다"고 평하였다.

이하李賀 5수

古鄴城童子謠, 效王粲刺曹操[569]

옛 업성 동요 ─왕찬을 본떠 조조를 비판하다

鄴城中,　　　　업성 안에서

569　鄴(업) : 한대 말기의 업현(鄴縣). 지금의 하북성 임장현(臨漳縣) 소재. 조조가
　　　위공(魏公)이 되었을 때 이곳에 도성을 세웠다.
　　　王粲(왕찬) : 동한 말기 문인(177~217). 명문 출신으로 증조와 조부가 모두 한
　　　(漢)의 삼공(三公)이었으며, 부친은 하진(何進)의 장사(長史)였다. 채옹(蔡邕)
　　　이 왕찬의 재주를 아껴 그가 찾아오면 신발을 거꾸로 신고 달려가 맞이했다는
　　　'도리상영'의 일화가 유명하다. 장안이 난리에 빠지자 형주에 가서 유표(劉表)에
　　　게 15년간 의지하였다. 유표가 죽은 후에는 조조(曹操)에게 의지하여 승상연(丞
　　　相掾), 군모좨주(軍謀祭酒), 시중(侍中) 등을 지냈다.
　　　曹操(조조) : 삼국시대 정치가이자 문인(155~220). 동한 말기 군벌로 성장하여
　　　승상이 되었고 이후 위왕(魏王)이 되었으며, 위나라 건국의 기초를 다졌다. 아들
　　　조비, 조식과 함께 삼조(三曹)라 칭해지며, 건안칠자(建安七子)와 함께 강개비
　　　가(慷慨悲歌)를 중심으로 한 새로운 문풍을 선도하였다.
　　　效王粲刺曹操(효왕찬자조조) : 왕찬을 본떠 조조를 비판하다. 왕찬은 비록 조조
　　　에 귀부한 후「종군의 노래(從軍行)」등으로 조조에 아부하였으나, 그가 조조에
　　　게 귀부하기 전의 시문에선 종종 현실 문제를 비판하였다.

暮塵起.	저녁 먼지 일어날 때
探黑丸,[570]	검은 구슬을 잡은 자가
斫文吏.	문관을 죽이지.
棘爲鞭,	가시나무를 채찍으로 삼고
虎爲馬.	호랑이를 말로 삼아
團團走,	무리 지어 달린다네
鄴城下.	업성 아래에서.
切玉劍,[571]	옥을 자르는 검
射日弓.[572]	해를 쏘아 떨군 활
獻何人,	누구에게 바칠까
奉相公.[573]	상공相公께 바친다네.
扶轂來,[574]	가마 끌고 모시러 온
關右兒.[575]	관서關西의 건아들

---

570 探黑丸(탐흑환) : 흑환을 잡다. 한대 장안에는 관리를 암살하고 복수하는 청년들의 조직이 있었다. 행동 개시하기 전에 붉은 구슬, 검은 구슬, 흰 구슬 3개를 섞어 둔 후, 붉은 구슬을 뽑은 사람은 무관을 죽이고, 검은 구슬을 뽑은 사람은 문관을 죽이고, 흰 구슬을 뽑은 사람은 수행 중 희생된 사람을 책임진다. 『한서』「윤상전(尹賞傳)」 참조. 이 구는 업성의 청년들이 법을 무시하고 문인을 경시하는 것을 나타낸다.

571 切玉劍(절옥검) : 옥을 진흙처럼 자를 수 있는 보검.

572 射日弓(사일궁) : 해를 쏘아 떨어뜨릴 수 있는 활. 해는 임금을 상징하므로 이 구는 청년들의 반역성을 나타낸다.

573 相公(상공) : 승상. 조조를 가리킨다. 조조는 헌제 아래에서 승상이 되었다.

574 扶轂(부곡) : 수레를 몰다. 헌제가 있는 허도(許都)에 오다.

575 關右兒(관우아) : 관서 지방의 건아. 조조가 거두어 휘하에 부렸다.

香掃塗,　　　　대로를 쓸고 향을 뿌리니

相公歸.　　　　상공이 돌아오시네.

【왕평】

이 시 또한 당시를 풍자하였는데, 형식과 풍운이 절로 심원하다.

亦刺當時, 體韻自遠.

【해설】

　조조의 전횡과 그의 아래에서 위세를 부리는 청년들을 풍자하였다. 전반 8구는 조조가 교활하고 간악한 청년들을 이용하여 그의 권세를 높이는 상황을 서술하였다. 가시나무로 채찍을 만들고 호랑이 같은 말을 타고 위세를 부리는 모습이 잘 그려졌다. 후반 8구는 관서의 건아들이 보검과 명궁을 조조에게 바치며, 길에서 벽제하며 조조를 옹위하고 허도로 들어가는 모습을 그렸다. 첫 2구에서 먼지로 어두운 현실을 비유하였다. 제13구의 부곡扶轂은 원래 헌제獻帝를 모시고 허도로 돌아가는 모습인데 마지막 구에서 헌제를 묘사하지 않고 조조를 묘사함으로써 풍자의 의미가 뚜렷하다.

　왕부지는 이 시로 이하가 살던 중당 시기의 시사를 비유하였다고 보았다. 그 구체적인 사실은 명확하지 않으나, 역사적인 일을 빌려 현실을 비판한 것으로 보았다.

金銅仙人辭漢歌[576]　　　청동 신선이 한궁을 떠나는 노래

　茂陵劉郎秋風客,[577]　　무릉에 묻힌 한 무제漢武帝는 가을을 슬
　　　　　　　　　　퍼한 사람

　夜聞馬嘶曉無迹.[578]　　밤에 말 울음소리 들리더니 새벽에는 자취
　　　　　　　　　　조차 없구나.

　畫欄桂樹懸秋香,　　채색 난간 옆에 계수나무에 가을 향기 날
　　　　　　　　　　리는데

　三十六宮土花碧.[579]　　서른여섯 궁궐에 이끼만 푸르구나.

　魏官牽車指千里,　　위나라 관리가 수레 끌고 천리 밖 낙양으로
　　　　　　　　　　향하니

576　金銅仙人(금동선인) : 동으로 만든 신선. 한 무제는 신선술에 경도되어 건장궁
　　(建章宮) 앞에 신명대(神明臺)를 만들고 그 위에 동으로 주조한 신선상을 세웠
　　다. 두 손으로 동반(銅盤)과 옥배(玉杯)를 들고 하늘의 이슬을 받게 하였고, 이
　　이슬과 옥가루를 섞어 먹고 신선이 되고자 하였다. 높이 20장(丈)에 둘레 10위
　　(圍). 동시에 감천궁(甘泉宮)에도 통천대(通天臺)를 만들고 그 위에 승로반을 든
　　금동 신선상을 세웠다. 『한서』「교사지」 참조. 그 뒤로 백량대(柏梁臺)에도 금동
　　신선상을 세웠다.
　　辭漢(사한) : 한나라 수도 장안을 떠나다.
577　茂陵(무릉) : 한 무제의 능묘. 지금의 섬서성 홍평시 소재.
　　劉郎(유랑) : 한 무제 유철(劉徹)을 가리킨다.
　　秋風客(추풍객) : 가을을 슬퍼하는 사람. 유철이 지은 「추풍사(秋風辭)」에 "환락
　　이 다하자 슬픈 마음 깊어져, 청춘이 다 갔으니 늙음을 어이 할까(歡樂極兮哀情
　　多, 少壯幾時兮奈老何!)"란 구절이 있다.
578　夜聞(야문) 구 : 한 무제의 혼백이 한궁을 드나들어 밤중에 그가 탄 말이 우는 걸
　　들었다는 사람이 있다는 뜻.
579　三十六宮(삼십육궁) : 한대의 이궁과 별관이 36개소에 이른다. 장형(張衡)의
　　「서경부(西京賦)」에 나오는 말이다.
　　土花(토화) : 이끼.

東關酸風射眸子.[580]　　　동문 밖 찬 바람이 눈동자를 쏘는구나.

空將漢月出宮門,[581]　　　동상은 부질없이 한나라 때의 달과 함께 궁
　　　　　　　　　　　　　문을 나서며

憶君淸淚如鉛水.[582]　　　무제를 생각하며 납 같은 눈물을 흘
　　　　　　　　　　　　　리네.

衰蘭送客咸陽道,[583]　　　장안성 밖 길가에 시든 난초가 이를 배웅하
　　　　　　　　　　　　　니

天若有情天亦老.[584]　　　하늘이 만약 정情이 있다면 하늘도 늙으
　　　　　　　　　　　　　리라.

携盤獨出月荒涼,　　　　　황량한 달빛 아래 승로반 가지고 떠나니
渭城已遠波聲小.[585]　　　갈수록 장안은 멀어지고 물결 소리도 잦아
　　　　　　　　　　　　　들더라.

580　東關(동관) : 장안성 동문.
　　　酸風(산풍) : 사람의 마음을 슬프게 하는 바람.
　　　眸子(모자) : 눈동자. 눈.
581　將(장) : 함께.
　　　漢月(한월) : 한나라 때의 보름달. 여기서는 보름달 같이 생긴 승로반.
582　君(군) : 한나라의 군주. 한 무제를 가리킨다.
　　　鉛水(연수) : 납으로 된 액체. 동상에서 흘러내리는 눈물을 형용하였다.
583　衰蘭(쇠란) : 시든 난초.
　　　客(객) : 나그네. 여기서는 신선 동상을 가리킨다.
584　天若(천약) 구 : 하늘이 만약 감정을 가지고 있다면 이러한 역대의 흥망성쇠의
　　　변화를 대하고는 자주 슬퍼하게 될 것이고 그 결과 늙을 것이다.
585　渭城(위성) : 함양성(咸陽城). 서안의 서북 위수(渭水) 북안에 소재. 여기서는 장
　　　안을 가리킨다.

【왕평】

기탁한 뜻이 좋다. 치기가 없는 것은 아니나 신준神駿이 이미 천리 멀리 내달렸다!

寄意好, 不無稚子氣, 而神駿已千里矣!

【해설】

삼국시대 위나라에서 한 무제가 세웠던 승로반을 든 신선 동상을 장안에서 낙양으로 옮긴 일을 제재로 하여 나라의 흥망성쇠에 대한 감개를 나타내었다. 역사적으로 위 명제魏明帝가 237년에 조서를 내려 낙양으로 옮겨 오라고 명한 일이 있다. 승로반 동상은 한나라를 상징하는 보물로, 이것이 장안을 떠난다는 것은 한나라가 망하고 위나라로 대체된다는 뜻이다. 동상이 장안을 떠나며 눈물을 흘렸다는 전설은 그 자체가 기이한 제재로, 이하는 이를 고도 장안과 망국에 대한 무한한 감개를 나타내는 상징으로 여겼다. 청대 요문섭姚文燮은 장생술에 몰두하고 토목공사를 일으키는 헌종憲宗을 풍자하는 뜻이 있다고 하였고, 청대 진항陳沆은 종친의 후손인 시인이 장안을 떠나는 슬픔을 기탁하였다고 해석하였다.

後園鑿井 후원에 판 우물

井上轆轤床上轉,[586] 우물 위 도르래가 격자 틀 위에서 돌아가니

水聲繁, 물소리 요란하나

弦聲淺.[587] 두레박줄 소리는 작구나.

情若何? 정情은 어떠한가?

荀奉倩.[588] 순찬荀粲과 같다네.

城頭日, 성 머리에 걸린 해야

長向城頭住. 부디 오래도록 머물러 다오.

一日作千年, 하루가 천년이 되도록

不須流下去.[589] 시간이 흐르지 말아라.

【왕평】

'아내를 애도하는 시'는 은근히 빌려 표현해야 하며, 뜻이 숨겨진 곳에서 오히려 말이 분명해야 한다. 이렇게 해야 비로소 그릇된 길에 빠지지 않는다.

비통하고 애절한 감정은 석인石人도 눈물을 흘리게 할 수 있다. 다만

---

586 轆轤(녹로) : 도르래.
　　床(상) : 도르래를 안치하는 나무 틀.
587 弦(현) : 여기서는 두레박줄.
588 荀奉倩(순봉천) : 순찬(荀粲). 봉천(奉倩)은 그의 자(字). 삼국시대 위나라 사람으로 태위 순욱(荀彧)의 아들이다. 표기장군 조홍(曹洪)의 딸을 아내로 맞이하였다. 그 아내가 지극히 아름다웠는데 병이 들어 죽었다. 순찬이 크게 슬퍼하다 일 년 후에 죽으니 나이 29세였다. 『세설신어』「혹익(惑溺)」 참조.
589 流下去(유하거) : 흘러가다. 여기서는 해가 서녘으로 넘어가다.

이 '정'은 오로지 순수하고 깊이 흘러가, 읽는 이에게 자신의 기억을 떠올리거나 음미할 여유조차 주지 않는다. 그렇기 때문에 속인의 철철 넘치는 눈물과는 다르다.

'悼亡詩'托詞不覺, 乃於意隱者, 於言必顯, 如此方不入魔.

悲婉能下石人之淚, 但一情徑去, 無待記憶商量, 斯以非俗眼之滂沱.

【해설】

우물에서 물을 긷는 일을 비유로 남녀가 오래도록 원만히 행복을 이루기를 기원하였다. 첫머리에서 도르래와 격자 틀로 흥을 일으키면서 의좋은 부부의 모습을 등장시켰다. 이어서 철철 넘치는 물소리로 부부의 정을 비유하고, 낮고 느린 두레박줄 소리로 짧은 시간을 암시한 것으로 보인다. 이는 이어서 등장하는 짧은 해와 천년의 시간에서 반복되어 나타난다. 짧은 해는 부부에게 허락된 시간을 비유하고, 천년의 시간은 부부의 영원한 정을 나타낸다.

왕부지는 이 시를 작고한 아내를 그리워하는 '도망시'로 보고, "뜻이 숨겨진 곳에서 말이 분명해진다"고 하였다. 시에서 깊은 슬픔의 표현은 직설적인 호소나 기교에서 나오는 것이 아니라, 감정 자체의 순수함과 직접성에서 비롯된다고 본 것이다. 즉 물소리와 두레박줄 소리, 순찬, 떨어지는 해 등 '분명한 말'을 통해 망자의 부재로 인한 끝없는 기다림과 슬픔이란 '숨겨진 뜻'을 드러낸다고 하였다. 만약 시적 과장이나 기교를 부린다면 진정성이 떨어질 것이다.

한대 사람 진궁은 대장군 양기가 총애하는 노복이다. 진궁이 양기의 처부터도 총애를 받았기에 오만하다는 평판이 사람들 사이에 자자하였다. 나는 옛일에 감회가 있어 장편의 시를 지었고, 풍자도의 일과 비슷하여 대비시켰으며, 또한 과거에도 이와 같은 시가 있었다고 덧붙인다.

漢秦宮, 將軍梁冀之嬖奴也. 秦宮得寵內舍, 故以驕名大噪於人. 予撫舊而作長辭,[590] 辭以爲馮子都之事相爲對望,[591] 又云昔有之詩.[592]

秦宮詩[593]	진궁시
越羅衫袂迎春風,	월 지방 비단으로 만든 소매가 춘풍에 너울

---

590 撫舊(무구) : 옛일을 회상하다. 신연년(辛延年)이 풍자도를 제재로 쓴 「우림랑(羽林郎)」을 가리키는 것으로 보인다.

591 馮子都(풍자도) : 서한 곽광(霍光)의 감노로, 본명은 풍은(馮殷)이고 자도(子都)는 자(字)이다. "처음에 곽광은 노비 우두머리 풍자도를 총신하여 자주 그와 업무를 의논했는데, 곽광이 죽자 그의 부인 현(顯)과 풍자도는 문란한 관계를 가졌다.(初, 光愛幸監奴馮子都, 常與計事, 及顯寡居, 與子都亂)" "(곽광이 살아있을 때) 백관들이 모두 풍자도와 왕자방 등을 알아 모셨지, 재상은 안중에 없는 듯 했소이다.(大將軍時百……百官以下但事馮子都, 王子方等, 視丞相亡如也)" "풍자도가 자주 법을 위반하여 선제(宣帝)가 문책하자 곽산(霍山)과 곽우(霍禹) 등이 무척 두려워하였다.(馮子都數犯法, 上幷以爲讓, 山, 禹等甚恐)" 『한서』「곽광전(霍光傳)」 참조.

592 之(지) : 이것.
    之詩(시시) : 이 시. 진궁을 제재로 한 시.

593 秦宮(진궁) : 동한 양기(梁冀)의 감노(監奴)로, 젊고 미남자였기에 양기가 좋아하였다. 관직이 태창령에 이르렀으며, 양기의 처 손수(孫壽)의 처소를 드나들었다. 한번은 손수가 진궁을 보더니 주위의 사람을 물리치고 다른 일을 빌려 말을 나누더니 이로 인해 그와 사통하였다. 궁의 안팎에서 총애를 받자 권세가 높아졌고 자사(刺史) 등 이천석 직급의 사람들도 모두 찾아가 인사하였다. 『후한서』「양기전」 참조.

거리고

玉刻麒麟腰帶紅.　　　　옥으로 깎은 기린이 요대에 붉구나.

樓頭曲宴仙人語,[594]　　누각 앞 벌어진 잔치에서 이야기하는 선녀들

帳底吹笙香霧濃.　　　　휘장 안에선 생황 소리에 향기가 안개 같아라.

人間酒暖春茫茫,　　　　인간 세상에 술은 따뜻하고 봄은 끝이 없는데

花枝入簾白日長.　　　　주렴으로 들어온 꽃가지에 대낮이 길구나.

飛窓複道傳籌飮,[595]　　복도가 연결된 높은 누각에서 산가지 전하
　　　　　　　　　　　　며 마시니

卜夜銅盤膩燭黃.[596]　　밤낮없이 청동 소반에는 누런 촛농이 녹아
　　　　　　　　　　　　쌓였네.

禿襟小袖調鸚鵡,[597]　　짧은 고름 좁은 소매 차림에 앵무를 길들이고

紫繡麻鞋踏哮虎.[598]　　자색 수놓인 신발은 호랑이 머리 장식이라.

斫桂燒金待曉筵,[599]　　계수나무 불 지펴 새벽에 황금 솥에 밥 짓고

594　曲宴(곡연) : 궁중의 잔치.
　　仙人(선인) : 궁중에 비빈들이 모여 웃으며 말하는 모양이 멀리서 보면 선녀들과
　　같다는 뜻이다.
595　飛窓(비창) : 높은 누각의 창문.
　　複道(복도) : 누각과 누각 사이에 상하 두 층으로 된 통로. 공중을 가로지르기 때
　　문에 횡공(橫空)이라고도 한다.
　　傳籌(전주) : 산가지를 전하다. 술을 마실 때 숫자를 세며 마음껏 마시다.
596　卜夜(복야) : 복주복야(卜晝卜夜). 밤낮을 가리지 않고 술을 마시다.
597　禿襟(독금) : 옷섶이 교차되지 않는 옷.
　　小袖(소수) : 좁은 소매의 옷. 감노의 복장이다.
　　調(조) : 조련하다. 훈련하다.
598　踏哮虎(답효호) : 호랑이 머리 도안이 있는 신발.
599　斫桂(작계) : 계수나무를 잘라 땔감으로 쓰다.

白鹿淸酥夜半煮.[600]	흰 사슴의 젖을 짜 한밤에 타락죽을 끓이네.
桐英永巷騎新馬,[601]	벽오동 꽃 늘어선 긴 골목을 새 말 타고 달려보고
內屋深屛生色畵.[602]	벽담 안 높은 병풍에는 휘황한 그림이 걸려 있네.
開門爛用水衡錢,[603]	문을 열어 수형부水衡府의 돈을 물 쓰듯 뿌리고
卷起黃河向身瀉.	황하의 물줄기를 말아서 몸을 향해 쏟아붓네.
皇天厄運猶曾裂,	하늘도 액운을 당해 일찍이 무너질 때 있건만
秦宮一生花底活.	진궁은 한평생 꽃 속에서 살았지.
鸞篦奪得不還人,[604]	봉황 새긴 뿔 빗을 몰래 훔치고선 돌려주지 않더니
醉睡氈毹滿堂月.[605]	취해 잘 때 모직 융단 깔린 대청엔 달빛이

燒金(소금) : 황금으로 만든 솥.

600 白鹿(백록) : 흰 사슴. 세상에 보기 드문 재료로 음식을 만든다는 뜻.『술이기(述異記)』에 사슴은 천 오백 년이 지나면 희게 변한다고 하였다.

清酥(청소) : 우유로 만든 제품. 연유(煉乳).

601 桐英(동영) : 벽오동꽃.

永巷(영항) : 궁중의 긴 골목. 비빈이 거주하는 곳. 양기의 저택과 복식이 제왕과 다름없기에 궁중의 말을 빌려 표현하였다.

602 生色畵(생색화) : 생동적이고 고아한 그림.

603 爛用(난용) : 제멋대로 씀.

水衡錢(수형전) : 한대 궁중 안의 수형부(水衡府)에 소장된 전폐. 호부에서 발행하는 것과 달리 황제가 전용하는 것으로 조정의 기금에 해당한다.

604 鸞篦(난비) : 봉황 도안이 새겨진 빗. 이 구는 진궁이 손수와 사통한 일을 비유한 듯하다.

가득하더라.

【왕평】

이 시 또한 당시의 일을 풍자하였다. 두보의 「여인행」과 같이 사건이 없으니 주제를 반드시 세워야 한다.

'개문난용開門爛用 4구를 덧붙여 내놓고, 말미의 2구를 다시 농염한 말로 마쳤으니, 이렇게 만들 수 있는 사람과는 미언微言'을 말할 수 있을 것이다.

'청동 소반에는 누런 촛농이 녹아 쌓였네銅盤膩燭黃'는 촛농에 대한 좋은 표현이다. 아쉽게도 '복야卜夜' 두 글자는 『좌전』에서 썼으니 유치하다.

亦刺當時. 無事如少陵之「麗人行」, 主名必立.

"開門爛用"四句只自夾帶出, 末又以二艷細語結, 如此生者, 乃可與微言.

"銅盤膩燭黃"寫燭淚, 好. 惜其'卜夜'二字用『左傳』, 稚.

【해설】

동한 때 대장군 양기梁冀가 총애하는 감노노비 우두머리 진궁의 권세와 발호를 그렸다. 시는 주로 진궁의 호화로운 복식, 참가한 연회의 화려함, 밤낮으로 마시는 호음, 호사스럽고 진귀한 음식 등의 향락과 위세를 묘사하는데 필묵을 할애하였다. 말미에서 뿔 빗을 훔쳐가졌다는 말은 주인인 양기의 처 손수孫壽와 사통한 일을 가리키는 듯하다. 그를 비

---

605 氍毹(구유) : 짐승의 털로 짠 융단.

판하는 글자는 하나도 없지만, 이 모든 묘사가 그를 풍자하고 있다.

崑崙使者[606]   곤륜산으로 간 사신

  崑崙使者無消息,   곤륜산으로 떠난 사신 아직 소식이 없어

  茂陵煙樹生愁色.[607]   무릉의 나무들도 시름 찬 기색이라.

  金盤玉露自淋灕,[608]   청동 신선의 소반에 이슬은 절로 넘치지만

  元氣茫茫收不得.[609]   망망히 펼쳐진 원기元氣는 거둘 수 없다네.

  麒麟背上石文裂,[610]   돌 기린 등에 새긴 글자 갈라지고

  虬龍鱗下紅肢折.[611]   규룡의 비늘 아래 붉은 발 부러졌네.

  何處偏傷萬國心,   만국의 백성들이 슬퍼했던 곳은 어디인가?

  中天夜久高明月.   깊은 밤 높이 뜬 명월이 비추는 곳이로다.

---

606 崑崙使者(곤륜사자) : 곤륜산으로 간 사신. 서한 때의 장건(張騫)을 가리킨다.
     『한서』「장건전(張騫傳)」에 다음 기록이 있다. "한나라의 사신이 황하의 발원지
     를 끝까지 답사했는데, 그 산에 옥이 많아 이를 캐어 왔다. 천자가 고대의 서책에
     근거하여 물줄기가 시작되는 산을 곤륜이라 하였다.(漢使窮河源, 其山多玉石, 采
     來. 天子案古圖書, 名河所出山曰崑崙云.)" 신화에 나오는 곤륜산은 서방 끝에 있
     으며, 신선들이 살며 하늘로 통한다고 한다. 또『한 무제 이야기(漢武故事)』에는
     한 무제가 서왕모에게 불사약을 구한 일이 있다.
607 茂陵(무릉) : 한 무제 유철(劉徹)의 능묘.
608 金盤玉露(금반옥로) : 청동 소반의 이슬. 한 무제가 건장궁, 감천궁, 배량대에 세
     운 금농선인이 들고 있는 청동 소반에 고이는 이슬. 도교에서는 여기에 천지의
     원기가 담긴다고 하였다.
609 元氣(원기) : 구름 위의 이슬에 담긴 천지의 기운. 도교에서는 천지의 원기를 먹
     으면 장생불사한다고 한다.
610 麒麟(기린) : 한대 능묘의 비석에 조각된 기린.
611 虬龍(규룡) : 능묘의 비석에 조각된 규룡.
     紅肢(홍지) : 붉게 칠해진 규룡의 발.

이 시는 당대에 단약을 먹고 폭망한 황제를 풍자하였다. 지금 천년이 지난 후에도 사람들이 이 시의 풍자를 이해하지 못하는데 하물며 당시에 반복해서 읽고 해석을 듣는다 해도 황제가 어찌 알겠는가? 이하는 풍자에 뛰어났으며, 직접 '성정聲情'으로 고금 사람의 마음을 움직였으니 진실로 이백과 맞설 만하다. 두보는 상대가 되지 않는다.

"망망히 펼쳐진 원기元氣는 거둘 수 없다네元氣茫茫收不得"는 사람과 하늘은 서로 관련이 없다고 분명한 통찰을 보여주며, 도가와 불가들을 비웃었다. 그들의 행위는 석인石人의 등짝을 대신 긁어주는 것과 다름 없으니 어리석고 망령스럽다. 한유와 그 제자들은 평생 크게 소리 질렀지만 이런 시구 하나 얻은 적 있었는가? 그러므로 사람은 재주가 없어서는 안 된다는 사실을 알 수 있다.

此以刺唐諸帝餌丹暴亡者, 今且千年, 人猶不解, 況當時習讀問傳之主人? 長吉長於諷刺, 直以聲情動今古, 直與供奉爲敵, 杜陵非其匹也.

"元氣茫茫收不得"說出天人之際無干涉處, 分明透現, 笑盡仙佛家. 代石人搔背癢一段, 愚妄. 韓退之諸君終年大聲疾呼, 何曾道得此一句在? 故知人不可以無才.

불로장생을 추구한 한 무제를 풍자하였다. 제목이 곤륜산에 간 사신이라 되어 있으나, 장건張騫이 아니라 사신을 보낸 한 무제가 중심인물이다. 전반 4구는 장생을 위해 곤륜산으로 보낸 사신이 돌아오기도 전에 한 무제가 죽은 일을 묘사하였다. 후반 4구는 무릉의 비석이 갈라지고 만국의 조공을 다 받기도 전에 명월 아래 능묘만 남았다고 하였다. 만국을 정복하고 불로장생을 추구하는 망상이 결국은 환영에 지나지 않음을 설파하였다. 이하가 비판한 대상은 일반적으로 헌종憲宗으로 본다. 헌종 역시 도사를 중용하고 곤륜산으로 사신을 보내고 진귀한 물건을 수집하여 장생불사를 도모하였다.

시에서의 현실 비판은 역대 비평가들은 일반적으로 두보를 가장 뛰어난 시인으로 치지만, 왕부지는 여러 곳에서 이백과 이하보다 못하다고 평하였다. 이백의 「높은 언덕에 올라 먼 바다를 바라보며登高丘而望遠海」에 대한 평어에서 왕부지는 다음과 같이 말했다. "후인들이 두보를 '시사詩史'라 부르지만, 이 91자 속에 개원과 천보 연간의 당 현종 본기本紀가 있는 걸 모른다後人稱杜陵爲詩史, 乃不知此九十一字中有一部開元天寶本紀在內." 시와 역사 서술은 다르므로, 시적 구조 속에서 '정情'에 호소하고 함의가 풍부한 비유적 방식을 취해야 한다고 말하였다. 여기에서도 이하(李賀)가 직접 '성정聲情'으로 역사적 제재에 접근하였기에 풍자의 의미가 깊어질 수 있고 두보보다 뛰어나다고 하였다. 이러한 왕부지의 관점은 「원별리遠別離」에 대한 평에서도 "두보가 현실을 비판할 때는 입을 열자마자 드러나지만, 이백은 그렇지 않다工部譏時語開口便見, 供奉不然"는 말에서도 알 수 있다. 왕부지는 비록 '흥관군원興觀群怨'에서 '가이원可以怨'의 연장으로써 현실 비판을 부정하지는 않았지만, 그 표현 방법에 있어서 직설적인 함성은 경계하였다. 그러기에 한유와 맹교 등의 시들이 낮은 차원에 머무는 것이라고 비판하였다.

당시평선 전체 차례